跨度新美文书系

Kuadu Prose Series

跨度新美文书系
Kuadu Prose Series

夜雨

Ye Yu

张洪波◎著

中国文史出版社

目　　录

第一辑　自然记

第二辑　书琐记

第三辑　走读记

第四辑　怀人记

第一辑　自然记

智慧的老鼠

美国人怀特曾写过一部童话《夏洛的网》，在这部书中，小猪威伯就要被人类杀死，为了救助威伯，大灰蜘蛛夏洛在聪明的老鼠谈波顿的帮助下，巧计骗人类，救了威伯的生命。怀特把蜘蛛和老鼠齐心协力救猪的情节写得十分精彩。这部童话被成功地搬上了银幕，老鼠谈波顿被认为是世界童话形象中最成功的一个。

然而，智慧的老鼠，绝不仅仅是在童话中充当角色，在今天的现实生活当中，它们对自己聪明才智的发挥，远比童话中的描写更为淋漓尽致。

报载，层出不穷的高新技术产品，不断遭到一些小生物的侵害。许多有机生命体，在高新技术产品中寻找新的生存空间。比如电脑外壳内的温度和光色就很适于一些小生命的繁殖和生存。这个世界真是越来越奇妙了，拥挤的人类在自己的发展进程中，不断地争夺着其他生物的生存空间，而那些弱小的生命，并不甘心就此失去家园，它们把自己武装得和病毒一样，向人类发起侵扰。

在这些具有反抗精神的生命中，老鼠是极为顽强的一族。

小动物正在干着大事情，小动物正在制造着大灾难。美国的老鼠在《华盛顿邮报》记者汤姆森的 IBM－PC 兼容机里筑巢，这个国家的老鼠甚至造成堪萨斯城机场控制中心的数据传送陷入瘫痪，使通信中断了四小时十六分钟；德国的老鼠也在不断地造成数据中断……老鼠不再去遭受过街挨打的痛苦生活，它们学会了如何供养自己，它们和人类一样，选择了繁华的城市和高新技术产品。巴伐利亚一家电器公司的经理托恩多克说：“老鼠靠着这些计算机，个个养得肥猪似的。”这实在令人惊奇。

老鼠把生存经验或者说是生存教训，纳入其基因密码，传给下一代，甚至一代代地传下去，这是一种极为特殊的能力。老鼠在防御人类“药杀”的活动中，也表现出了超凡的能力和智慧。比如，老鼠发现了维生素 K 能作为解毒剂，这一发现毫不亚于人类的某一项重大发明。于是老鼠就到处去寻找含有维生素 K 的东西吃，而人类的化学家却是在几十年前才发现老鼠有这么一个能耐的。随着人类的发展，老鼠的生存技巧也在不断地改变，甚至饮食的口味也在不断地变换。现在居住在都市里的老鼠，已经养成了吃塑胶物品的习惯，它们消化塑胶物品并能将这些物品转化为能量，这就是一个典型的例子。

老鼠，是一种久灭不绝的动物，它超凡的能力已给人类带来了许多的麻烦，这是一个叫人类格外操心的动物。有科学家说，老鼠是继人类和黑猩猩之后，地球上最智慧、最狡黠的哺乳动物。看来，人类和老鼠的斗争还不是随时都可以收场的，天才的老鼠为自己赢得了时间。而人类则需要在短时间内，对老鼠进行更加深入的了解和研究，人类也必须赢得时间，否则就无法早日降服自己的对手。

寨沟朱鹮

出了西安上西汉高速公路奔秦岭，也算是当年的蜀道了吧，不同的是没有什么可难的，高速公路一条线似的穿起一座座绿透了的大山，虢老弟的车开得又快又稳，过了一号二号长长的隧道，我们要去的地方是宁陕。穆涛这个家伙在1995年的时候就说过陪我走一趟秦岭，这么多年过去，总算兑现。他这一路不停地夸赞秦岭的山水，反复聊起宁陕的好朋友，介绍那里吃的喝的，还有大熊猫、金丝猴、羚牛、盘羊、金雕、汶水河漂流、天华山、朝阳沟什么的，俨然一个宁陕导游。还说能看到世界珍禽朱鹮，这可是对我最具诱惑力的事情。

朱鹮又叫朱鹭、红鹤，是亚洲地区特有的涉禽，曾广泛分布于包括我的家乡吉林省东部在内的黑龙江省乌苏里江流域、兴凯湖、辽东半岛大连、金县、营口、河北、河南西部熊耳山、山东、山西东南部、甘肃兰州、徽县、安徽、浙江、陕西，乃至福州、台湾、海南岛等等，俄罗斯远东乌苏里、朝鲜和日本也都曾经有过分布。朱鹮有两种类型，一种春季在我国东北等地筑巢繁殖，秋季开始南迁越冬；另一种则在陕、甘、豫等地的潜山区驻扎。近世纪以来，由于森林砍伐、狩猎、环境污染、人类干扰等多种原因，丧失了生存环境的朱鹮，已在绝大部分地区消失，列为世界最濒危鸟类名单。20世纪30年代，中国在十四个省份还有朱鹮的踪迹；记载中的1911年12月，朝鲜半岛西岸金堤还集结过成千上万只朱鹮的队伍，云霞般诗意地铺展着；20世纪初的日本青森，朱鹮的数量过多，糟蹋了许多水田，被视为害鸟。农民们对朱鹮恨之入骨，就像当年我们对待麻雀。想想，屈指可数的时间，一种生命就濒临绝迹了。曾被认为全世界仅存的五只生活在日本新潟佐渡岛的朱鹮，1981 年被全部捕获收养在佐渡岛上的朱鹭保护中心，由于近亲繁殖，繁衍能力大打折扣。而中国科学院动物研究所从 1978 年秋天就出动了调查小组，历时三年行程五万多公里，对朱鹮曾经分布的地区进行了调查，结果于 1981 年 5 月在海拔一千三百五十六米的陕西洋县金家河山谷和距离金家河两公里的姚家沟，发现了两个朱鹮巢。金家河这对成鸟产有四枚卵，但没能够孵出儿女，姚家沟的鸟巢里却珍藏着三只幼鸟！也就是说，发现了世界上仅存的七只野生朱鹮种群，天大的喜事。朱鹮在野外尚未灭绝，生命仍然在默默地延续。这是惊动世界的新闻。从此，拯救朱鹮的唯一希望就在中国了。

1999 年 9 月，国际朱鹮保护研讨会在汉中市召开，中国、日本、美国及国际自然保护联盟的专家、学者们就朱鹮的保护研究进行了广泛的交流、讨论，达成共识，形成了《汉中宣言》。政府高度重视，国际组织积极支持，朱鹮数量已由七只增至一千多只，其中人工种群五百一十二只，野生种群五百多只。这是一个巨大的成就。2002 年“中日朱鹮保护项目”启动以来，发现野生朱鹮有从洋县往秦岭南麓迁移的趋势，野化放飞，建立异地种群，已势在必行。经专家考证，国家林业局批准，最后决定选择宁陕县寨沟村作为朱鹮异地放飞基地。2007 年 3 月，从洋县、楼观台先后调六十只朱鹮，朱鹮野化放飞科学试验项目启动。2007 年 5 月首次放飞二十六只朱鹮，之后的野外观察证明，已放飞的朱鹮生存得很不错，回归大自然给它们带来了新的天地，带来了生命更加自由的空间，2008 年 4 月，还有一对朱鹮在秦岭大山的怀抱里哺育出了三个小宝宝。野外繁育成功，生长状况良好，喜事连连。

我知道，选择宁陕寨沟作为朱鹮异地放飞基地，不仅是对环境的挑选，也是对人的挑选，是对宁陕人的信任。宁陕人也不负众望，投资，启动放飞工程，建检测站，建放飞大网笼，建过渡饲养繁殖网笼，建排水渠，建防洪坎，修水泥路，装电视监视系统，输变电工程，还有自来水工程，还要改善五十多亩湿地种植莲藕。这还不算，为保证朱鹮野化放飞科学试验的成功，宁陕县林业局还专门发出通告，要求放飞区的居民和行人不得惊扰朱鹮的生活，放飞区内的水田、耕地和房屋前后均不得施用化肥、农药，发现受伤或得病的朱鹮要及时报告抢救。一项项工程，一件件事情，都做得井井有条、实实在在、仔仔细细。我们的朱鹮有福了。

朱鹮毕竟还是一个没有摆脱灭绝险情的物种，人类正在付出代价和真实的努力来保护这些珍贵的生命。朱鹮野化放飞，无疑也要涉及栖息地的保护与当地经济发展的矛盾，在这一点上，宁陕人没有分厘含糊，没有丝毫怨言，有的只是积极的自觉行动。

到了寨沟，正是午后，水田、池塘、山溪、林地包括山里人家，都显得格外宁静，没有喧嚣，连鸡鸣和犬吠都显得收敛。我们靠近放飞基地的时候，已有专家在那里等候，他引领我们爬上山腰，悄悄地看望网笼里的朱鹮。仍然很静，偶有几声朱鹮的强烈对白显得张扬了一些，但瞬间又归于宁静。它们不介意我们的拜访，仍忙着自己的事情，有的用细长向下弯曲的喙恭敬着同伴，有的正展开白中透着浅粉色的翅来回飞，有的正用朱红色的腿支起身躯眺望远方，有的正红着脸在巢中孵卵。观察了一会儿，我发现它们所有的行动都很缓慢，没有一点急躁的迹象，也绝不像麻雀那样叽叽喳喳，偶尔鸣叫，浑厚绵长，耐人回味。从大树上落在地面，脚下非常轻盈。它们像一群在山中修炼的禅师，沉静地思想或者谦和地表达。祥和，自信，典雅，仿佛淡泊一切。

孵卵的巢呈盘子状，孵卵的朱鹮对一切警觉着却又显得很宽容，卧姿大方得体，没有一点小家子气。陪同参观的刘云兄和基地专家向我们介绍了朱鹮的孵卵情况，这才知道，朱鹮孵卵期里，孵卵的任务是雌雄亲鸟共同承担的，一夫一妻，爱情繁育，形影不离。朱鹮是中型涉禽，体长应该有七八十厘米左右，有一只守候在大树上一直不动声色的朱鹮，让我们感到了它端庄中的孤僻，气质里更多的是神圣不可侵犯。

这时，网笼外有一只朱鹮飞来，这是一只已经放飞于大自然的朱鹮，他仿佛是一个省亲的游子，更像一名来访的邻居，有一些依恋，也有一些好奇。网笼内的朱鹮似乎已被诱惑，有些羡慕有些心动，但还得耐下性子来等待，等待放飞的那一天。

离开基地下山的时候，车子要修补轮胎，我们停留在一个农户门前。农家大姐虽与我们毫不相识，却热情地搬出茶桌，用一次性卫生纸杯给我们沏上绿茶。茶香在山间飘过，一群家鸭在坡下的池塘里嬉戏、忙碌，小黄狗趴在我的脚背上蹭来蹭去，对面山腰树林里白墙灰瓦的农舍打开了窗子，仿佛有朱鹮眼睛里流出的目光，希望着，企盼着。没想到此时又有一只朱鹮从山间飞过，不，严格说是飘过。特征明显，非常容易识别。大家都喜悦地指认，用望酸了的眼睛追踪，直至那自由翱翔的朱鹮变成了一个小点，变成了一大片浓绿的森林……

时间很短，无法了解到更多有关朱鹮的故事和知识，但我看到了真正的朱鹮，看到了它们在寨沟基地等待野化放飞，看到了它们放飞前所受到的良好训练，也看到了已经在秦岭大山里自由来往的野化朱鹮，看到了宁陕人为朱鹮也为自己所做的一切。保护，这个复杂的概念似乎清晰了许多。

尊重生命

一遍又一遍地阅读《昆虫记》，我在昆虫的世界里寻找着生存的精神和力量。《昆虫记》的作者，让－亨利·卡西米尔·法布尔，这个长长的叫我终生难忘的名字，将永远在我的心中辉煌着。

读过法布尔《昆虫记》的人，也许都会有这样的感觉，观察和倾听是一件多么伟大的事情。对弱小生命的爱，又该是人类多么需要的。很难想象，一个对弱小的生命都不怀好意的人，他在这个世界上会有怎样的美好行为？法布尔，他的目光来自他的心灵。他在贫穷与偏见的折磨中苦度一生，不懈地完成着自己对于昆虫的研究事业。法布尔的精神，不仅是每一个科学工作者必备的，也是每一个对这个世界、对所有生命都有爱心的人所应有的。而这些，要靠对生命的正确理解。法布尔对生命的理解是："生命是很严肃的东西……我们应当不是把它当作一种享乐，一种磨难，而是当作一种义务，一种只要最后期限未到我们就必须全力而尽的义务。"（《白蝎"自杀"》）

英国生物学家达尔文称赞法布尔是"无与伦比的观察家"，法国与国际学术界称法布尔是"动物心理学的创导人"，文学界称法布尔是"昆虫世界的维吉尔"。我想，无论怎样称赞和比喻，都不如一句——他，就是伟大的法布尔！

《昆虫记》，一部不朽的传世之作，它不仅仅提供了有关昆虫的知识、情趣以及观察昆虫的方法，重要的是，法布尔通过《昆虫记》向我们传达昆虫生命状态的同时，也向我们传达了人生的感悟，这两点融成的艺术语言，处处都可以显现出作者的真诚。你看，5 月，当四十多只夜蛾聚集一起的时候，在法布尔的目光里，那是一次难忘的晚会，“它们实际上是四十位恋人，在迫不及待地向一位姑娘致意”。(《大孔雀蛾的晚会》）还有，写到蟋蟀，法布尔称赞它们是“交响乐演奏家”。但法布尔绝不是简单的赞美，他还写道：“我这蟋蟀啊，有你们陪伴，我反而能感受到生命在颤动……”（《意大利蟋蟀》）

老法布尔崇高的劳动给我们留下了《昆虫记》，他对弱小生命的尊重与热爱，难道不应该融入我们的人生之中吗？生命的相互尊重与热爱，应该是这个世界上永远美好的东西。

黑鱼之死

黑鱼口大，牙齿尖利，很凶猛。黑鱼小的时候就开始了它的残酷，先是吃一些桡足类或枝角类的东西，再长大些就要吃一些小鱼小虾之类的。到了成鱼，它就会极其凶狠地捕食其他鱼类。从事养殖业的人们，一提到黑鱼就仇恨满胸膛，眼睛里就放射出一股子杀气。他们通缉黑鱼，要把黑鱼变为盘中的美味，仿佛不吃了天下所有的黑鱼，就不足以平民愤。黑鱼的肉的确是相当的肥美，你想，它是吃其他的鱼成长起来的，多少鱼的精华都吸取在自己的肉体之内了，自己的肉还能不肥美吗？黑鱼是害鱼，它有自知之明，便栖息在水底，躲避人们的追杀。

但黑鱼最终还是被人给捕杀了，于是就有了各种各样吃黑鱼的方法，黑鱼在菜盘子里接受人的审判，检讨自己残暴的罪行。

在众多的吃黑鱼的方法中，有一种是极为独特的，这种方法被叫作“一鱼两吃”。所谓一鱼两吃，就是分两个步骤来吃——

第一步，把那活黑鱼的中间部分割成肉片，鱼头和鱼尾不做伤害，放在盘中，人们夹着那鱼身上的肉片蘸着佐料吃，这又叫生吃鱼片。人们吃着，那鱼就只有招架之功而无还手之力了。黑鱼眨着眼睛，抖动着尾巴，眼睁睁地看着自己的血肉到了别人的嘴里。此时，也许谁也没有留意到黑鱼那痛苦的神情。黑鱼也许会想，这些人们比我要厉害得多了！你瞧他们的吃法，多么残忍，多么不可思议呀。黑鱼默默地疼痛着，它用可怜的目光乞求着人们的饶恕，它用尚能微微摆动的尾巴，表述自己对伟大的人类的畏惧。

第二步，把正在痛苦中挣扎着的黑鱼（身上已没了肉，但头和尾尚能动弹）端下去，放到汤锅里熬，做出一道鲜美的黑鱼汤。至此，黑鱼才停止了呼吸，灵魂在火光中，在沸腾的汤汁中，返回了家园。

呜呼，哀哉！凶猛的黑鱼终于在反反复复的折磨中死了，它果然不是凶猛的人的对手。

不死的柳树

长春市宽平大桥西侧有两棵柳树，在去年秋天惨遭毒手，被转着圈儿地剥了皮，树干也被凿出了深深的坑，园林部门的人看过后断定已无法救治，柳树是必死无疑了。

可是，生命有时候是会发生奇迹的。今年春天，这两棵柳树竟然默默地吐出了崭新的绿叶。这一事实甚至惊动了媒体，有报纸把伤痕累累的柳树拍成图片，配以文字，做成新闻发表出来，那大字标题说：剥皮柳树奇迹般复活。说实在的，我不喜欢这个标题，也就是说不喜欢这种来自“人类的惊讶”。这是两棵顽强的生命，在人类的毒手下，他们（我在这里不用“它们”这样缺少亲情的字样）被致命地伤害，他们本不想创造什么“奇迹”，他们本来活得好好的，为什么还要“复活”？

一座城市，几百万人口，要毁掉一两棵树那不是太容易了吗？1999年我在另一座小城市居住的时候，曾经历了一件也是与树木相关的事情。那天是植树节，单位的人组织起来上山植树。早晨出发的时候，我要步行经过一条街，这条街是这座小城里我最喜欢的街道，就是因为街道的两边都是生长了多年的柳树，老的住户说，大概有几十年了，这么老龄的柳树我还是很少见到，他们像父亲母亲一样站在路旁，为自己的孩子们遮风挡雨、营造阴凉。我每次从他们的阴凉里走过，都有一种热爱和景仰之情涌上心头。可就是在植树节那天，当我们在山上栽下了几百甚至几千株幼小的树苗之后，当我黄昏归来再走到这条街上的时候，我一下惊呆了，心都快凉透了。整整一条街的柳树全部被伐掉了！这一天是植树节，人类在栽下树木的同时也在疯狂地毁灭着树木，这不是一种自我嘲讽吗？长春的两棵柳树是被人偷偷下的毒手，而这一街的老柳树可是在光天化日之下被杀戮的呀！这就是人类创造的“奇迹”。我后来了解到，不是因为这些柳树的年纪大了，而是要在这里兴建一条商业步行街，该死的步行街，它怎么如此霸道？我的那些充满亲情的柳树就这样消逝了，据说都是被连根拔掉的，可真是斩草除根啊。步行街的确建成了，也算热闹。一街的历史和它的树一样就这样结束了。有一次，我和一位官员从那条街上走过，他问我对这条街的看法，我说：“热闹，人类真是热闹的现代化魔鬼，现在，想祭奠那些老柳树都不可能了，没有地方了。”

我庆幸长春的柳树能活下来，此时我更怀念我那座小城的老柳树。他们在我的心里，是永远不死的，他们活着，每年春天都在我的心中生出崭新的绿叶。

谈谈《雄牛》

“文革”后期，我仍在乡下。我们知青集体户与公社兽医站只有一路之隔。于是，经常看到猪被抬进去，牛和马被牵进去，一帮人再围上去狠狠地折腾一阵子，牲口们便发出了疼痛的撕裂之声。然后，人们散去。那些牲口从此失去了生命最根本的东西，永远地没有了生育的能力，它们被阉割了。

在整个阉割的操作过程中，猪的叫喊声是最尖厉的，那声音从一开始就充满了绝望。马的声音也算尖厉，但很短促，最后以无奈告终。只有雄牛的声音让人感到沉重。如果说猪和马的声音出自喉咙，那么雄牛的声音则是从胸腔的深处喷发出来的。在雄牛沉闷的声音里，有与猪和马同样的绝望和无奈，但更多的是反抗的呼喊。雄牛充血的眼睛瞪得圆圆的，仿佛随时都会鼓出来，混浊的泪水在眼眶里转动着。雄牛大口大口地喘息一阵子，再猛地吼叫一嗓子，那长长的吼叫，似乎一下子喊出了生命的全部委屈和永远无法驯服的心灵。

在后来的日子里，一想起雄牛被阉割的场面，一想起那浓重的血浆，一想起从血泊中捞出的睾丸被放进托盘端走，一想起雄牛沉闷悠长的吼声，我的心就被强烈地震颤着，这是一桩充满悲剧内涵的事件，它很难从我的记忆中抹掉。多年以后，当我把这一客观现象写成诗的时候，才感到，生命的苦难是诗人无法回避的一个主题。这种经验的材料，迟早是要以诗的名义得到提升的。雄牛被阉割了，这个灾难现实无法挽回。但是，我仿佛从这一事件当中，找到了多年未曾找到的诗歌触点，这个触点来自这种事件所含有的象征性意象。我深知，这幅悲怆的图景，是意味深长的。

在写作当中，我坚持了语言上的自然清白。尊师牛汉先生谈到这首诗的时候说："《雄牛》可激起现实联想的悲剧感是强烈的，它是一个不需要用辞藻渲染的意象，它的本身就是活的生命，语句节奏都是它自身应有的有声有色的形态。"我很珍重牛汉先生所说的"自身应有"，这些年来，我在写作当中一直不敢忽视"自身应有"。我知道，诗一旦做了伪装，不是"自身应有"的，也就没有资格去打动人心了。

《雄牛》的内容决定了这首诗是不可以玩弄技巧的，它需要本能的自然契合，如果有加工的痕迹，就很可能会破坏了吻合于悲壮生命原态的诗歌格局，所以我尽可能地雾化技巧。但是这个追求是很危险的，功力稍有不足，就会蹈入散文化，我不知道自己是否达到了应该达到的那个境界，我愿意这样去努力，不去顾及什么所谓的"力度""强度"之类。我重视血液的原色，重视暗含在平凡意象之中的生命写真。

附录：

雄　牛

雄牛绝望地吼了两声长调
为被割除的一对睾丸
放喉痛哭

血浆浓重
一滴滴点穿了悲壮夕阳
黄昏挣扎
……

人们灵巧地躲开去
他们还不敢相信它已被驯服
他们看见它的泪水在眼睛里
并未轻易流出
那是一头真正的
雄牛

午夜
远远的牛栏里
又传来一声声放号
我猜想一定是它
只有它的声音
才能够震颤这夜
使之难眠

明天
它还会顽强地
在鲜血润过的土地上
阔步走来吗

（选自诗集《独旅》，百花文艺出版社 1989 年版）

最后的泪水：质问我们自己

1998 年 6 月 12 日，《北京青年报》开辟了“动物墓地”栏目，这个栏名实在是一个叫人伤心而又失望的栏名，如果你看到这样的栏名还不揪心，那你肯定会成为一个疯狂的杀手。开栏的编者按里有这样一段话：“在大自然的‘主宰’——人类的统治下，近 150 年来，鸟类灭绝了 80 种，近 50 年兽类灭绝近 40 种，10 年前，平均每 4 天就有一种动物灭绝，而现在每 4 小时地球上就永远失去一种生灵。近百年地球物种灭绝速度超出自然灭绝速度率 1000 倍！地球上 1300 多万物种中有 5400 种动物已经和正在消失！”我当时就被这样的数字震惊了。如果这样计算（或推算）下去，我们还会有心思去想生息的事情吗？

我的朋友胡冬林在《人民文学》（2001 年 6 月号）上发表了一篇一万二千字的散文《青羊消息》，我非常喜欢这篇文章。今年初我在《关东周报》工作时，曾读到过《青羊消息》的原稿，因为版面所限，选发了很少的一部分文字，标题是《长白山，最后的青羊消息》。而这种标题也是最让人心痛的标题。这几年，类似的标题屡见报端，如《最后的藏羚羊》《最后的东北虎》《最后的野马》等等。真的不敢想象，就这样“最后”下去，我们的地球还会有什么好果子吃？吉林省永吉县有一个满族村因驯养海冬青（一种烈鹰）而被称为“鹰屯”并名扬省内外。鹰屯的乡亲们在鹰的繁殖期还要把鹰放回大自然的，可我还是希望这是最后（又是一个最后）一个鹰屯，自由的鹰，王者气十足的鹰，为什么要把它们驯养成那个样子呢？1999 年，长春市伊通河畔的非法捕鸟活动十分猖狂，在不到 0.5 平方公里的树林里，设下了近三十张粘网，捕鸟人每天可得近百只鸟，他们把名贵鸟卖掉，而不名贵又不能吃肉的鸟，就要在最后被活活摔死（宁肯把鸟摔死，也绝不把它们放回大自然），这又是一个最后，真够凄惨的。智慧的人类，把老虎、狼、狮子们先命名为“野兽”（这个词是极具侮辱性的），然后就有理由把“野兽”猎杀了。就说狼吧，美国大开发时期猎杀五亿多只动物，其中狼被猎杀的数字是两个亿，到如今，全世界被猎杀的狼恐怕也不会少于十亿只吧？

说起狼，我想起前几天胡冬林给我讲的一件事情——冬林正在写一个人与狼的儿童电影剧本，是一个懂狼语的孩子和一只狼的故事。冬林的女儿看了剧本后，感动得热泪盈眶。而在修改剧本的会议上，却有人提出：“怎么能把狼表现得那么善良呢？为什么不更多地表现狼残忍的一面呢？”还有人献计：“让狼把小孩的奶奶吃了吧。”多么可笑。且不说这些人的艺术感觉是否有问题，单就环保意识来讲，他们也够小儿科的了。冬林当时十分气愤，他回敬了一句：“现在不是什么狼吃人的问题，而是人吃狼的问题！”冬林愤怒了，还骂了一句。冬林对我说，他看到了孩子们的环境保护意识是 21 世纪的，却怀疑那些振振有词的大人们的环保意识是停留在中世纪的。的确，我们有些人的认识根本没有到位。

但是，也有觉醒的有责任感的人们，无论从内心还是到行为，他们都在踏踏实实地为动物们做着保护性的工作。还说狼，加拿大和大开发时期猎杀了那么多狼的美国如今已经有十余家保护狼的组织，让我们看看这些组织的名字——

狼之友有限公司（与狼为友，恐怕会有许多人不能接受吧）。

爱狼基金会（会不会有人认为，人都爱不过来呢，还爱什么狼呀）。

加拿大绿狼组织（狼有十几种颜色，可能这是一群对狼的色彩有独特感受的人们）。

帮助我们的狼生存协会（“我们的狼”，这可不是一般的认识，为什么就不能是我们的狼呢？“我们的狼”，多么亲切呀）。

阿拉斯加狼之歌（富有诗意和音乐性。我曾在诗中写过，狼在蹿跃、奔跑的时候是动人、美丽的，是诗和音乐的合成）。

美国狼避风港（但愿全世界的狼都有温馨的避风港）。

人们，再多一些爱心吧，那也是在爱我们自己呀。

这几年，我一直在写一些和动植物有关的诗，我常常会被一只小动物或一种植物所感动，我把这些诗归到《生命状态》这个大标题之下，我想把我的爱心献给它们，也想检讨一下我们自己。我会不停地写下去。当然，我们是面临着同样的自然、同样的环境的，我们没有理由不共同生存。可是，人类有时候还会自觉不自觉地显现出自己主宰世界的那种霸气，连说话的口气都充满着居高者的味道，怜悯不等于平等，如果人类还不能尽快地把自己从心灵内部划回动物的行列，这个地球最后恐怕连泪水都剩不下了。那天看一张报纸，说有一群鸟被玻璃大厦撞死（我宁愿说是被玻璃大厦撞死的）。报纸用的题目是《群鸟误撞　壮烈牺牲》，这是一个悲剧，而悲剧的制造者是人类，那么，是不是可以这样问，到底是谁误撞了谁？我们为什么总是要把自己放在一个原告的位置上呢？美国有环保专家提出，不称“动物”而称“兄弟物种”，我看这有点平等生存意味了。

亚马孙森林也在做最后的挣扎，有调查表明，人类活动可能在二十年内使95%的亚马孙森林消失；中国的西部生态也在红灯闪烁……还有，亚洲雄象因长有长长的象牙而被猎杀，大象被逼急了，非常多的雄象已经没有长牙了，这是一种无声的抗议和愤怒，也是我们这个世界上最无奈的无奈了。人与动物的利益发生冲突时，让步的总是动物，就因为人是高级的、是人吗？这对所有的生灵来说是多么的不公平啊！

最后，我们真的连泪水都剩不下了吗？

关东山野笔记

一、小松鼠

20 世纪 70 年代初，父亲被安排到延边朝鲜族自治州人民银行的一个战备库去做守库工作。在林区一座山坡的一大片落叶松林里，有几栋石头房子，里面存放着一箱又一箱的金融档案。父亲的工作就是守护那一箱箱的纸，守护那些纸上面的一行行数字。

那是一项极其寂寞的工作，几乎不怎么与外界交往，连战备库的对外名称都是用数字做代号的。

有一天，父亲在林子里捉到了一只小松鼠，父亲称赞它是个小机灵鬼，说是费了很大的力气才把它捉到的。父亲用铁丝编织了一个小笼子，把小松鼠放进去，还在笼子里面放了一个铁皮饭盒，饭盒里铺了些细碎的稻草。父亲说，那个饭盒就是小松鼠的窝。

那个小笼子就挂在门前的一棵落叶松树上，父亲每天都要给小松鼠放几次吃的，有松子、榛子、葵花子等等，还要给它水喝。小松鼠每次吃完了，都要举起两只前爪擦擦脸，那动作很像在作揖答谢。这时候，父亲就会说："真是个小机灵鬼。"

时间一天天地过去了，一年多以后的一天，不知为什么，父亲打开那笼子，要放走陪伴他那么长时间的小朋友。

整整一个上午，小松鼠在笼子里静静地蹲着，就是不肯走出笼子。到了下午，小松鼠突然地蹿出来，很快就跳跃到落叶松树的枝头上。它在枝头蹲牢，大尾巴在身后挺着，威风极了。父亲看着它，脸上充满了爱意。小松鼠好像是对父亲做了一个鬼脸，就又蹿到更高处更深的枝叶中去了。

次日清晨，我惊奇地发现，那只小松鼠竟然又出现在笼子里。昨天夜里，它一定是又回到它的小窝里睡觉的。这简直是一个童话！父亲却丝毫没有惊讶的意思，他只是默默地又往那笼子里放了一把松子……

许多天，小松鼠都是这样，早出晚归。持续了好多天，它才神不知鬼不觉地走了，再也没有回来。但父亲仍然每天都要看一看那落叶松树上的小笼子，仿佛在期望小松鼠回来一住。

多年以后，一次，电视里出现了一只小松鼠。我发现年迈多病的父亲眼睛忽然一亮，紧盯着那只小松鼠，嘴里还叨咕着什么，好像有许多话要说。也许，父亲认定了眼前的这只小松鼠就是当年他喂养的那一只。是啊，在那个寂寞的年代，在那个寂寞的山林里，还有什么能比那只可爱的小松鼠更亲切呢？还有什么能比那只美丽的小松鼠更值得叫人惦念呢？

法国女作家科莱特写到她放走喂养的松鼠皮蒂里基的时候是这样说的：“……我知道，我终将打开笼子，解开它的锁链，而且我会想它的。”当时，父亲的内心难道不是这么说的吗？

二、蕨　　菜

5月，林间的蕨菜幼苗举起了一个个小拳头，他们知道，又到采蕨菜的季节了。

蕨菜不但可以鲜食，还可以晒干贮藏，可以随时食用。据说，日本人称蕨菜为“山菜之王”。蕨菜含有胡萝卜素、维生素等，的确是上等的野菜。在长白山区，每年都有大量的蕨菜出口国外。

小时候，妈妈常带我进山采蕨菜。在满山遍野的蕨菜面前，我最喜欢做的事情是，蹲在那里，用手轻轻地抚摩蕨菜伸出的小拳头那上面的毛毛，茸茸的，很温柔。这时候就会感到，那些蕨菜是一个个低着头寻找大森林秘密的小家伙，悄悄地，身子都弯成了问号。

到了七八月，蕨菜长大了，长高了，有的竟然高达一米。小拳头也伸展开了，像扇子似的轻轻摇动，但仍然是那样不动声色地守候在林子里。

宁静的蕨菜，有含羞的少年，也有展开的青春。它看上去似乎很柔弱，但是它和森林站在一起，又显得一样的坚毅、一样的葱茏。

采下来的蕨菜，要马上把根部蘸上一些土，不然，它很快就会老得硬硬的。腌渍后的蕨菜，还可以一直保持着年轻的绿色。蕨菜这不老的生命，这永远充满生气的色彩，实在是叫人羡慕。

三、细鳞鱼

夏天来了，好天气一个接着一个。扛上鱼竿，背上一口小锅，再带上一些吃的喝的，到牡丹江上游的小河汊里去钓鱼。

在两岸树木的遮护下，河水显得格外清亮，水流也很缓慢，偶有几片树叶从上游漂来，就像一个小小的船队，在你面前打几个转儿，迟迟不肯离去。直到最后被波纹推走，不得不向下游漂去，仍然那么依依难舍，那么深情，那么感人。

再看一看风向，微微的西北风，正是鱼儿咬钩的好天气。没有在林区钓过鱼的人，是不知道怎样掌握风向的。有时因为风向的变化，会使你一整天都毫无收获。林区经常钓鱼的人都知道这样的谚语：“鼠怕猫，兔怕鹰，钓鱼最怕东南风。”这很可能是经验之谈。

此时，在河边整理出一小块地方，用三块石头支起一个小锅，锅里面盛满河中的水，放些作料什么的，再拾些干柴在锅下边点燃。之后，把小马扎摆在河边大柳树的身后，就可以坐在那里甩竿垂钓了。

长白山区水系发达，纵横交错的河流，盛产各种鱼类和其他水生动物。其中数量最多的当数一种叫作细鳞鱼的冷水鱼，这种鱼的鱼鳞少而且细，肉肥味美，小的体重二三两，大的可达十余斤。

细鳞鱼很狡猾，如果有鱼竿或身影在水面晃，它就会躲避起来不再咬钩。但是它也很傻，钓这种鱼可以不用蚯蚓做诱饵，只需在鱼钩上扎一点羽毛、兽毛或一只小蛾子就可以了。因为细鳞鱼经常捕食蛾子、其他昆虫或鼠类，水中石蛾的幼虫和成虫是它的主食。所以，当蛾子一样的毛钩在水面上跳动的时候，细鳞鱼会以为是蛾子在飞舞，它就会跃出水面一口咬住，再拽下水去吞食。这样，一条白白胖胖的细鳞鱼就钓上来了。

这时候，锅里的水刚刚烧开，河水炖河鱼，原汤化原食，真是妙不可言啊。

但是，吃细鳞鱼的时候可要注意，它那细嫩雪白的肉里，还藏着许许多多的小刺儿呢，一定要择干净了再吃，否则，卡到嗓子眼儿里，那滋味可是相当的难受啊。我常想，这大概是细鳞鱼对人类唯一可以使用的报复手段了。

四、抱砂草

山里人都叫它抱砂草。

敏锐的小草。勇敢的小草。

在山野里，在那些潮湿的地方，聚居着它们矮小的家族，一棵又一棵，是那样的不起眼。可它们迎风站稳了自己，又是那样充满了自信。它们是身高只有二十几厘米的小草，可它们的本领却令人吃惊——

蚊子飞来了，它们干坏事太多了，有些累了，也许觉得抱砂草是一片可以信赖的最佳栖息地，就投向了这里。哪知道，它们刚一接触抱砂草那新月形美丽的叶子，叶面上的黏液就把它死死地粘住了，众多腺毛一下子伸出手来，把蚊子牢牢抱紧，逐渐地，蚊子被酸化，成了抱砂草吸收到体内的营养。

风吹送来一粒小沙子，也同样会被抱砂草死死地抱住不放。

抱砂草几乎是山野里最无名而又最认真的猎手了，不知有多少蚊虫牺牲在它的怀抱里，这“食肉”的小草，是多么有趣而又叫蚊虫们胆战心惊的植物呀！

在我离开长白山区多年以后，偶在《辞海》里找到了它的学名——茅膏菜，又叫龙芽草。但是，我仍然觉得抱砂草这个名字好，好就好在一个抱字上。

五、圆枣子

9月，随父亲进山，去采一种叫作圆枣子的野果。父亲告诉我，这种枣本来是叫作软枣子的，东北人“软”“远”读音不分，就把软枣子渐渐地叫成远枣子了，再一点点地发展，就根据这种浆果椭圆形或近于球形的特点而叫成圆枣子了。再问父亲这种枣有否学名，父亲说不出来。但我相信父亲的解释，觉得叫圆枣子很贴切。

圆枣子是一种落叶大藤本植物，其茎长可达三十多米。当你在山里找到它，看到它的藤条缠绕在其他树木身上的时候，会感到植物内部那不息的追求精神。它向着阳光探出自己坚韧的长须，不停地爬行着，像一条美丽的蛇，舞动着迷人的身姿。像一个忠贞的女人，攀附在男人的肩头。这是生动的表达，它一路伸展出更多的信息，布满针叶和阔叶的混交林中。

暗绿色的圆枣子，平滑的果身里藏着许多黑褐色的小籽粒，薄薄的皮下，还含着一些浅浅的棱线。圆枣子的果肉细软，汁多味甜，含有维生素、果胶、蛋白质、淀粉、糖分等，是非常好吃又极富营养价值的野果。

20 世纪 80 年代初的一个秋天，我与河北省的几位青年作家徒步走访太行山老区。从易县君玉村到清西陵时，翻越了云蒙山。在山里，向导采了一些野果让我们品尝，接过一捧野果，我脱口而出："这不是我们家乡的圆枣子吗？"向导说："这就是野果之王猕猴桃呀。"我这才知道，圆枣子原来就是大名鼎鼎的猕猴桃。

后来，我写了一首题为《猕猴桃》的短诗，发表在《河北林业》杂志上，诗云：

深秋的山林野果儿真俏，
猕猴桃这果中皇后多么美妙。

一串串果儿一串串心思，
温存的表示又总是悄悄。

掰开那绿色的引诱，
迷人的细节果然不少。

她与大山热烈相恋，
才有了如此甘甜的味道。

六、黄蛤蟆

黄蛤蟆，又叫哈士蟆。哈士蟆这个名字取自数百年前的满语，它的学名是中国林蛙。黄蛤蟆的体型与一般青蛙无异，青褐色或铁青色的后背，红黄色或红白色的肚皮。它从岸上跃入水中的那一瞬，你会发现它是一个身体健美的优秀跳水运动员。在我的家乡，黄蛤蟆还被学者们称为吉林田鸡。

清明前，发桃花水了，勤奋的黄蛤蟆就早早地结束了冬眠。它们或从江底的石头缝里或从水泡子的污泥里或从山林里的小河沟中钻出来，自由自在地在岸上岸下跳来蹦去。之后，依山傍水，开始交配产卵，繁殖更多的下一代。

我仔细观察过黄蛤蟆在水泡子里产的卵，一只雌蛙能产下一千到两千个卵粒，黑色的，小米粒大小的卵粒，像一颗颗明亮的眼睛，浮在水面，仰望着天空。过些日子，气温升至20℃左右时，卵粒变成了蝌蚪，一个个黑又亮的小逗号，神气十足地在水里游来游去。它们成群结队，无所顾忌，给季节带来了从容愉快的气息。再过些日子，小蝌蚪长出了四肢，又过些日子，拖在身后的小尾巴也不见了，一个个幼蛙长成了。渐渐地，它们就要到山坡下的水沟里面，到乔木下面，到杂草丛生气温较低而没有阳光直射的地方去活动。那里是蝗虫、蟋蟀、蚊子、蝴蝶的成虫和幼虫生活的地方。黄蛤蟆是这些虫类的天敌，它们学着母亲的样子，在这里捕食美味佳肴。据说，一只黄蛤蟆一年可捕食三万多只虫子呢。

霜降过后，进入晚秋，黄蛤蟆们纷纷潜入水中，寻找可以藏身的石头缝和污泥，准备冬眠。

也就是在这个时候，捕捉黄蛤蟆的人们出动了。人们利用各种手段捕捉黄蛤蟆，之后，把铁丝从黄蛤蟆的嘴唇上穿过，或者从一只眼睛穿进去再从另一只眼睛穿出来，一串一串地挂起来晒干。看上去，就像一串串被用了绞刑的小孩，它们的上肢像举着的小手，一副投降的样子。而那长长的后肢，仍做挣扎状，格外的可怜。黄蛤蟆被晒干了，再剥去皮，从肚子里取出一块黄白色、半透明、蜡质有油样光泽的东西，这就是雌蛤蟆的输卵管，极为珍贵的中药材、高级补品蛤蟆油，也叫田鸡油。

也有的人，捕捉到黄蛤蟆并不取油，而是放到锅里与土豆一起炖着吃，或用别的办法吃掉。有的食客吃起来的样子让人感到可怕，用筷子夹起一只黄蛤蟆，从头部至全身往嘴里一放，一阵子大嚼，连骨头都不吐，就又要吃下一只了。有句俗语是：“会吃的嘴对嘴，不会吃的专吃腿。”也就是说，会吃的从嘴部开始直至下肢，一口气吃下。而不会吃的，只能是吃一点大腿上的肉而已。

捕食黄蛤蟆的人都知道，雌蛙好吃，肚子里有蛤蟆油和卵粒，一口下去，千把个生命就消逝了。而雄的就只能是吃肉了。如果在沸水锅里放上切好的土豆块，再把味美肉肥又有蛤蟆油、卵粒的雌蛙和瘦骨嶙峋的雄蛙一起放进去，你就会看到一个奇怪的现象：雌蛙会抱住土豆块不放直至死去，而雄蛙疼痛难忍地跳来蹦去直至死掉也不寻找任何救命的东西。于是，有人又把雌蛙称作母抱子，把雄蛙称作山狗子。

我虽是在长白山长大的，但吃黄蛤蟆一直属于外行，是只能吃一两只大腿的那一种人。至于嘴对嘴的那种吃法，恐怕是不可能学会了。

七、椴树蜜

一进入 6 月，南方的放蜂人就带着他们一箱又一箱的蜜蜂来到了长白山林区。在林子边，他们搭起了帐篷，摆好了蜂箱，开始了他们放蜂人的“蜜月”生活。

在长白山林区，生长着大面积的椴树林以及与其他树木混交的椴树林，这是理想的天然蜜源。蜜蜂们采集椴树花的蜜腺分泌物，再回到自己的蜂窝里酿造出蜜来，这种蜜就是椴树蜜，是蜂蜜中的上品。

椴树蜜呈白色或乳色，黏稠但透明，有油一样的光泽。温度高时它是液态，温度低的时候，它就凝固了，有的甚至能够形成结晶体，山里人称之为“起砂”。黑龙江省的大、小兴安岭以及张广才岭林区，也盛产椴树蜜，当然，名气并不亚于长白山林区的椴树蜜，被称作“黑龙江白蜜”。

林区也有自己的蜂场，蜂场的职工们一到搅蜜季节就都戴着蜂帽在蜂箱中穿梭忙碌着。蜂帽是一个大檐遮阳帽，从帽子上放下来一个桶式小网眼的罩，把整个头部都罩上，以防被蜜蜂给蜇了，那形象，就像阿拉伯人似的。

蜂场职工的工作条件要好一些，生活待遇也可以，毕竟是守在家门口工作。而南方来的放蜂人就要苦多了，他们拖家带口，风餐露宿，与蜜蜂们的辛勤没有什么两样。住在林子深处的，还会经常遭到野兽的袭击。

从蜂箱群中穿过，蜜蜂们在周围嘤嘤地飞翔着，不要怕它们蜇上来，不要因此去驱赶它们，甚至用其他不友好的手段对待它们。因为它们不会伤害你，它们是这个世界上最忙的生命，它们没有一刻空闲的时光，只有辛勤的劳作，仿佛它们天生就没有休息的权利。但是，如果你攻击了它们，它们也不会轻易放弃反抗这个斗争原则。它们会反击的，这种反击就是把尾刺留在你的脸上或者其他什么地方，而它们却将因此而死去。

椴树蜜很好吃，尤其是那种“起砂”蜜。我小时候常用煎饼卷这种椴树蜜吃，它有一种独特的口感。上初中的时候，一到搅蜜时节，就要伙同几个“馋猫”同学进山，到放蜂人那里去和人家套近乎，以便讨得一碗甜甜的椴树蜜。

蜜蜂的组织纪律性很强，它们的生活由蜂王主宰着，所有的蜜蜂都要无条件地服从蜂王，而蜂王却是一个好吃懒做的家伙，它不参加任何劳动，却要吃最精美的食物。蜂王浆是蜂蜜上品中的精品，而这种高级补品，是只有蜂王才可以享用的。看到那些辛勤的工蜂们为着一个不劳而获的蜂王而拼死拼活地劳作着，心里总有些不是滋味。

八、乌拉草

下乡当知青时，冬天上山伐木，冻得脚指头都直了，脚一冷，浑身都跟着冷。我的贫下中农好朋友木匠三哥不知从哪里弄来一大把草，这种草茎秆纤细，土黄色，三棱形，但看上去却不像一般草那样软弱。木匠三哥把草放在一个树墩子上，拾起一个木棒就砸了起来，没用多长时间，就把草砸得软软的了，再摸上去，那种温暖柔软的手感叫人心热。木匠三哥用砸好的草把我的脚包上，再穿上鞋。过一会儿，就觉得脚底下有暖流传上来，脚一热，身上也就不那么冷了。

真是一种神奇的草。木匠三哥告诉我，这就是旧关东三件宝“人参、貂皮、乌拉草”中的乌拉草。哦，这就是乌拉草！

木匠三哥还告诉我，穿胶鞋絮乌拉草，脚能热得出汗。到晚上，把乌拉草从鞋子里掏出来，用热水浸洗一下，放到火炕或者火墙上烘干，第二天用起来仍然细软温和如初。

那么，为什么要把这种草叫作乌拉草呢？前不久翻阅著名社会学家凌纯声先生所著《松花江下游的赫哲族》一书，见到了有关乌拉草的文字：“赫哲语‘乌拉’即鞋，这种草专用以垫鞋子，所以叫它乌拉草。”满族先民的男子冬天穿一种用牛皮或猪皮缝制的鞋子，叫靰鞡，又写作兀剌。穿这种鞋子时，鞋内要絮锤熟的乌拉草。所以，满族人称乌拉草为“靰鞡草”，与赫哲族的叫法音意均相同。总之，乌拉草是生活在冰天雪地里的关东各民族人民的好伙伴。直到 20 世纪 70 年代末，东北边陲的农村，一到冬天，仍有人往鞋子里絮乌拉草。

在制革业不发达的时代，世代东北人民都把乌拉草作为重要的越冬物资，因此它才能跻身于“关东三宝”的行列。如今，时代变了，社会发展了，没有人再往鞋子里絮乌拉草了，乌拉草也渐渐地被排出了“关东三宝”的行列，取而代之的是“鹿茸角”。

但是，乌拉草并没有消逝，在东北，在沼泽、湿地里仍群生着大片大片的乌拉草。乌拉草不再做保温材料了，但它还是可以做绳子、草鞋、美术编织品或用来造纸，它还是制作人造棉、纤维板等的上好材料。所以，每年八九月份，仍有人在收割乌拉草。

乌拉草是很普通的草，但它又是很坚毅的草，在大雪覆盖北国大地的时候，你仍能看到风雪中它那不屈的身影。直到春天再回，它才悄悄地脱去旧装，又托捧出崭新的绿芽。不开美丽迷人的花，没有沁人心脾的芳香，只有那普普通通的叶子，那恭谦的身姿，为这世界生长。我不会忘记它，它使我常存一个松软暖和的回忆。它在远方，时常向我招手。

九、爬　犁

爬犁是长白山区的人们不可缺少的冬季交通工具，虽然现在到处都是“现代化”了，但在大雪覆盖的树林里穿行，使用爬犁仍是最为便利的。

下雪了，冬天来了。选两根柞木或者色木杆子，剥皮，用其做爬犁辕，在上面立插四柱，四柱上面再横穿两根短木杆，爬犁就做成了。

我和父亲在延边州银行战备库居住时，每到冬天都要使用爬犁上山打柴。上山时，把空爬犁拖上山去。下山时，把打好的柴火捆在爬犁上，让父亲也坐上去，我就拉起爬犁顺着山坡奔跑，根本不用费什么力气，只要把握住方向就可以了。因为有爬犁，劳动强度减小了，对于孩子来说，劳动成了一件有趣的事情，不会厌烦。特别是驾着爬犁在树林里的雪地上奔跑的时候，那心情几乎也是在做一种飞翔。至今回忆起来，仍感到那是一幅极美的冰雪图。

爬犁是满语“法喇”的音译加意译的复合词。清萨英额撰写的《吉林外记》中对“法喇”曾有注释：“柁床也”，“似榻无足，似车无轮，冬日御之。亦有施毡幄及狍皮围者，以马牛骡挽行冰雪中，稳健便利”。

法喇的发明，使生活在北疆冰雪中的人们有了轻舟快车。据《明一统志》所载，最早的爬犁是被称作“狗车木马”的，“俗有狗车木马轻捷之便。狗车形似船，以数十狗拽之，往来运递”。这种狗车就是狗拉的雪爬犁。后来又叫雪车、冰床、柁床、雪橇等等。直至“汉族农民渐入东北垦耕，每以法喇载犁，是又有扒（爬）犁之称，至今东北农村所在多有”（《满族大辞典》）。

早年还有一种乘人的爬犁称暖棚子。这种爬犁有篷架，外面罩上毡毯，里面铺着兽皮，还置有火盆，显然是一些达官贵人的“小轿车”，比起《吉林外记》中的“毡幄及狍皮”来要豪华得多了。

至于我与父亲拉烧柴的那种人拉的小爬犁，是爬犁家族中最简单最常见最常用的一种了。

多少年没有再拉过爬犁坐过爬犁了，有时在电视里看到反映东北生活的节目，镜头里有爬犁出现，自己的心就不由自主地跟着滑行。

十、蘑　　菇

在东北，特别是在长白山林区，生长着许许多多、各种各样的蘑菇，有榛蘑、榆黄蘑、冻蘑、青蘑、花盖蘑、松蘑、猴头蘑等等，我的故乡敦化就盛产一百二十种之多，简直就是一个蘑菇王国。

小时候，到蘑菇园子去过。所谓蘑菇园子，就是在山里选一个榆树、松树较多的地方，把树砍倒，让树的汁水散发干净，山里人称之为“跑臊”。再不用怎么管，三年后就会长出蘑菇来。一到伏天，几乎每天都得采蘑菇，那些被砍倒的柞树，还会生长出许许多多的木耳。这个季节，山里人在蘑菇园子里搭好了地仓子（一种马架小屋），守园人住在这里看守蘑菇园。不知这种蘑菇园子如今还有没有了？听说有些蘑菇已经可以人工培植了，那么就不必再去砍伐树木建蘑菇园子了吧？

采蘑菇是一件很开心的事情，特别是在雨天，你自己挨着雨淋到处寻找，却不知那些蘑菇正打着小雨伞躲在一处嘲笑你呢。不同品种的蘑菇有不同的形状，但大多数都没有偏离伞状这个基本形状。

猴头蘑大多长在树丫上，对生，有的大猴头蘑直径可达十五厘米以上。要是找到了一只猴头蘑，就一定还会在附近找到它的伙伴。捧着一对猴头蘑，那心情可以说是相当愉悦的了。猴头蘑做出菜来味道鲜美，营养价值也高，是野蔬中的珍品。除食用外，猴头蘑还可以入药，性平味甘，可治消化不良等多种疾病。

我这些年在冀中平原上多次吃过猴头蘑，但都是人工培植的，没有我家乡的猴头蘑那种野性，也就没有了真正的猴头蘑的意味。猴头蘑是名菜，猴头蘑是赫赫有名的，可在我家乡的山区里，山民们却给它起了个极不雅的名字——狍子屁股。有时觉得这名字难登大雅，可又觉得也没有什么，不就是脑袋和屁股之分吗？要知道，有的脑袋虽然长在了上面，却还没有屁股那么实在呢。

与父亲住在延边州银行战备库时，每逢下雨天过后，我都要新奇地跑到落叶松林里去捡松蘑，或者到柈子垛（把木头劈成块，垒起来的柴垛）里找榆黄蘑。每每找到一堆金黄金黄的榆黄蘑，就会高兴得大叫大嚷，捧回来给父亲做下酒菜。

蘑菇采多了，就用柳条儿穿成串挂在屋子外面晒干，或者放在火炕上烘干，留待冬天的时候食用。如果不及时晒干或烘干，就会生虫子。父亲告诉我，好蘑菇（能吃的）都生虫子，不生虫子的蘑菇就是有毒的，不能吃。我想这个道理很简单，连虫子都不吃的蘑菇人还能吃吗？

20 世纪 80 年代初，我回东北探亲，诗人李广义和张伟陪我到林区走了一趟。在大蒲柴河林场，热情的林场朋友坚持要搞一顿“蘑菇宴”，于是大家出动采蘑菇。各种各样的蘑菇采回来了，有好多我都叫不出名字。林场的一位朋友，为了找榆黄蘑，把自己一块心爱的手表还掉到楞垛（原木堆）里了，山一样的原木堆，根本无法再找到那块手表。

那天，我喝了很多的酒，林场朋友“可对天”的一片真心打动了我，他们的真诚、质朴、透明的胸怀，是多好的蘑菇宴也换不来的。现在，一想起那次林场之行，我的耳边就会响起著名诗人郭小川的诗句——

山中的老虎呀，
美在背；
树上的百灵呀，
美在嘴；
咱们林区的工人啊，
美在内。

斟满酒，
高举杯！
一杯酒，
开心扉；
豪情，美酒，
自古常相随。
……

长白山笔记

说明：《长白山笔记》是当年应《吉林日报》之约而写的介绍性文字，曾在《吉林日报》连载，原栏题为《话说长白山》。收入此集的这一部分文章，文字、标题等略有修改。

神山圣水

到了东北，不游关东第一名山长白山，那可是一件憾事。到了长白山，只是爬一爬山，对它没有什么更深入的了解，仍是一件憾事。

一提起长白山，史学家和地理学家们就会想到《山海经·大荒北经》中的一段记载："大荒之中有山名不咸，有肃慎氏之国。""不咸山"，就是今天的长白山。长白山这座古老的山，历代都有不同的命名。如，汉朝称长白山为"单单大岭"，魏则称为"盖马大山"，这两个名字沿用了大约两千年。还曾被称为"太皇山""保太白山""太末山""白山""白山泊子""老白山"等等。从辽金开始命名的"长白山"这个名字，使用也有八百六十多年的历史了。

从最初的命名，长白山就被涂上了一层神秘的色彩。"不咸山"，有人认为这是东胡语"不尔干"的谐音，即神巫，有神之山的意思。《契丹国志》的记载也颇为神秘："长白山在东南千余里，乃白衣观音所居，禽兽皆白。"金代曾封长白山神为"兴国灵应王"，还修建了庙字，视长白山为发迹之地。到了清代，长白山被尊为祖宗发祥之圣地，康熙皇帝在1677年东巡到松花江边时，遥拜长白山，尊为“长白山之神”，雍正时又在吉林小白山建望祭殿，神案上立有用满汉文字书写的“长白山之神位”的牌位。无疑，长白山一直耸立在古代北方民族文化之中。

长白山是我国东北境内海拔最高、喷口最大的火山体，它的形成历史约有二百万年。长白山有过数次喷发和长时间的间歇，火山喷发出来的灰白色玻璃质浮石堆积在山顶，加之每年积雪长达九个多月，这就使得它常年披挂着银装，可见，长白山这个名字，是多么形象的描绘。

长白山由下至上，随着地势的增高，气温、土壤、生物等自然条件发生着明显的变化，形成了柞栎阔叶林带，红松阔叶混交林带，云杉、冷杉林带，亚高山岳桦林带，高山苔原带五个自然景观。这种由下至上自然景色的变化，地理学称之为垂直景观带。

长白山野生资源极其丰富。茂密的原始大森林，莽莽长白林海，是东北三宝“人参、貂皮、鹿茸角”的产地。形若美女的长白松——美人松，是长白山独有的自然景观。在地质年代的第四冰川扩展时期，其他许多地区已经灭绝了的古老植物红松、紫杉、春榆、黄菠萝等，仍在这里蓬勃生长着，用它们古老而又新鲜的色彩，述说着几千万年的发展史。长白山养育着山中之王东北虎、珍贵的梅花鹿、美丽的鸳鸯、我国特有的中华秋沙鸭……初步统计，长白山有野生植物二千五百四十余种，野生动物一千五百余种，名贵树木，花草鱼虫，珍禽异兽，在这里自由地繁衍生息。它真是一座天然的自然博物馆，是大自然的一部经典著作。

在山体的顶部，有一座因火山喷发而形成的火山口湖，它是中朝两国的界湖，鸭绿江、图们江、松花江三江之源——天池。天池是国内最高的高山湖泊，它的湖面海拔高度达二千一百八十九米，比新疆天山的天池还高出209.1米，湖面面积和平均水深都是天山天池的三倍，而它的总蓄水量则是天山天池的十五倍。一泓碧水宛若一颗美丽的明珠，镶嵌在十六座山峰之中。天池水在天池北部循山岩豁口喷涌而出，飞流直下六十八米，跌入深潭，撞击出如雷的鸣声，泛起虹飞霓跃和弥漫的水汽，这就是著名的“长白瀑布”。

距离天池四公里的密林深处，还有一对圆形湖，呈环状一南一北摆放。北面的湖周长达二百六十多米，五千多平方米的面积，就像桦树林怀抱着的一面蓝色的镜子。所谓小天池，指的就是这面圆湖。

在黑风口的黑石下面，有一千多平方米的地热温泉群在涌动流淌，水温大多在60℃—70℃，有的高达82℃。这里常年热气腾腾，烟雾缭绕。长白山温泉水素有“神水”之称，许多游客到这里来舒筋活血，驱寒除病，在长白山热烈的胸怀里，真实地体会圣山的恩泽和神水的奇效。

长白山又是一座英雄的山。抗日战争时期，在山河陷落、民族危亡的艰难岁月里，在长白山的林海雪原中，中国共产党领导的抗联英雄儿女们，爬冰卧雪，艰苦作战，抗击着日本侵略者，谱写了一曲又一曲表现中华民族坚贞气概的壮丽浩歌。走进密林，凝望每一棵不倒的树木，仿佛在凝望着一座座能呼吸会说话的纪念碑。

1960年4月18日，吉林省人民委员会决定，以长白山为中心，划定周围地跨安图、抚松、长白三县的一百九十平方公里为长白山自然保护区。设在保护区内的中国科学院长白山森林生态系统定位站，是我国八个对外开放站之一，先后承担了二十多项国家自然基金课题、两项国家重点攻关课题。有两次国际自然保护会议在这里召开，有二十多个国家上百名专家学者到这里进行科学考察。1979年11月24日，长白山自然保护区正式加入联合国“人与生物圈”保护网，成为世界瞩目的大自然生态环境保护最好的保留地之一，被誉为“天然博物馆”“物种贮存库”。

正如《长白山志》所概括的那样：“天工、神奇、博大。”的确，长白山是一部读不完的大书。

长白山天池北侧的龙门峰和天豁峰的中间出现了一个缺口，这个缺口就是天池的出水口，被称为“阙门”。天池的水从阙门流出来，河水沿断裂带长期地冲刷、侵蚀，使河床不断地下切、扩大，形成了一条经久不衰的河流，这条河被叫作“乘槎河”，又叫白河、通天河。

天池水缓缓地溢出，进入乘槎河。先是在一段约有一公里平缓的地势里，轻歌曼舞般悠然地散步。紧接着，地势突然陡斜，河水也立刻情绪冲动起来，湍急、奔腾、咆哮，一副激动而不可控制的样子。这种大反差的情绪变化，一路而来，在距天池约一千二百五十米的地方表演达到了极致——断崖直立，经牛郎渡巨石的分切，河水改作两股从悬崖上一跃而下，化作了高达六十八米的长白山瀑布。至此，乘槎河完成了它一千二百五十米的自由奔波，接下来，就该是二道白河、松花江的事情了。

一千二百五十米，这恐怕是世界上最短的一条河流了。然而，有天池做母体，所以它又是最富有生气的一条河流。它孜孜不倦地流淌，从没有停歇的意思。

无论春夏秋冬，也不管旱涝如何，长白山天池几乎是水量不增不减。夏季的长白山区干旱少雨，可天池的水仍不见少。而乘槎河一如既往地流淌着，就像从天池的怀中抽出的情丝，那么多情，无法切断。而长白瀑仍然毫无顾忌地放声歌唱着，就像一个摇滚歌者，那么放荡不羁，那么精力充盈。

长白山天池没有入水口，却有一个出水口，可它的蓄水量在任何情况下都能够做到不增不减，常年不变，这种自我调整的持平，实在令人惊奇。

《长白山江岗志略》中记载：“天池在长白山顶为中心点，群峰环抱，离地高约二十里，故名为天池。土人云，池水平日不见涨落，每至七日一潮，竟其与海水相呼吸，又名海眼。”天池是海眼，能和大海相呼吸，也就是说天池有通向大海的“隧道”。这似乎不太可能。天池两千多米的高度，是海水所能企及的吗？而海水是咸涩的，天池的水却是凛淡的，似乎还找不出科学的理由来。

在人类无法科学地解释自然现象的时代，天池为一个又一个神话的诞生，埋下了一个又一个伏笔。海眼、龙潭……这些词汇本身就带有很浓的神话色彩。传说天池中潜伏着龙，所以才有龙潭这一说。传说天池水之所以被奉为圣水，是因为流淌不完的天池水是池中潜伏的龙吐出来的。传说天池中雷声轰响，百里之内可听得见龙宫演操和龙宫鼓乐之声。传说有一位道人曾经到龙宫拜访过。传说有一年五月，西北飘来一朵黑云，一阵狂风暴雨，冰雹扑落，天池一片烟波无法辨认。数日后，从天池中升起几朵五色彩云，绕天池一周后向东南方向飞去，只有一黑一白两朵云彩居后。又过数日，几朵彩云簇拥着白云从东南方向飞回，落入天池之中。传说这就是黑龙江龙王和天池龙王一同去朝拜东海龙王的故事。传说，传说……

传说是美妙动听的，传说使长白山更多了一些神奇，更多了一些诱人的魅力。

对于天池水源这个奥秘，学术界也众说纷纭。主要的说法有两种：一是认为天池的水源以湖底涌出的泉水为主，以大气降水（如雨、雪）填补为辅；还有一种说法是以大气降水汇积为主，而地下泉水作为填补辅助。

无论怎样，长白山天池，这座悬挂于天际的深湖，它的一泓碧水，的确是不凡之水。作为松花江、鸭绿江、图们江三江之源，长白山天池养育了太多的生命。这神圣之水之所以神圣，就是以它这博大的襟怀和千古功德。

长白山天池三面环山，唯北偏东有一垂斜，流出个乘槎河。而坐落在二道白河畔的小天池，四面没有溢口，唯有一流从西偏南闯入池内。看上去，天池是“有出无入”，小天池则是“有入无出”。大自然把两种不同的风范安排在这里，长白山把两种不同的精神境界摆在人们的面前，不能不说，在这迷离的山水之中，在大自然精工雕凿的奇妙世界里，人们是可以体悟到一种思想精髓的。

苔原带上的生命色彩

从两千一百米至长白山火山锥体的中上部，是气候恶劣、寒冷无比的高山苔原带。（苔原，亦称冻原。是指分布于极地附近或高山的无林沼泽型植被。）在这个区域里，即便是在 7 月，平均气温也只有 7℃左右，而风力强度却大多在七级以上。也就是说，几乎全年是刮大风的日子。不到六十天的无霜期，1100—1400 毫米的年降水量，地表以下的土层被永远冻结着，而地面在一年的十二个月当中，又有九个月被冰雪所覆盖。显然，这里应该理所当然地荒凉，这里是生命的脆微地带。

然而，生命的力量是不可估量的。就是在这种残酷的自然环境里，那些看上去微不足道的矮小植物，却深深地扎下了根。各种杜鹃科灌木、草本植物、苔藓、地衣，它们相护搀扶、充满爱意地生长着。

生命在海拔两千一百米的高处找到了落脚点，但是生命自身的高度却受到了限制。它们的株高不到二十厘米，有的甚至更矮。这些匍匐着的植物，它们委曲地生长着，但它们并不甘寂寞，它们在这里组建了坚强的群体——牛皮杜鹃、毛毡杜鹃、云间杜鹃、苞叶杜鹃……它们是杜鹃种类的优秀代表。岩高兰、多瓣木、圆叶柳、松毛翠、仙女木……它们是小灌木的主要成员。虾藓、砂藓、阿拉斯加藓……它们代表苔藓类植物在这里生存。旧边岛衣、雪地茶、地图衣……它们是成长在这里的地衣类植物。还有草本植物的众多英雄，如长白景天、高山露珠草、长白米努草、单花乌头、楼斗菜、大白花地榆、长白棘豆、高山毛茛、高山龙胆、珠芽蓼、倒根蓼、斑瓣虎耳草，等等等等。它们用自己的身躯，在苔原带铺展开了迎接游人的地毯式植被，铺展开了一个独特的景观。

可不要小瞧这些矮小的植物，为了在这薄薄的土层上生长，为了吸取养料和水分，它们不能不付出极大的努力，把根扎得更深。比如仙女木，这棵身高只有五厘米的小植物，却把根扎向土壤160—250厘米之多。再比如圆叶柳，它的身高8—20厘米，根却有100—200厘米。

为了御寒，高山罂粟在主茎上分出众多的分枝，用这些密集的枝叶达到自己保护自己的目的。而高山风毛菊则为自己穿上了白茸毛的外衣。虎耳草的叶子贴紧地面，为的是把更多的地表热量汲取。

有顽强的生命，就会创造出生存的奇迹。高山苔原上的地衣植物，是真菌和藻类的共存体。真菌附在岩石上吸收水分，藻类细胞再用真菌海绵组织中的水分和微量矿物质，进行光合作用并制造养料。这就是高山苔原山植物的默契。地衣还可以分泌出地衣酸，用地衣酸分解岩石，使之变成土壤粒子。地衣死后，自己的身体和岩石风化物混合成土壤，于是，在长白山高山苔原带，地衣生长过的地方，还会有苔藓植物、耐旱植物继续在地衣的残体和亡灵中生长繁衍。地衣的自我牺牲和奉献精神，实在是叫人敬佩。

时间对于高山苔原植物的花果来说是特别珍贵的，它们必须在短暂的生长期里迅速而又有序地完成从发芽到凋谢的全过程，之后再进入冰雪覆盖的休眠期。于是，大多植物都把花期定在七八月份，这种集中的大规模的开放，给长白山带来了一道独特的风景线。观光客会在这个时期，会看到长白山森林上限之上，有一派百花争艳、万紫千红的绚丽景象。有人说，长白山戴上了美丽迷人的花环，也有人把这五彩缤纷的景象称为长白山的“空中花园”。

奇特的是，在高山苔原带，本应绝迹乔木，但是偶尔还能见得到单株东北赤杨、黄花落叶松、鱼鳞松等乔木树种。当然，它们同样不可能以其高傲的身躯在这里显耀了，不正常的发育，使它们也学着灌木样子生长。可它们的勇敢精神，是很值得称道的。

高山苔原带的动物种类很少，只有少数动物才敢于在这里显示自己的英雄壮举。黑熊、马鹿等庞然大物只是这里的过客，而小小的高山鼠兔却英雄般在石头缝洞穴里定居下来。还有领岩鹨、树鹨在这里生活，居住在天池群峰峭壁上的白腰雨燕也经常到苔原上来练翅。

高山苔原带，勇敢顽强的生命在这里闪耀着夺目的色彩。

变幻的云

长白山有着自己独特而又复杂的气温、降水等气候条件，加之距离日本海较近，还有莽莽苍苍的林海蓄积的水汽和潮湿的空气。于是，长白山就可以用婀娜多姿的云霞奇景来述说自己的壮美了。

夏天的长白山，到处是树木和花草，置身其中，会感到大自然是那样的慈爱可亲，会感到人就是大自然当中一棵会呼吸的树或者是一枚会呼吸的小花和野草。如果在早晨登上长白山，就会有福气看到长白云霞最为迷人的形态。

在天气平和的日子里，天池把一柱水汽射向天空，就像一支笔伸向远天，天池用这支笔在水面上画出一朵蘑菇状的云彩，这真是一个奇妙的景致。其实，天池是休眠火山，至今还在冒着热气和热水，蘑菇云就是天池池底的地热气流喷出池面，随大气蒸发而在空中形成的云彩。

一般情况下，我们都会觉得云离我们还很远，是可望而不可即的。可是在长白山，人和云的接近就显得非常容易了。如果在长白山上住下来，一大早，就有温柔的云彩来擦拭你的窗门。只要你一打开门窗，多情的云就会钻进来拥抱你。云是长白山不会说话的舞姿，云又是长白山最会说话的天使。云在长白山人的心中，是如神若仙的。所以，关于云的传说有许许多多。比如蘑菇云，就相传着一段故事。传说，很久很久以前，东海黑龙因对七仙女非礼，被关押在天池中。黑龙为了早日脱离关押，就经常委托人上天向玉皇大帝求情，蘑菇云雾就是为黑龙去求情的人留下的足迹。

黄昏来了，长白山的云在夕阳中显得更加妩媚多姿。五彩的云轻轻地舒展着裙裾，飘飘然，悠悠然，缓缓地舞蹈着，从大森林的上空荡过。这时，如果你正站在长白山上，就会亲身体验到云霞从自己的脚下游过的滋味，那种感觉是你平时站在云的下面根本无法感觉到的。

到长白山，如果不好好地观一次云，那可实在是一大憾事。云给长白山制造着一个又一个梦境，云给长白山的所有来访者提供着丰富的联想，在这种真实的云的诱惑里，我们感到了语言的苍白。

长白山有许多云中奇景，其中以奔马云最为著名。清晨是看奔马云的最佳时间，当奔马云一出现，你就会感到天边有一群呼啸的野马在奔腾。马群沿着二道白河上来，一路惊动了岳桦林、温泉群，再紧贴瀑布奔女真祭台，旅游一般绕过天文峰，在天池北侧一个急转身就靠着华盖峰的幽谷下去了。这一对云的马阵，来势逼人，走势惊人，回味起来又是那样的感人。天马行空，还有什么能比得了这样的自由穿行呀。

到长白山看云，到长白山体会云，是一种美好的享受。

大峡谷

1989 年 7 月，长白山遭受了一次大风的袭击。三天三夜的狂风，在雷电的伴随下，掀翻房屋，席卷野兽，折断树木，破坏水道，飞沙走石。大自然突变脸色，在暗恶叱咤之中向长白山发难。在这次风灾中，遭受磨难最为严重的要数森林，几千公顷的大森林遭到了不同程度的破坏，损坏林木涉及了七个林业局。

大风过后，为了调查清楚林木的受损情况，一支长白山森林考察小分队进入了深山。就是这支小分队，在进行森林考察的同时，竟意外地发现了一条鲜为人知的大峡谷，这就是后来被称为长白山大峡谷或叫锦江大峡谷的长白山又一新景观。

这条峡谷是火山爆发时期形成的地裂带，是锦江的上源，峡谷大约有六十公里长，最宽的地方有三百多米，而最窄处只有几米，垂直深度约有一百五十米。峡谷两岸生长着茂密的大森林，树木笔直粗壮，由于谷上低温潮湿，使得这老林子里挂满了苍老的白丝，苔藓、蘑菇静悄悄地铺展着色彩。这是一条极为壮观的大峡谷，由于其地貌形成主要是嶂谷和隘谷，所以峡谷两侧，特别是底河两岸的谷坡就显得异常陡峭。加之多年的寒冻风化，峡谷中的冰缘岩柱已在岁月的风雨剥蚀中，形成了多姿多彩雄浑壮丽的自然景观。那些熔岩石林的造型，真可谓千姿百态，让人耳目一新。有形同月亮的，有状如金鸡的，有酷似骆驼的，有宛若观音的，有姑娘依恋着情人的，有母亲怀抱着爱子的……大自然真是鬼斧神工，在长白山的深处，竟然会有这样一个自然杰作的艺术展览。面对这成群成组错落有致的奇特石林群雕，人们不能不展开自己无限的联想，于是，对这些栩栩如生、神态各异的山峰岩石，就有了各种各样的命名，如五指峰、女娲峰、长城峰、城堡峰、骆驼双峰、双熊登山、双象吸水、鸡凤和鸣等等，还有观音遥拜图、象豹嬉戏图、百兽聚会图、仙人相约图等等。这些都是人们面对目不暇接的自然景观产生的丰富联想，也是人们从内心深处发出的由衷赞美。

在峡谷西侧，还有一个昂首挺立的怪石站在半坡上。这一尊怪石，有虎豹的神情，又有史前恐龙的形态，很难给它一个准确而又形象的命名。怪石的身边还有酷似卧狮、猛虎、熊、梅花鹿等动物的岩石相伴，形成了一道独特的风景。有人猜想这可能是亚洲大陆上最北端留存的恐龙化石，甚至还有人怀疑这就是天池怪兽的真实原形。人们姑且称之为“峡谷恐龙”，当然，它给予我们的联想绝不仅仅局限于此。

有人把长白山大峡谷称为“爱情谷”，传说这里是仙女们谈情说爱的地方。也有人说这里是八仙居住过的地方，在岩林中设有灵光、极乐、功德等洞府，还有仙人台、中军帐、议事厅、照情石、铸缘石等。当然这只是传说和想象，但是，它却给长白山大峡谷增添了又一层神秘色彩。

当年的森林考察小分队，还曾在大峡谷的谷底和谷壁上发现过许多奇怪的印迹。其中最为神秘的是，在陡立的峭壁上，有一行“之”字形的脚印均匀地镶在岩石上。虽说是脚印，但又不能肯定它就是人的脚印。因为，每一个脚印都有一米大小，这得是怎样的巨人啊！是外星人留给地球人的印痕，是古籍中记载的长白山野人和毛人留下的行踪或者是远古时期的一处遗存？总之，这又是一个难以揭开的谜。

无论如何，长白山大峡谷是一个神秘的去处。相信每一个探索者或游人，都会在长白山大峡谷这鬼斧神工中得到一份丰厚的收获。在这岩石的行为里，在这岩石的语言中，在这森林的庇护下，在这尚未探明的传奇的地域上，也许你会打开一片更新的思维天地，长白山大峡谷会实实在在地给你一份奇谜。

神秘的天池怪兽

1980 年 9 月 18 日的《延边日报》，发表了一条题为《长白山天池发现奇异动物，有关部门正在密切观察中》的消息。这是一条令人惊异的消息。在一个多月的时间里，国内的《吉林日报》《光明日报》，国外的法新社、路透社、合众国际社等几十家新闻媒介都发表了消息。10 月 9 日的《光明日报》以《天池怪兽目击记》为题，摘发了雷加先生的散文《天池纪事——乡土行之一》中详细描写目睹天池怪兽的一段文字。

一时间，长白山天池发现怪兽的消息轰动了国内外。

在这里，让我们简要地回顾一下几次较为重要的目睹天池怪兽的情形——

1980 年 8 月 22 日上午 8 时 40 分，长白山天池气象站的两位同志在天文峰紧临天池的岩石上发现天池中有动物涌出水面。出水动物的身后拖着很长的“人”字形水纹，向北岸游动。在天池边上的另两位吉林省气象局器材供应站的同志，绕过岸壁，登上天池边一块大卧牛石，更清楚地看到，距离天池岸边四五十米处，有两只动物一前一后地游来。两只动物游得很快，前面的一只整个头部露出了水面，仰翘着，好像水蛇的头，看不清五官，只看见颌下有光滑灰白的毛。山上的同志赶到天池边，水中动物已消失。十多分钟后，距离岸边四十米处，水波翻涌，有一只动物突然露出水面。动物的样子古怪蠢笨，脑袋和人头的大小差不多，圆圆的眼睛，嘴向前凸起，背的一部分也露出了水面，可以推测出怪物的大小与牛相近。怪物发现了人，反身洄游二十多米并下潜。二十分钟后，在二三百米处，两只怪物又出现一次，这一次露了一下头就又潜没了。

同年8月21日和22日，在长白山体验生活的作家雷加先生，两次登山两次亲眼看到了天池中的怪兽。喇叭形的划水线，尖端有时露出盆大的似头部的黑点，偶尔露出像背部的梭状形体。

23日，青年画家卢兴华在天池写生时，又发现有五头怪兽出没，它们浮上浮下地在天池中戏水，头有点像牛，身躯似狗，末端形成像鸭嘴似的东西，背部有黑色长毛，腹部颜色较浅，身体露出水面大约四米。

在这次目睹天池怪兽的人们当中，有省气象局的工作人员周凤瀛同志，算起来，他已经是有幸三次目睹到天池怪兽了。他觉得，这一次看到的怪兽，与他1962年8月看到的怪兽完全一样。

自1962年以来，三十多年里，有数百人几十次看到了天池怪兽。

1981年9月2日，《新观察》记者李晓斌用1000毫米长焦距镜头，在天文峰东侧拍下了第一张天池怪兽的照片。

1985年6月30日，美籍华人美国华盛顿大学美术系教授王琦等七人，在鹰嘴峰右侧俯视天池，看到天池中有一个巨大的动物在游动，脊背露出水面，背上三条两米来长的条纹清晰可见。

1986 年 8 月 5 日，延边旅游局局长冯文以及全国政协华侨组参观团六十多人，在天文峰看到天池怪兽游到离岸边不远处，停在一个地方近一个小时不动，后来游向湖中潜入水里。

1993 年 8 月 7 日，长白山天池宾馆的八名职工，发现离天池岸边大约有一百米的池水中，有一个像倒扣着的大铁锅似的动物在慢慢游动，过几分钟后，慢慢下沉且无影无踪。

1994 年 8 月 20 日下午 3 时，天池怪兽再次出现，陪同韩国旅游者的延边国际旅行社摄像员金香兰小姐，拍摄到了两分钟的录像：怪兽像一颗黑色的珍珠，闪闪有光地从天池中部向北偏西的方向游来，速度极快，拖着有 70—80 米长的划水线。这是弥足珍贵的两分钟。

……

神秘的长白山天池怪兽的出现，吸引了更多的游客来长白山，同时也磁石般吸引着更多的科学工作者、新闻工作者、文艺工作者……时至今日，天池怪兽的影响，已经不亚于百慕大三角、不明飞行物和尼斯湖水怪。

天池怪兽的出现，使长白山这座神奇的大山，又增添了更为浓重迷离的一笔。天池，以其梦幻般的手法，呈现出一道道奇异的光色。天池怪兽则在这种光怪陆离的色彩中，扮演着一个谜一样的角色。也许，它在向人们证实着《抚松县志》对长白山天池所做的描写：“藏天然之秘，蕴蓄万古之灵奇。”神秘，让人感到大自然还有更多的事物需要去体悟；灵奇，让人觉得这世界还有更多的内涵需要去领略。

中国人崇尚“耳听为虚，眼见为实”，所以，更多的人在向长白山攀登，他们想碰上个好运气，目睹天池怪兽的尊容。

关于长白山天池怪兽的传闻，沸沸扬扬十几年了，特别是近些年来，这个神秘的家伙频频亮相，更引起了人们的普遍关注。

有些人认为，长白山天池不会有怪兽。理由是，长白山天池是火山爆发后形成的火山口湖，水温低，不会有生物存在。也就是说，天池怪兽没有赖以生存的食物链。这样，长白山天池有怪兽就是一个神话，而不是什么神秘了。

然而，却不断有人发现天池有生命存在。

1988 年 7 月 29 日《人民日报》有一篇题为《青年昆虫分类学家李景科——打破“天池自古无生命”成见》的消息，报道了青年昆虫分类学家李景科在长白山天池近岸的明岩上采集到三十一只处于休眠状态的瓢虫。这种瓢虫俗称“放牛小”，下山后全部自然缓活，从而打破了“天池自古无生命”之说。

在《人民日报》这条消息发表之前的 1988 年 7 月 17 日，《延边日报》报道说，7 月 9 日和 10 日，修路的民工们在长白山瀑布下捉到了活鱼，鱼是从天池瀑布流下来的，很多鱼都跌昏了，很好捉，有的民工一次就能捉到五六条。长白山管理局组织有关人员对这些活鱼和这种现象进行了科学调查研究，长白山保护局博物馆还捉到七条制作了标本。这种鱼的肚子发白，身上有红色花斑。巧的是，九十年前成书的《长白山江岗志略》中也曾有过发现天池有鱼的记述：“前有道人登白山，由悬雪崖下临天池，见有倒鳞鱼数尾，赤白色，跃于池中。涉波捕之，得其一，放置玉浆泉……”鱼的颜色与今天相同，不同的只是鱼鳞，一倒一顺。

据悉，朝鲜科学考察团在天池中也捉到过活鱼，打捞到过水草。

还有人在天池中捉到过水虫，等等等等。

这些，能不能说明长白山天池怪兽是有可赖以生存的生物链的呢？

其实，长白山天池怪兽的发现并不是今天才有，历史上也有过一些记载。《长白山江岗志略》有这样一段：“据引路人徐永顺云，光绪二十九年（1903）五月，其弟复顺，随王让、俞福等六人，在汩石坡下杜坡口，忽见两鹿……下坡入池，六人尾追，扶石下，王枪毙其一，其一入池不见，而大雾从池中陡起，六人对面不相见……方惊疑间，适来一物，大如水牛，吼声震耳，状欲扑人，众益惧，相对失色，束手无策。俞急取枪击放，机停火灭，物目耽耽，势将噬俞。复顺腰携六轮小枪，暗取放之，中物腹，咆哮长鸣，伏入池中……”1928 年成书的《扶松县志》也有一段记载：“六十年前，有猎者六人至天池钓鳌台，见芝盘峰下，自池中有物出水，金黄色，首大如盎，方顶有角，长颈多须，低头摇动，如吸水状，众人登坡至半，忽闻轰隆一声，回顾不见，均以为龙。”

为了早日揭开神秘的长白山天池怪兽之谜，显然要进行长期的科学研究探讨，这是大自然给人类出的一道有意义而又极其艰难的课题。

1993 年 3 月，为迎接 1993 年中国山水风光游，长白山旅游吉祥物选中了天池怪兽，并给这个神秘怪物起了一个祥和的名字——吉利。1993 年 12 月 3 日，长白山天池怪兽研究会在延吉市成立。1995 年 4 月 15 日，长白山天池怪兽研究会在延吉市举办了冰川杯怪兽理论研讨会。1995 年 8 月 22 日，由资深摄影家王颖先生负责的长白山天池怪兽观察站在长白山天文峰上宣告成立。长白山天池怪兽研究会顾问吴广孝先生、研究会会长柴景国先生以及众多的有识之士，为解开长白山这个未解之谜做了大量的工作。有关天池怪兽的研讨以及围绕它开展的一系列活动，正呈现于科学研究和浓郁的文化氛围之中。

长白山天池怪兽研究会会长柴景国先生说：“世界各地多处发现类似史前恐龙类动物的怪兽，这很值得深思，或许其中有超出常规的奥秘。我们不是不尊重常规，而是反对被常规僵化了的头脑。人类的认识没有止境，总是在不断的发现中获得突破。对自然世界之谜保持一种新鲜感，这有助于拓展思维空间，开发民族智力。另外，天池怪兽是长白山得天独厚的旅游资源，对此，我们的态度不应该麻木。”

柴景国先生的这番话，对于揭开长白山天池怪兽之谜，搞好科学研究，乃至利用天池怪兽的出现，搞活长白山旅游事业，都有着很现实的意义。这是一个有着较高层次的思维定位。

关东王——东北虎

在长白山，关于东北虎的传说和故事有许许多多。虎是凶猛的大型猫科动物，它不可一世且自由地在自然界中漫游并称雄，是公认的兽中之王。它意味着勇敢、速度、敏捷和力量。在东方文化里，虎以其迷人的色彩和威严，成为王权的象征。它们因此受到人类的敬畏，同时也引起人们强烈的好奇。

从动物分类学来看，虎只有一种，但是它的亚种至少有七八个。我国是世界上拥有虎的亚种最多的国家，至少有东北虎、华南虎、孟加拉虎、东南亚虎（又名印度支那虎）等亚种。在 20 世纪初以前，新疆西部和南部的沿河丛林芦苇地带曾经有过虎，曾被认为是另一亚种，但是这种虎现在是否还有存在已很难说。在这些虎当中，东北虎以其身躯雄壮庞大，毛色鲜艳美丽而夺冠。在饲养的东北虎中，最大的一头超过三百二十公斤。1951 年乌苏里地区猎杀过一头东北虎，体重达三百八十四公斤，可谓庞然大物了。

东北虎主要分布在长白山、大小兴安岭和乌苏里江一带，由于范围狭窄，数量日渐稀少，这种身价很高的老虎已经成为世界稀有珍贵动物。1986 年 4 月，国际自然与自然资源保护联盟（IUCN）召开了“世界老虎保护战略会议”，会议制定的《保护猫科动物宣言》（草案）中有这样的预言：“中国是唯一拥有四个虎亚种的国家，但到 21 世纪末时，野外恐怕将不会有虎的存在。”这个预言是很悲哀的。无论从动物研究、生态环境、文化科学研究等角度看，还是从自然保护、珍稀动物种群等角度来看，东北虎的存在都有着极其重要的意义。

长白山人把东北虎叫作“山神爷”。东北虎的背部和身体两侧呈黄色，腹部白色，整个身体布满黑色横纹，前额上的黑色条纹呈“王”字形。它主要生活在长白山针阔叶混交林和阔叶林中的山崖间，山坡和险要石岩处也是东北虎栖息的地方。东北虎锋利的爪子有十厘米长，刀一样的犬牙有六厘米长。真是一口尖刀，满手利剑。东北虎的机警和猫差不多，行走和跳跃的能力很强，一昼夜可行走八九十公里，其每次跳跃的高度可达两米，长度达 5—7 米。东北虎是一个独往独来的行者，它的美丽、孤傲和凶猛，的确有着王者的气质和“山神爷”的风度。它似乎在告诉人们，懦弱的动物们成群结队，而大无畏的动物才敢于独处。对于虎来说，这也许是它们引为自豪的精神素质。

东北虎的捕食对象主要是野猪、鹿、狍子等。捕捉动物时，力求稳、准、狠，从不拖泥带水。如果遇到敢于拼命的动物，东北虎并不盲目行动，它会非常智慧地想出办法，既不伤着自己，又能获得猎物。野猪是一种脾气暴躁、敢打敢拼的莽汉般的动物，东北虎从不和这种动物正面接触。当一群野猪结伴而行的时候，东北虎只是悄悄地隐行在它们队伍的后面，就像一个放牧人在放牧着一大群野猪。可一旦有了机会，它就会毫不犹豫地捕捉到走在最后面的那一头野猪，并把它吃掉。长白山的山里人戏称东北虎为“猪倌”。

东北虎还经常袭击黑熊，没办法的黑熊，有时就被逼到树上。东北虎不会爬树，它就耐心地在树下等着，或者在树的附近找一个隐蔽的地方躲起来，直至等到黑熊下来。耐心、专注、凶猛、灵智，这是东北虎性情当中非常重要的组成部分。也可以说东北虎是智勇双全的动物。

东北虎浑身是宝，上等的毛皮，可做药用的虎骨、虎须、虎胆、虎血、虎眼、虎鞭、虎胃、虎肉等等。所以东北虎又是经济价值很高的动物。

但是，东北虎毕竟已属稀有的珍品，它已被列为国家一级保护动物。如果东北虎绝迹，长白山也就会失去一种光色。保护这样的珍稀动物，是我们每一个人的事情。保护东北虎，也就是保护我们人类自己的情怀。

岳 桦 树

长白山大森林的脚步，由下至上走了一千八百多米，众多的树木似乎就没有胆量再往上行进了。再往上，海拔 1800—2000 米，也就是长白山火山锥体的下部。在这里，因为山势陡峻所以土壤瘠薄，降水量大蒸发量却很小，气温低，风力强，每年有二百多天是在八级以上的大风中度过的。可见，这里是生命脆微之地。然而，就在这极其恶劣的自然环境中，大森林的代表——高山岳桦，以其勇敢和坚毅，在这里顽强地扎下了根。一棵棵岳桦树，手挽着手，肩并着肩，组成了岳桦林景观带，这个景观带也被学界称为亚高山岳桦林带或叫岳桦矮曲林带。岳桦林带是长白山针叶林带和高山苔原带之间的一个过渡带，也是长白山森林植被的上限。

长白山有岳桦、枫桦、白桦等各种桦树，其中以白桦最享盛名。《清稗类钞》有过“吉林乌拉设桦皮屯，采皮入贡”的记载，可见在当时吉林岁贡的方物之中，桦树皮是占有很重要的位置的。这种进贡每年要有数次，有时数量要高达“紫桦皮一万二千张，白桦皮三千张”，不知有多少桦树在忍受这种剥皮之苦。只有岳桦树躲到了长白山海拔高、极寒冷的地带，仿佛是对权势的一种蔑视，又像是在做着一种超凡脱俗的修炼。

然而，生命总是在艰难的磨砺中呈现出自己的风格。由于生存环境的严酷，岳桦树不可能像其他针叶乔木树种那样挺拔潇洒，它在雪压风吹之中，忍受着树皮被狂风撕扯、根须在薄土中凸露的痛苦，那样刚毅坚定地顽强生息着。岳桦林就像是一群坚强地爬行着的树木，它们矮小的身躯，被扭曲而不折，虽然风扑雨打，霜缠雪裹，都无法抑制它从基部分出的枝杈，那是生命的韧劲在张扬，那是生命的旗帜在摆动，那无疑也是长白山性格中最具有代表性的一部分。

已故诗人万忆萱曾对岳桦林有过这样的描写："暴躁的风呼啸而来/林海在咆哮，苔原上一片嘈杂/它却依旧吸吮着阳光水分/悄悄地、悄悄地抽枝发芽/既没有逢迎的絮语/也没有轻狂的喧哗。"的确，岳桦林的朝气和力量并没有表达在它备受伤损的外表，于无声处，我们是可以感受到它年轮中植物血流的脉动的。这很容易让我们联想到关东人的性情，联想到关东人精神的执着和对自己故土的一往深情。

还是诗人万忆萱写的——

它，也许是过于执扭了，
所以怎么也不能长得高大，
但，却默默地结成一带长城，
逶迤数百里，绵延到天涯……

是啊，长得高大未必就是崇高，长得矮小未必就是卑微。岳桦林，这是一群让人感动的树木！它们在自己忍受苦难的同时，却用自己的根须拢住土壤，用自己的生命护养着水源，用自己的身躯为盛夏里的动物们避暑。岳桦树是甘于清苦的树木，岳桦树又是敢于搏斗的树木，岳桦树更是勇于奉献的树木。

美人松

如果从北坡登长白山，首先迎接游客的便是亭亭玉立于二道白河车站和公路两侧的美人松。美人松又叫长白松，当它首次被发现时，我国的科学家们曾对其做过认真的研究和鉴定，确认这种树木是欧洲赤松在我国的一个变种。时至今日，世界上只有我国的长白山才有这一珍贵的树种。所以，美人松以其独立不群而得到人们的珍惜，以其丰姿绰约而被人们迷恋，它的美名享誉天下。

《长白山纪行》中对美人松有过这样一段描述：“妩媚的美人松羞花闭月，枝条酷似妙龄少女的香臂，舒展开去，潇洒脱俗。叶冠犹如美人的秀发，光彩照人，文雅迷人。”的确，俏丽的美人松，橘黄色的树干光滑发亮，苍翠的针叶密集如团，挺拔秀丽的身躯高达20—30米。它的侧生枝条全部集中在树干的顶部，形成美丽的伞状树冠。而那些伸展开来的枝条，力量中饱含着妩媚，婀娜中显示着苍硬。这是大自然的造化。成群成片的美人松，就像翩翩起舞的舒袖仙女，组织起了一支亲切热情的队伍，在长白山下迎接着八方游人。

美人松对生存条件的要求并不高，它们生长在干燥瘠薄的火山灰土壤上，在它们生活的地方，几乎没有别的树木生长。美人松的外表虽像闺中淑女，可它的内里却潜藏着与一切恶劣环境抗争的顽强毅力。美人松实际上是一种毫无娇气的树木，只要看到它生长的地方，就可以想象出它的耐力和与贫瘠进行较量的大无畏精神。

在民间，关于美人松的来历还有许多传说。相传，从前长白山下有一个张老头收养了一个名叫松女的孤儿，两人爷孙相称苦度日月。松女十九岁那年，从黑熊掌中救出了一个叫袁阳的小伙子，两人从此相爱。但是，山盗一直想霸占松女。山盗们害死了松女的爷爷张老头，又害死了松女挚爱着的袁阳。满腔仇恨和痛苦的松女，在深山里和山盗们展开了一场生死搏斗。最后，机智的松女终于战胜了凶残的山盗，但是，她自己也是遍体鳞伤，她爬到自己的家乡白河岸边，咽下了最后一口气。悲伤的乡亲们就把松女埋葬在了白河边。第二年，松女的坟头上长出了一棵非常漂亮的树，人们从未见过这种树，都说这是美丽可爱的松女变的，就把这种树叫作美人松。

还有一种传说是，从前有一条恶龙霸占了长白山天池，天池水不能流出来灌溉良田，人们受尽了干旱的折磨。一个木匠不怕恶龙的淫威，拿着斧子跳入天池，和恶龙展开了搏斗。木匠的妻子抱着水缸在山上侍候，木匠与恶龙斗几十个回合就上来喝一缸水，经过三天三夜的搏斗，恶龙罪恶的头被木匠砍了下来，天池的水又重新流了出来，干旱中的人们得救了，可是木匠却再也无力上岸来了。木匠美丽年轻的妻子不相信自己的亲人会死去，一直守候在山头，期待着丈夫的归来。天长日久，木匠的妻子渐渐地变成了一棵美丽的松树，人们称这棵树为美人松。

美人松是长白山人对未来充满向往与追求的象征。这些动人的传说，就是长白山人对美好生活的无限向往，是对善与恶的评说，也是对生存与命运的形象描述和寄托。事实上，人类与植物的关系由来已久，并不是一两段民间故事所能表述完全的。人类利用动植物象征性地体现自己的品质，同时，也淋漓尽致地表达了自己对于动植物的感情，这无疑是一种文化上的缘分。美人松所受到的尊重和赞美，正说明和证实了人类与大自然中的植物所具有的难以割舍的亲情。

百草王——人参

“东北三宝”排名第一的就是人参。这个属五加科多年草本植物，是驰名中外的珍贵药材。人参适于腐殖土层厚，排水良好，含磷、钾多的森林土壤中生长。人参喜冷凉，能耐寒，怕高温和直射光，这样，长白山和大小兴安岭茂密的针阔叶混交林就成了我国人参的主产地，尤以长白山区数量最多，质量最好。

山区人把人参叫作“棒槌”，历代长白山各族人民都有采参的习俗，采参，也称挖参或挖棒槌。满族缔造者努尔哈赤青少年时曾从事采参业，与汉人进行贸易，为抵御明朝的压抑，取人参晒干法，大获其利。到了皇太极时期，采参仍能达万斤以上，其中大部分是作为商品与明朝、朝鲜贸易。清入关后，对满族发祥地长白山的人参实行专挖，由内务府直属的采参机构进行，如在吉林设打牲乌拉衙门专管采挖；也有在户部下通过有关机构控制采参的，把人参作为对宫廷的主要贡品。由于野生人参的珍贵，大量采挖会影响生长甚至使其绝迹，清朝还明令限制滥采滥挖。

参的体态酷似人形，在民间文学中，人参是以正义、善良的形象出现的，充满了神秘的色彩。人参或是一个身着红兜肚、聪明过人的小男孩，或是一位慈祥善良的老人，或是一个美丽的少女。在长白山区，有关人参的故事流传之广，数量之多，是其他任何一种动植物故事无法比拟的。

古人把人参看作神草、王精、地精、血参，等等，而“百草之王”这一称号很有可能是出自满语。如果把满语对人参的称呼“沃尔霍达”译成汉语，就是“百草之王”的意思。

在长白山林区，挖参也被称作“放山”。野生人参非常罕见，很难轻易采挖得到。一代又一代的放山人，留下了一个又一个悲壮的故事。放山的规矩很多也很严格，甚至对放山人在山上的说话都有严格的要求，也就是说，放山人有放山人的行话。如上山第一天就挖到了人参叫“开眼”；把人参从土里挖出来不能说“挖”，而要说“抬”，挖人参就叫“抬棒槌”；不说抽烟而说“拿火”，不说休息而说“拿个堆”，不说吃饭而说“拿饭”，等等等等。

放山人的领导被称作“把头”，把头是绝对的权威，把头安排的事情，要坚决照办，不能违反。在距通化市区十四公里的蝲蛄河北岸有一座“把头坟”，把头坟的旁边有一块大卧牛石，石上刻诗一首。这里安息着放山人的祖师孙良。传说，孙良是长白山第一挖参人，他从山东来到东北，在山里和同来的兄弟走散了，为寻找自己的兄弟，他翻山越岭，历尽艰辛，直至最后累死。临死前，孙良在一块大卧牛石上写下了一首悲壮的诗：“家住莱阳本姓孙/漂洋过海来挖参/路上丢了亲兄弟/沿着古河往上寻/三天吃了个蝲蝲蛄/不找到兄弟不甘心！”孙良死后，就变成了庇护穷苦放山人的长白山老把头。这很可能是一个人们创造出来的形象，不难理解，一代代的放山人，是多么渴望有一个“孙良”作为精神支柱，渴望有一个“孙良”带领他们走向更美好的生活啊。

把头坟是吉林省挖参旅游路线的必经之地，游客在这里领得一顶草帽和一根“索拨棍”（放山人拄的木棍子），就可以在导游的指导下进山参加放山活动了。

一般游人很难见到野生人参，这不要紧，在长白山区，人工栽培人参的参园星罗棋布，这种参被称作园参。人工种植人参的成功，补充扩大了人参资源，使长白山成了真正的“人参之乡”。

仙兽梅花鹿

中国是世界上产鹿种类最多的国家，全世界的鹿科动物有十七属三十八种，中国就有十属十八种之多，占世界鹿属的一半，占世界鹿种也将近一半。在中国产的鹿科动物中，有一个麋鹿属是特有属，有四五个种是特有种。分布之广，数量之多，可以说，鹿科动物可视为我国的特产动物。

自古以来，鹿就是中国帝王、贵族乃至一般老百姓的射猎对象，狩鹿在中国古代的记事中一直占有很重要的位置，连孔子所订六艺之一的“射”，也和“射鹿”有关。

长白山盛产马鹿和梅花鹿，马鹿体形大，体长两米左右，体重二百余公斤，毛色深，无白斑。梅花鹿体型要比马鹿小些，体重一百公斤左右，身上披有许多如梅花似的美丽的圆白斑点。这两种鹿都以鹿茸的高质量而著称于世，鹿茸是驰名中外的“关东三宝”之一种，是医疗上用作补精髓、壮肾阳、兴奋肌体功能和促进新陈代谢的珍贵药物。除鹿茸外，鹿角、鹿肾、鹿胎、鹿尾、鹿筋、鹿骨、鹿血、鹿皮甚至鹿肉，都是珍贵的药材，可以说，鹿的全身都是宝。在清代，鹿是满族和八旗兵行围中的主要猎物，鹿茸是各宗贡品中的上品。随着大量射杀，鹿只日渐减少，为了确保贡品，到了清代后期，则变射猎为窖猎，取活鹿蓄养，野鹿开始走入家圈。

在鹿类中，梅花鹿以其温顺秀美、娇羞典雅的独特魅力，赢得了人们的特别喜爱。在长白山，梅花鹿被视为有灵性的“仙兽”。古代有许许多多关于梅花鹿的动人的神话传说，在那些传说中，梅花鹿有时是神仙的坐骑，腾云驾雾，到处去救苦救难，为人们免灾治病，神力无穷。梅花鹿有时又是南极仙翁的贴身鹿童，是寿、福的象征。这既是人们对美好生活的向往和寄托，又是人们对大自然中美好动物的由衷的赞美。过去长白山里住着许多猎户，据说好猎手们射杀梅花鹿的时候是非常讲究的，一是春天不打雌鹿，因为雌鹿要在春天里生下小鹿崽；二是秋天不打雄鹿，因为雄鹿要在秋天里交配，繁衍下一代。即便是实在没有野兽可打，遇到了鹿群，一般也是挑开始“吐草饼子”的老鹿打，因为这样的老鹿，是属于快要自己死掉的那一种。但在射杀之前，常常要念叨这样一句话：“梅花鹿啊梅花鹿，你就要成为人间的一道菜，今天我成全了你，梅花鹿啊你可别见怪。”可见，一般猎手也还是很畏惧梅花鹿的“仙气”的。

如今，很多地区特别是东北地区成立了一些养鹿场，人工饲养梅花鹿已经很普及。鹿茸等产量非常之多，长白山区的鹿茸产量在全国首屈一指，吉林省已是我国的重点产茸省。这不仅提高了梅花鹿的经济价值，丰富了我国的中药药源，同时也更好地保护了野生的梅花鹿。梅花鹿虽然已经有了大批的人工饲养，但人工饲养的梅花鹿毕竟还不能代替野生梅花鹿，有的野生亚种已经灭绝，数量最多的华南亚种和东北亚种也所剩不多了，也就是说，野生梅花鹿仍然十分珍稀可贵。江西彭泽桃红岭是江西省唯一的一个梅花鹿产地，这里大约还残留着一些华南亚种的野生梅花鹿，已被划为梅花鹿自然保护区。而东北亚种野生梅花鹿的保护工作依然是任重道远，长白山是梅花鹿的故乡，当然也应该是野生梅花鹿永远的家园。

秋天来了，当我们走进长白林海，当我们透过五花山浓密的树叶，听到一声声如歌如诉的鹿鸣时，当我们凝神于清澈见底的溪流，看到一个个如诗如画的鹿影时，我们的心中，怎么能不开满欣慰而又动情的梅花？

夜行猎手长白紫貂

紫貂，又叫黑貂、赤貂，长白山区的人也叫它“大叶子”，这是体长只有四五十厘米的鼬科食肉动物。别看它四肢短小，身躯细长，其貌不扬，名气却大得很，自古以来，国内国外，无人不晓。紫貂在“关东三宝”中名列第二，只因为它有一身珍贵无比的皮毛。貂皮的皮板优良、轻柔结实、毛绒丰厚、色泽光润，特别是它那黑褐色中掩藏着均匀的白色针毛，也就是皮革制品的行家所说的“墨里藏针”，以其华丽美观、保暖效果好而被尊为制作各种高级皮大衣的上品。就是在国际市场上，紫貂也当之无愧地被称作“裘皮之首”。

相传，有一年冬天，一个关内来的年轻的猎人在饭馆里遇到了一个不怕冷的小老头，年轻的猎人就和这小老头面对面地坐下来聊了起来。这时候，一个收山货的“老客”走进了饭馆，小老头一看见这个人，起身便走，匆忙中忘了交饭钱，店掌柜抓住小老头不放，善良的年轻猎手就替小老头交了饭钱。后来，年轻的猎手想打些猎物换钱回关内老家过年。可是，一连月余，一个猎物也没有碰到。这时，那个小老头又出现了。小老头说，上次你帮了我，这回你也遇到了难处，没别的，我就送你一件衣裳去当几个钱回关内老家吧。年轻猎人回来一看，那衣裳原来是一件上等紫貂皮。年轻猎人把貂皮拿到当铺换了很多钱，然后回关内老家去了。这里讲述的不仅是一个与人为善的故事，也讲到了紫貂皮昂贵的价值。

长白山是紫貂的重要栖息地，紫貂的巢穴常常营造在针阔叶混交林或针叶林的树洞里和树根的下面，或者营造在石头堆里。在长白山的森林王国里，紫貂以其敏捷、勇毅、善战著称。它性情孤傲，独往独来，追杀松鼠、野兔、鸟、蛙、鱼等为自己的主食，捕食时非常凶狠，是长白山的一种小小的猛兽。由于紫貂经常昼伏夜出，所以，想在大白天看到它的尊容是不太容易的。紫貂是夜行猎手，它擅长爬树，感觉器官极其灵敏，捕杀手艺高超，是那些小型啮齿类动物的强敌。

长白山老一辈的猎人，都有狩紫貂的经历，他们采取下套子、在冬天雪地上沿紫貂的脚印追击、在紫貂洞穴的出口点火烟熏等多种办法捕貂。但是，由于紫貂的机智聪慧，所以很难一下子捕获。捕貂须有极大的耐心，不是一般人能够忍耐得了的。尽管如此，那时还是有许多人想着法子捕杀紫貂。清朝的时候，朝廷还专门设了猎杀紫貂的机构，大量貂皮成为贡品，以致长白山紫貂的数量越来越少。

如今，为了保护紫貂这一珍贵物种，并能使这一具有经济价值的长白山特产发挥出更大的作用。经过科学研究和实验，人工驯养野生紫貂、笼养繁殖紫貂已获得了成功，长白山真正地成为“紫貂之家”。

还有一种叫水貂的森林精灵，它与紫貂同属一科，也是极其珍贵的细皮动物。水貂皮虽然比不上紫貂皮的质量，但也不失为一种珍品。水貂皮不但有很高的经济价值，其肉味鲜美，含有十分丰富的蛋白质、磷、钙、铁和人体必需的多种维生素，营养价值相当高。水貂娇气十足，号称“娇老爷”，所以人工饲养水貂是一项难度较大的工作，所谓“取皮容易养貂难”。但是，不管怎样，在科学面前，这位紫貂的小老弟，和它的老兄一样，已经接受了人类的驯养，并在做出新的贡献。

水　　獭

水獭，又叫水狗、獭猫，体长 60—80 厘米，体重 7—12 公斤，身躯细长，短嘴扁头，耳圆眼小，四肢短粗，在动物学中属食肉目鼬科。别看水獭其貌不扬，它可是长白山赫赫有名的野兽。水獭是一种经济价值很高的毛皮兽，水獭皮针毛长短适中，灰褐或灰黄的光亮毛色显得十分素雅，绒毛细密平齐，有均匀的小弯曲，俗称“菊花心”，不易被水浸湿，因此又有“水獭皮不沾水”一说。

水獭是水陆两栖动物，陆地和水中都是它的生活地。而实际上它更喜爱的是生活在水中。在陆地上，水獭行进的速度很缓慢，因为脚趾和爪之间有鸭掌般的蹼膜，所以它的行动几乎是匍匐。水獭在陆地上的时候，总是左顾右盼的，一副恐惧的样子，仿佛随时都会受到伤害似的。可是一到了水中，它就完全变成了另外一副模样。在河流里，水獭能够自由自在地上下翻滚随意地转体，其泳姿和游速堪称一流。水獭在水中不停地进行着高难度表演，它乐于戏水，在浪花和奔流中，水獭仿佛浑身有使不完的解数，俨然一个花样游泳健将。从生物学角度的生物学特性看是比较独特的，也是非常有趣的。

如果说，长白山养育了许许多多充满灵智的动物，那么水獭就是其中的佼佼者。水獭常常栖息于树林边及河、湖、沼的附近，并在水边修筑洞穴。通过筑洞，充分体现出了水獭的勤奋和智慧。水獭的洞大多通往树根下和芦苇、灌木丛中，聪明的水獭把洞口分布多处，但一般要有一个洞口开在水里，这样它就可以从容地来往于水陆了。

春夏之间是水獭的繁殖期，一进入这个季节，雌雄水獭骚动不安，整日地嘶鸣追逐。水獭每年繁殖1—2次，春夏两季产崽，每胎1—4只。幼崽出生后，母兽除觅食外，一般情况下是不出窝的。哺乳五十天左右，母兽就带着幼崽出窝了，先是在陆地上教幼崽爬行，这样练习十几天，就把幼崽带到水中教授游泳。小水獭用一个星期的时间就可以学完全部的游泳课程和捕食鱼类等动物的本领，再过三个月，小水獭就可以自己独立地生活了。

水獭的食物以鱼类为主，也捕食蛙、水禽、鼠类乃至甲壳类动物。水獭捕食时是非常顽强凶狠的，夏季，为了追上鱼群，水獭可以坚持不懈地从河流的上游一直追到下游，直至捉到鱼并拖出水面。水獭追赶鱼群的时候，其泳姿和游速让人想起了鱼雷，想起了快艇。水獭善于潜水，能长时间在水中停留。冬天，水獭常躲在水位降低后形成的冰窟中，一旦遇敌或发现有可捕食的鱼类，它就会在冰下活动。

水獭的智慧和凶猛，合成了它的特殊性格，这是长白山文武双全的精灵动物。

鸳　鸯

长白山自然保护区，是著名鸟类鸳鸯的主要繁殖地之一。众所周知，鸳鸯，鸟纲鸭科动物，因其色彩绚丽、羽毛华贵、体态优美、行为妩媚，被认为是“世界上最美的水禽”。鸳鸯在配偶期，雌鸟与雄鸟形影不离相亲相爱，表现得十分多情，所以又被看作富有情感的爱情鸟。在中国传统文化当中，鸳鸯一直是美和爱的象征。

鸳鸯是长白山区的夏候鸟。4 月，北国掀开雪被子，莽莽苍苍的大森林整整忍耐了一个冬天，它们伸展着手臂，迎接春天的到来。这时候，到南方去越冬的鸳鸯们，成双成对地飞回来了。长白山北麓的头道白河是鸳鸯们最为喜爱的繁殖地，被称为鸳鸯河。这里山林溪流、湖泊沼泽、天然树洞、石壁岩隙都为鸳鸯们准备好了度蜜月的地方。经过一段时间的热恋，季节也就悄悄地进入了 5 月中旬。这时候，鸳鸯们就开始交尾、产卵、孵卵了。一只雌鸟可产 6—10 枚卵，然后开始孵化。一个月左右的时间过去了，幼雏就要出窝了。鸳鸯的幼雏和鸡雏的大小差不多，乳羽的色彩是黄褐色或乳黄色的。小鸳鸯出蛋壳的第二天，就可以跟随大鸳鸯去寻觅食物了。那是一个很有意思的场面——大鸳鸯从高高的树洞里面飞出来，落在附近的河边。大鸳鸯站在石头上高声鸣唱，树洞里的小鸳鸯听到后，就一个个勇敢地跳出树洞，在歌声中跳到几十米高的树底下。有的落在了水中，有的摔在了岸边，有的摔疼了身子，有的摔昏了头脑，可没用多长时间，它们就都游动在水中了。这真是一场惊险的短剧！小鸳鸯生活的第一步竟然是这样迈出的，实在叫人敬佩。

鸳鸯是一种机敏而又勇敢的水禽，它们喜爱水，钟情于水，只有在水中，才能真正地显示出它们的美丽和智慧。鸳鸯的食性比较杂，它们不但吃小鱼小虾和昆虫等动物性食物，也喜欢吃稻谷、山里的野果、草籽等植物性食物。

在长白山充满亲情的福佑中，小鸳鸯很快就成长起来了。成鸟时，雄鸟（鸳）的体长大约四十三厘米，其羽最内两根呈扇形竖立，那两片橙黄色略有黑边的帆羽，格外的引人注目。棕色眼睛的外围有黄白色环绕，嘴红棕色，头上有红色和蓝绿色的羽冠，金黄的喉部，紫蓝色的胸脯，两侧交错着鲜明的白色和黑色。看上去，简直就是一个集美丽色彩于一身的公子。雄鸟的这种美丽，是非常有利于招引雌鸟的。相比之下，雌鸟（鸯）就显得逊色得多了，雌鸟的体型稍小于雄鸳鸯，背部褐色，腹部是纯白色，极为朴素，没有什么耀眼夺目之处。其实，雌鸟要长期伏在巢中孵卵，如果也像雄鸟那样艳丽就必然会招来天敌，所以，必须用这种朴素的颜色来保护自己。“女才郎貌”，看来鸳鸯雄雌的绚烂和朴素都是有其道理的。

到了 9 月底、10 月初，鸳鸯们又该不畏长途跋涉，飞到南方去越冬了。

《古今注》中说：“鸳鸯水鸟凫类也。雌雄未尝离，人得其一，则一思至于死，故曰匹鸟。”这就把鸳鸯写到了“痴情”的分上了。其实，鸳鸯平时不一定有固定的配偶关系，只是在配偶期内才表现出形影不离的亲切样子。在繁殖的后期，也就是产卵孵化的过程中，雄鸟就开始自顾自了。后来的育雏工作，更是完全由雌鸟完成的。这一点，经过科学家在长白山自然保护区多年的观察、研究，已得到了证实。看来，所谓的鸳鸯“痴情”，不过是人类自己对爱情的理解和认识。对鸳鸯的美质和所谓“痴情”的赞美，也是人类对崇高爱情的追求、赞颂和形象的升华。但是，无论如何，鸳鸯毕竟有过那样一段真实的叫人羡慕的爱情生活。

黑　　熊

熊的前辈曾经是我们人类祖先的主要敌人，那时候，剑齿虎、穴熊都曾经长久地和猿人、原始人对抗。到了后来，熊渐渐由强敌的地位变成被猎杀的地位，人占了上风，熊和人的对抗才分出了上下。

在长白山，有一种被称作“狗熊”的黑熊，是敢和东北虎论名声的动物。

北京雍和宫的一间配殿里，有两只棕熊的标本。说明牌上写道：“乾隆十九年（1754）圣驾巡幸盛京，八月二十日至吉林额林嘉糜，上亲射得熊一，重千余斤；八月廿一日，又射得一熊，重九百斤。”乾隆喜欢打猎，可他能否连续两日亲自射杀这样两只大熊，有点让人怀疑。但是，长白山的确是出产巨大棕熊的地方。棕熊力大无比，直立行走时酷似“毛人”。民间关于棕熊的传说和神话非常多，甚至把它夸张成能行走如飞、刀枪不入、凶猛无比的怪兽。

黑熊除了嘴唇和胸部有白毛外，全身其他地方都是黑色，体重一般在二三百公斤左右，是一种大型林栖动物。由于浓而密的毛总是遮住眼睛，视线受到了影响，所以又被叫作“黑瞎子”。看上去又笨又憨的黑熊，实际是一个多面手，游泳、捕鱼、爬树、攀岩，都是它的拿手绝活。黑熊主食肉，有时候也吃松子、橡子、野果、青草这样的素食，它的胃口可以说是第一流的。放蜂季节，黑熊还会到养蜂场去偷吃蜂蜜；秋天的时候，它还经常到农田里偷吃庄稼；它还喜欢吃蚂蚁和蚂蚁蛋，甚至贪婪地把蚂蚁的整个巢穴都给破坏掉。

一进入秋天，黑熊每天都在寻找东西吃，不顾一切地吃。它知道，寒冷的冬天就要来了。长白山的冬天可不是那么好过的，天寒地冻，冰雪覆盖，身体里没有足够的热量是不行的。

下过大雪，身体肥胖的黑熊就要去“蹲仓”了。所谓“蹲仓”，就是找个地方越冬。树洞或岩洞都是黑熊越冬的好地方，黑熊坐进去，从10月到第二年的4月，长白山长达半年时间的风雪冬季，黑熊都是躲在树洞或岩洞中度过的。黑熊不吃不喝，也不排泄，靠着积存的皮下脂肪维持生命，进入一种冬眠状态。黑熊把自己的生活水准降到了最低限度，这是一种生态适应，与它秋天时的那种狂吃，形成了强烈的反差。当然，黑熊的冬眠和其他动物不同，它只是一种假睡，只要一有惊动，它会立刻苏醒的。就是没有什么惊动，如果天气暖和，黑熊也会爬出洞来晒晒太阳。之后，再返回去，继续练它的坐功，这是一种浅冬眠，与蛇的那种深冬眠是不同的。黑熊这个大瞌睡虫，就是靠着这个本领，度过了长白山漫长的严寒。

母黑熊还有一个更艰巨的任务，要在冬眠的期间产崽、哺乳。黑熊每次产崽一只到二只，也有一次产三只熊崽的。小熊生下来时，和老鼠大小差不多，不睁眼睛，也不长毛，就那样幸福地睡在母亲温暖的怀抱里、吃在母亲温暖的怀抱里。没有吃喝的冬眠的母熊，自己的生存已经进入了非常时期，却还要不惜一切地养育小黑熊，这种母爱，这种强烈的生存和繁衍的愿望，多叫人敬佩。

如此艰难地生存，并没有影响黑熊的生命力。黑熊一般寿命在三十岁左右，最高的年龄甚至可达到六十岁。我们不能不承认，黑熊是顽强的，它生存的决心和信心是非常坚毅的。黑熊是长白山的骄傲。

黑熊曾经多年生存在猎手的寻杀中，因为黑熊的脂肪和胆是非常珍贵的药材，熊皮制革也很难得，黑熊是很有经济价值的动物，野生的黑熊越来越少了。好在黑熊如今已属国家保护动物，它不用担心会突然有准星瞄着自己白色的胸脯了。

寻找遥远的碑石

长白山山区有许多珍贵的碑石，这些碑石，或谱写名人志士的思想，或记载历史沧桑的斑驳，或为山河形势写真，或为疆界土地做限，或是一代英雄的功德颂扬，或是一方官员的德政呈现……总之，这众多的碑石，以其石感刀工的历史重量，添入长白山浩瀚的文化长卷当中。

在这些碑石当中，有被称为“天池第一碑”的长白山天池中国、朝鲜两国的界碑，长白山天池上中朝边境线从1号碑到5号碑为8.3公里，是1963年中朝双方勘定的，1990年对界碑进行了维修更换。其中5号碑在长白山西坡的青石峰下，石碑的西北方向的碑面上镌刻着中文“中国”“5号”“1990”，东南方向的碑面上镌刻着朝文。这块石碑正好在长白山西坡的旅游路线上，海拔最高，所以被称为第一碑也是当之无愧的。虽然它只是一块花岗岩，可它站在这里，就显示着国家与国家、民族与民族之间的庄重。

在长白山天池气象站东侧的峭壁上，刻有“抗联与山河同在，共产党与世长存”的庄严大字，应该说，这也是一块碑石，它的浩然正气，给长白山增添了太多的分量，也让我们感到多年抗联英雄们，仿佛就在身边。

但是，也有一些碑石，距离我们已经遥远。

据《长白山志》记载，清康熙五十一年（1712），乌喇总管穆克登奉圣祖仁皇帝的谕旨查边时，在长白山东南一分水岭上立一高三尺有余、宽约二尺的石碑，石碑的上额横书“大清”二字，碑面竖书：“乌喇总管穆克登奉旨查边至此审视西为鸭绿江东为土门故于分水岭上勒石为证康熙五十一年五月十五日。”光绪三十四年（1908），安图知事刘建封踏查长白山时曾找到过这块碑石，称其为“穆石”，这块碑石现已无法找见了。

这个安图知事刘建封，当时奉东三省总督之命，带领勘测人员对长白山的山川地貌进行了内容广泛的考察。刘建封踏查长白山时，曾三次在石下避风，这块石头被后人称作“避风石”。刘建封先后三次在石上题刻：“戊申夏天池钓叟到此己酉秋再到”，“庚戌秋三到”。他在《白山记咏》中也有诗记述此事："石边缕字者，也是避风人。"为了使人人得瞻"神崇发祥"之地，刘建封曾在天女浴躬池西南侧立一高约二米、尺余宽的石碑，碑面竖写"天女浴躬处"。这块天女浴躬处石碑当年有木栅围护，最终因年代久远而被淹没。刘建封还为"第一次拔木通道之纪念"，在老岭之巅立一高约1.5米、宽约二尺的石碑，正面竖刻"众山皆小"四个大字。这块碑被称作"老岭刻石"，可惜，也因年久，碑已淹没无存。

穆石、天女浴躬处石碑、老岭刻石等，如今都已无存，连避风石上的字迹也都被岁月侵蚀没了，这是岁月留给我们的遗憾。但是，当年的人们为踏查长白山所付出的努力，是会世代相传的。那些遥远的碑石，会永远竖立在人们的心中。

第二辑　书琐记

我的收藏：牛汉先生著作

从1983年开始与牛汉先生通信至2013年先生仙逝，不知不觉三十年。三十年当中，先生给了我太多的诗教，使我受益很多。三十年里，我得到先生所赠著作也不少，摆在书架上，已是堂堂正正一大排，每每凝望或经常翻阅这些著作，我都会想起许多往事。虽然记忆是零碎的、一点一滴的，但一个清白、刚直如大树般的诗人形象，是完整的，难以忘怀。

一

1982年2月9日，我在吉林省敦化新华书店买到一本《白色花》（人民文学出版社1981年8月版），这是一本二十位诗人的合集。我那时刚刚学习写诗两三年，对新文学史了解得不多，“七月诗派”这一词对于我来说也很陌生。但我对牛汉这个名字并不陌生，当时，敦化林业局有一位吴登荣老先生，他曾与牛汉先生短期共事，他对我说过，要写诗，应该结识牛汉，牛汉是一位真正的诗人。

1983年7月，我从东北移居华北，进入石油行业工作，单位的驻地在河北任丘，距北京一百五十多公里的路程，我开始与牛汉先生通信，但一直没有与先生见面的机会。直到1984年5月，河北省在华北油田召开中青年作家座谈会，我参加了这次会议。会议期间请来了一些著名作家和诗人，牛汉先生也被邀请来了。这真是一个难得的好机会！与牛汉先生见面的当天晚上，我回到家中从书架上取出《白色花》，到牛汉先生的房间去，请先生题词、签名，这也是我第一次请名人题词。先生用钢笔在《白色花》书名页上写下了一行深蓝色的大字：“谢谢你阅读我们的诗！”我当时很激动，鼻子有些酸，我一下子想起这本书的序言结尾处引用诗人阿垅 1944 年写的两句诗：“要开作一枝白色花/因为我要宣告，我们无罪，然后我们凋谢。”那时候我已经知道了先生以及他们那一流派诗人的苦难历史了，并且已经开始大量地阅读“七月”诗了。

那天，我用一张洁白的复印纸给《白色花》包了一层书皮，倒不完全是怕把书弄脏了，主要原因是，我一看到那封面上红色的血流中生长出来的那一枝白色花，心就被震颤着，就有热泪要流出来。（多年之后还知道了：书的封面是牛汉先生的儿子史果设计的。）

这么多年过去了，包在书外面的那张白纸我一直没有换下来。

二

1984 年冬，我得到了一本牛汉先生签赠的诗集《温泉》（上海文艺出版社 1984 年 5 月版）。我无法控制住自己的心情，捧着《温泉》长时间没有打开书，我仿佛感到了这本诗集的重量。

那天晚上，我通宵未眠，先是逐字逐句地读了整本诗集，又逐字逐句地读了绿原先生为这本诗集作的序，然后就是反复地把诗集中的那些诗读来读去。我读《硬茧颂》、读《你打开了自己的书——给路翎》时，泪水止不住地流了出来。还有那些在后来的日子里长久地打动着我的诗，如《悼念一棵枫树》《华南虎》《温泉》《根》《巨大的根块》《鹰的诞生》《蚯蚓的血》《伤疤》等等。

《温泉》在我的创作上有着不可磨灭的影响，通过《温泉》，我找到了一个赤诚的诗人的创作道路。这本集子虽然很薄，可它留下的历史回声是极其沉重的。那鹰、虎、蚯蚓、枫树、毛竹的根等形象，那些不屈的生命，永远地成为我心灵世界中的一部分。

通过这部诗集，我看到了历史、人生命运的伤疤。我曾在写给牛汉先生的一首题为《伤疤》的诗中写道：“我是一个小您三十多岁的后来者/可当您那伤疤里溢出的血/渗入我的心头的时候/我仿佛一下子又成熟了三十多年//我的一生也会结满伤疤吗/我知道/这个世界总是要有人受到创伤/这个世界不会没有伤疤的/这个世界最刚硬的部分/就是由伤疤组成的。”（这首诗后来收在我的诗集《独旅》中）我知道，诗人，赤诚的诗人，不能回避现实人生和命运加予的难题。我应该像牛汉先生那样，坚强地面对人生和命运，真挚地书写自己和自然和社会和历史相融合的复杂的情感。在后来的创作中我也是这样实践的。

《温泉》，获中国作家协会第二届新诗（诗集）奖。

三

1988 年 6 月 2 日下午，在牛汉先生的书房里。先生在他的《学诗手记》（生活·读书·新知三联书店 1986 年 12 月版）一书的扉页上写下了“洪波同志指正”之后，我伸出双手去接那本书（书的封面是洁白洁白的布纹纸，黑色二号宋体字书名的左下方印着大大的鲜红明亮的手书作者名字，那两个字会使你一下子就想到牛汉先生高大、刚毅、强健的身躯），先生似乎又想起了什么，把递过来的书又收了回去，在自己的膝盖上，翻至一百六十页，用圆珠笔把文中印错了的“小天地”改为“小天池”，之后，又认真地审视了一会儿，才合上书递给了我。

我喜爱这本书，每次读它都有新的收获，都有一种打开了心灵的感觉。

这些年来，我不知道读了多少遍《学诗手记》了。在工作之余，在列车上，在黎明的窗前，在夜晚的台灯下，在异地的旅馆里……我反复地阅读，有些章节都能背诵下来了。我还要继续深入地读下去。

我崇敬先生质朴无华的文章和诗作，与崇敬先生质朴无华真诚为人的品格一样。这些年来，我虽与先生不常见面，但有先生的著作（特别是这本书）在我身边，我就能经常地聆听到先生的教导，倾心地听他讲述着许多往事和他生命深处那些无法抹掉的血迹和伤疤。

《学诗手记》确是一部好书，这里面的文字是从诗人一生命运中撷取来的血滴。难怪先生在赠送给我这本书的时候，那样仔细地改过一个错别字。

同年，天津百花文艺出版社拟出版我的诗集《独旅》，2 月，我把整理好的诗稿寄给了牛汉先生，请他为这部诗集作序。先生认真地阅读了我的全部诗稿，并重新为我选编了一下，在 6 月 22 日写出了序文。

先生在序文中有这样一段话："真正的诗是在探索中发现的一片陌生的境界，它是值得倾出生命腔体中全部热血去献身的新疆域。"先生在序文的最后鼓励我："还须在广阔的人生之中汲取营养，不回避艰险和风浪，承受一切真实的痛苦，一步一步地走下去，一定会逐渐写出更具有个性的强健的诗来。"

我珍贵地永远在心中记着先生的这一份诗教。

四

1991 年 9 月 6 日下午，在牛汉先生的书房，我再一次得到先生的赠书。先生在《牛汉抒情诗选》（青海人民出版社 1989 年 12 月版）、《蚯蚓和羽毛》（人民文学出版社 1986 年 4 月版）、《海上蝴蝶》（四川文艺出版社 1985 年 5 月版）三部诗集的书名页上都题上了"洪波诗友存正"的字样（先生总是这样把年轻人看成自己的朋友）。这三部著作是我一直想得到的，其中《海上蝴蝶》一书中作者的照片是 1984 年在华北油田第二招待所我为先生拍摄的。我接过书，竟不知自己该说些什么。先生还送我一册 1991 年 7 月出版的香港《诗》双月刊，是冯至专号。我看到书脊上的字是先生用钢笔后写上去的，大概是为了便于在书架上寻找。这一期的内容也是我很喜欢的，特别是王家新的《冯至与我们这一代》等文章。

这天下午我和先生谈了很长时间。先生教导我要珍惜创作环境，油田没有城市那么喧闹，相对比较安静，应该利用这个环境多读书，读好书，系统地读书，思考着读书。先生还谈了很多诗坛的现象以及他的一些看法。谈话间，先生不时地停下来，用他那父亲般的目光注视着我，像在给我一个品味的时间，也像在观察一株幼苗的拔节成长。

临别时，先生执意送我下楼，在楼道里，先生抚着我的肩膀边走边说：“你比以前胖了，1984 年的时候你多瘦啊。”我理解先生的话，他是不是说我现在生活得太安逸了？他是不是在警醒我，怕我出现惰性。

在他高大的身边，总感到是在一棵大树的下面，总感到有一股真实的爱的气流环抱着自己，那样的温厚。

五

1993 年 5 月，林莽兄告诉我参加 18 号在文采阁召开的《食指黑大春现代抒情诗集》出版研讨会，我当时正在抢时间编印《新诗季刊》，因为这一期《新诗季刊》发有食指和黑大春的诗，准备带一些在会上散发一下。牛汉先生对我主编的这本《新诗季刊》很重视，还担任了刊物的顾问，我也要给先生带去一些。林莽兄知道我会带车进京，就让我届时先到八里庄接上牛汉先生，之后顺路再到史铁生家接上铁生一起去文采阁。

5 月 18 日下午，我带了一辆吉普车从河北任丘赶往北京。到牛汉先生家时间还早，谈了一些其他事情，话题就转到了食指，牛汉先生长叹一口气，说：“食指吃了不少苦啊，他很坚强，还在写诗。”

我们准备出发。这时牛汉先生从案头上递过来一本书：“这是前两个月出的一本小书，里面东西你都读过的，送你一本做个纪念。”我接过书，是花城出版社出版的《滹沱河和我》（1993 年 3 月版），牛汉先生的散文集，书做得很朴素，小三十二开本，全书也就几万字，是《随笔》杂志编的“霜叶小丛书”之一，定价只有 3.10 元。扉页上，先生已经提前写好了字：“洪波存正　牛汉　1993 年 5 月 18 日。”

六

1993 年 6 月，中国和平出版社出版了一套“名家析名著丛书”，其中《艾青名作欣赏》由牛汉、郭宝臣主编，鉴赏文章由牛汉、孙玉石、郭宝臣撰稿，牛汉先生还为此书撰写了序言。书后附有《艾青作品要目》和《艾青研究资料目录》，是一本很有分量的书。1994 年 5 月我去看望牛汉先生时得到了这本书，牛汉先生在书的环衬上题写了“洪波存阅并正谬”，日期是 1994 年 5 月 7 日。先生赠我的这本书，是 1994 年 4 月第二次印刷的版本。在书的序言中，牛汉先生写道：“这次编选艾青的诗，不知不觉地选了许多小诗，竟然有三十多首，这些小诗，有一半写于 1940 年湖南的乡间，还有一些写于近二三十年间。它们多半是作者在一种比较安静甚至寂寞的境况中写的。从这些小诗能察觉到诗人心灵深处的细微的颤动，还能看到他对于大自然的热爱和敏感。”我对先生说：“我十年前买过一本花城出版社出版的《艾青短诗选》，很小的一本，还有黄永玉的配图，很喜爱。那些短诗写得真好，爱不释手。”先生说：“那本书不错，编得不错。”谈到《艾青名作欣赏》的编选过程，先生说：“艾青对我是信任的。”

《艾青名作欣赏》中牛汉先生的鉴赏文章很值得一读，散文笔调，结合自己的经历鉴赏艾青的诗，深刻，有魅力。如对艾青《手推车》

一诗的鉴赏：“这首诗的情境和诗人着力刻画的手推车，我不但在诗人写这首诗的当时当地看见过，而且还在战火逼近的危急情况下，伴随过数以百计的独轮手推车颠簸在泥泞的布满深深车辙的路上，那使天穹痉挛的尖音至今仍在我的心灵里尖厉地啸响着……”

七

《萤火集》（中国华侨出版社 1994 年 9 月版），散文集，环衬代书名页却未放书名，不知编者为什么这样设计？但在上面放上了作者肖像（高莽画的），跨页还有反白字作者手迹，这个设计有些意思。手迹是牛汉先生《散文这个鬼》一文中的一段话：“我一向认为，生命能不断地获得超脱与上升，是与再生有着同等重大的意义。而写诗的人，又是最能体会到这种生命感的。我写起散文，并不是带有随意性的改变一下文体，它几乎是一次生命的再生。”此书的序言也是用这段话代替的。在环衬前面，牛汉先生题写了“洪波阅正　牛汉　1994 年 11 月 28 日”，还补写了一行字：“内容芜杂，有一部（分）可以看看。”这本书编校质量略差，从目录到内文都有错处，牛汉先生用圆珠笔亲自修改的就有十五处，我在阅读时还发现了几处错。我曾随手写了一张纸条夹在书中：“给牛汉先生这样的编辑家做书，编校工作一定要细而又细，不要再劳他帮编者改错。”

此书收入五十八篇文章，其中含 1988 年 6 月 22 日先生为我的诗集《独旅》所写的序言。原题是《序诗集〈独旅〉》，收入此书时改为《序张洪波诗集〈独旅〉》。

八

1998 年，我被借调在《诗刊》工作，住在虎坊路甲 15 号。1 月 17

日，天气极冷。上午10点左右给牛汉老师打了一个电话，约好去家中看望他，先生在电话里说："来，来，来，等你。"还告诉我从虎坊路到他那里如何乘坐公交车的路线等等。

从虎坊路出发，几次转车，赶到牛汉先生家已是中午。刚一进门，牛汉老师就嘱咐师母吴平炒鸡蛋、煮饺子，还亲自找酒，先找出一瓶孔府家酒，又去找，找出一瓶贵州的酒，又找，找出一盒酒，最后决定让我喝贵州的酒。先生是不喝酒的，我一个人喝。饭后，师母抱歉："也没什么菜。"先生说："他是个酒鬼，有酒就行。"边喝边聊，剩了酒，先生说，留着下次来再喝。

谈话从11点半至下午4点40许，先生没有午休，谈话很有兴致。展示苏金伞写给他的信，苏金伞在信中称他为亲兄弟，还找一些早期创作的诗给我看，以及一些散文、书信的原件，给我介绍了几本他喜欢的新书。

临别，赠《中华散文珍藏本·牛汉卷》（人民文学出版社1997年11月版），封面无图，浅金色底重金色线，大字书名，很庄重，收散文五十三篇。

九

1998年6月24日下午2时到牛汉先生家，谈话三个多小时。谈到比喻，先生说："可以把大自然比作母亲，是亲切的。大海是鱼的母亲，大海是又一个世界，只不过人类闯进去了，人类想主宰一切，以为一切都是自己统治的。"我说："我觉得所有的比喻都是无力的，不准确的，毕竟是比喻。"先生说："是的。"谈到母亲，先生说："我一生屈辱地跪过一次。那一年，阎锡山往他的家乡修一条水渠，沿途占了许多地，一分钱都不给，很霸道！我母亲不干了，她那个脾气是不能容忍阎锡山的。在这以前她曾怀揣一把菜刀去刺杀阎锡山，我有一首诗写过这个情节。那一次阎锡山下来，我们全家都跪着，要求阎锡山赔偿土地，阎锡山下了车指着我母亲说，又是你！最后还是没给赔偿。”谈到自己的工作，我说：“不想在《诗刊》干更长的时间了。”先生说：“还是再干一段时间，干一段，就知道诗坛到底是怎么回事了，就清楚了。”谈到了食指，我说：“昨天下午我和林莽、杨益平去福利医院看了食指，我发现食指仍有许多幻觉似的，比如，他一直认为母亲没有死。”先生说：“这种幻觉是对的，我这些年，特别是近几年，有的老朋友虽然已经去世了，可我从未感到他们死了，他们永远活着，在我心里（先生指了指自己的胸口），只是他们生活在远处，不能经常见面了。”

先生拿出一本书：“我们社出的，送你一本。”是《牛汉诗选》（人民文学出版社 1998 年 2 月版）。书后附牛汉先生女儿史佳整理的《牛汉生平与创作年表简编》，书前有像页、手迹，有《谈谈我这个人，以及我的诗》一文作为代序，这是 1996 年 8 月 23 日先生在日本前桥市第十六届世界诗人大会开幕式上的一个发言，写得感人至深。我说：“2 月我和宗鄂来看您时没有说起诗选的出版。”先生说：“那时还没有样书。”那次与宗鄂看望先生，是 2 月 6 日的下午，谈话近四个小时。记得谈到曹禺的一本书，先生起身去找，未能找到。

十

《牛汉散文》（华夏出版社 1999 年 1 月版），小三十二开本，六印张，收散文三十篇。贾平凹主编“中国当代散文精品文库 · 袖珍典藏本”之一。牛汉先生在此书的后记中说：“诗，越写越似散文，而散文，又越写越像诗。扪心自省，这不是什么老朽昏聩，也并非有意遁入魔道，而是做人写作都努力地去接近自然和人性的美好境域，让生命不留一点一滴全部耗尽，让世界多一些诗意。”书的勒口处有作者照片和简介，简介中“1948 年起发表文学作品”应为“1940 年起发表文学作品”，是出版社编校之误。书中还收入了1996年先生为我的随笔集《摆脱虚伪》写的序言《疼痛的血印》，这个序言有六千余字，曾在《随笔》杂志发表过。

《童年的牧歌》（中国文联出版公司1998年5月版），“当代名家散文丛书”之一，收散文五十七篇。牛汉先生在此书的自序中说：“第一次为自己的作品集写序。我最怕写序，因为必须得回顾和交代，还得写出点什么感悟。但是，既然是‘自序’，自己就能做主，不必有什么顾虑，可以自言自语地说说这几年写童年心灵活动和创作体验；尽管写不成完整的文章，却都是未经修饰的真实话语。”还在自序的结尾处对生养自己的土地说：“我永远不会向你们告别的。我今生今世感激你们对我的哺育和塑造。原谅我这个一生没有脱掉过汗味、土味、牲口味、血腥味的游子吧！我向你们垂下虔诚而沉重的头颅！”读了太让人感动，了解牛汉先生的人，都会深知这段话的分量。书的环衬深红色偏暗，字写上去看不清，先生就把签赠的话写在了封面的背后。书勒口上的作者简介中“滹陀河”应为“滹沱河”，是编校之误，先生用钢笔改了过来。

这两本书在什么场合送我的，记不清了。

十一

1999年9月17日我与林莽、韩作荣、刘福春等人去天津参加一个诗人的作品研讨会回到北京，中午到的《诗刊》编辑部，下午就去牛汉先生家，晚上，史宝嘉做东请大家吃饭，牛汉先生、林莽、甘铁生、袁家方、杨益平、刘福春和我都参加了。在去吃饭的途中，牛汉先生送我一本《散生漫笔》，并告诉我：“里面有一篇是写你的。”我打开一看，是1996年11月为我随笔集《摆脱虚伪》写的序言，并用这篇文章的题目做了此书中一辑的题目：疼痛的血印。我还记得，那天的席间，牛汉先生聊起自己的时候说过："我这个人没心没肺，我的体温36℃，37℃就是发烧了。"我不止一次听他这样说过自己。

《散生漫笔》（北岳文艺出版社1999年1月版），散文集。牛汉先生在扉页上题写了"洪波弟存正"，弄得我诚惶诚恐。这个"弟"是弟子意，许多老师赠书给学生都称"弟"，自己客气为兄。

十二

《命运的档案》（武汉出版社2000年3月版），随笔集，此书系曾卓主编的"跋涉者文丛"第二辑之一。曾卓先生在《总序》中写道："这套文丛定名为'跋涉者'，是因为我们一直在人生的道路上跋涉，也是在文艺的领域里跋涉。"这本书的前半部分是书信，第一辑是1948年至1985年期间致胡风的信十九封，致胡风、梅志的四封，致梅志的两封；第二辑是1944年至1999年期间致艾青、苏金伞、彭燕郊、邵燕祥等多人的书信十七封。这些带有历史风霜的书信，弥足珍贵。书的后半部是一些记忆文章，还有一辑是诗话。书的后面有一个附录《历史结出的果子》，是唐晓渡做的牛汉访谈录，很值得一读。这个访谈录曾发表在1996年10月号《诗刊》上。2000年4月3日，先生在自己存的样书扉页上题写了这样一段话："此书不是'文章'，是真正意义的档案；内容一半以上作为'罪证'影响了我一生的命运。因此值得问世，让历史去检验我的品德与行迹，还我一个清白的形象。"

牛汉先生送给我这本书的日期是2000年6月15日。

十三

《梦游人说诗》（华文出版社2001年1月版），此书是"诗人谈诗"丛书之一，收入牛汉先生谈诗的文章、书信、发言等十二万多字，书的封底有先生的照片和一段手迹："对于诗创作来说，不论如何想象和幻想，写人世间从未有过的景象，都可写得真真切切，且其中绝无虚构的成分。这是因为每首诗都是诗人的生命体验的结晶，每个字都浸透了作者的真诚。"书中还收有给《大家》《绿风》等期刊题写的诗话，因此我想起一则先生的诗话，可惜没有收进来，那就是1996年宗仁发等人主编的《中国诗歌》（云南人民出版社1996年2月版）封底上牛汉先生的一段诗话（手迹），我曾问过仁发是不是从别处选来的，仁发说，是《中国诗歌》创刊前专门到牛汉先生家里请老先生写的。这段诗话是："对诗来讲，一千年前的诗有的到现在仍觉得清新，而当今新出现的诗，有不少一诞生已苍老不堪。诗的新或旧，在我看，主要体现在审美意境与诗人的情操，以及对人生的感悟之中。最后，在这里呼吁一声，希望中国的诗人不断地开创新的境界，不惜流汗流血。"这段诗话写于1995年10月。

《梦游——20世纪牛汉诗全编》（韩文版），金龙云、金素贤译，收入牛汉先生诗作二百五十多首，六百一十多页的书，很厚实。有先生《诗与我相依为命一生》一文作序。牛汉先生在扉页上写道："洪波存念。你常在延边，这本韩文版的诗选对你可能有些用处。编译得如此厚，是我一生最厚的一本诗，约占我已发表的诗的五分之三。真正的好诗很少。愧对历史。"2000年11月30日至12月4日，牛汉先生赴韩国釜山出席了由东亚大学石堂传统文化研究院主办的中国新诗的世界性与民族性研讨会。12月1日，《梦游——20世纪牛汉诗全编》（韩文版）在韩国出版。

得到这两本书的日期是：2001年4月11日。这时我已经调至东北朝鲜民族教育出版社（延边教育出版社）工作，是专程到北京看望先生的。

十四

《牛汉诗文补编》（作家出版社 2000 年 12 月版），这本书中的诗文，许多都是重新找到的，像失散的孩子。因为危难岁月，因为多舛的命途，还有许多是当年被抄走的，有的是找不到当年发表的报刊等等原因。《牛汉诗文补编》中有一首长诗《血的河流》，写于 1947 年，断断续续用了一年时间。牛汉先生回忆："艰难的地下斗争，迫使我不停地奔波，诗一直藏在贴身的内衣里，从开封潜逃到阜阳，不久又流落到南京、上海等地，一有空便修修改改，是我一生中改动最多、原稿最难辨认的一首很难定稿的诗。"先生说，失落的 20 世纪 40 年代的诗得有一百多首，刘福春帮助在旧报刊上找到了十多首，像《果树园》等。这些都是牛汉先生苦命的孩子，他们又回到了身边，真是不容易！

先生是 2001 年 5 月 3 日送我这本书的。

十五

2002 年 5 月 20 日，在牛汉先生家中。先生送我《牛汉短诗选》（银河出版社 2001 年 11 月版），中英文对照本，收入三十二首诗。还送我先生与邓九平主编的"思忆文丛"一套三本，分别为《六月雪》《原上草》《荆棘路》，"思忆文丛"几个字是季羡林题写的（经济日报出版社 1998 年 9 月版）。书中作者众多，文章均为"实录"，牛汉先生写的《重逢胡风》《重逢路翎》等文章也在其中。先生还特意用钢笔在三本书上注明顺序，分别写上 1、2、3，每个符号外面都画了个圆圈。

十六

2002 年 10 月，韦锦做东，邀请牛汉、吴思敬、林莽、唐晓渡、刘福春和我等一些人在河北廊坊聚会，实际是给牛汉先生过个生日。聚会的人里，有两个人我不认识，林莽介绍说，这个小伙子是诗人北野，正在鲁迅文学院学习，跟我一起来的。另一位女士是吴思敬老师带来的，刚到首师大中国诗歌研究中心的研究员，叫孙晓娅，是你们长春人，东北师大硕士毕业，刚在北师大读完王富仁的博士，博士论文写的牛汉先生。我问这篇博士论文有多少字，孙晓娅说大概有二十多万字。我说是研究牛汉先生的论文，我给你出版一本书吧。当时我正在北方妇女儿童出版社工作，回到长春不久，晓娅寄来了书稿，我立刻申报选题，又找到东北师大的好友张治江给予帮助，在 2003 年 3 月出版了孙晓娅的这本《跋涉的梦游者——牛汉诗歌研究》。在出版这本书的期间，也就是 2003 年的 2 月，我有一本随笔集《诗歌练习册上的手记》出版，寄牛汉先生请教，先生在回信时，另纸还谈了孙晓娅的书："谢谢你为孙晓娅所写的那本书稿找了一个出版的机会。这部书稿论述的是我的诗。我没有通读过，她的导师王富仁先生是位值得信赖的学者，他当然审读过……"先生还写道："孙晓娅人十分热诚，有上进心，我深信她经过一段时间的修炼与提高，会成长为一个坚实的学者。"

2003 年 7 月 12 日与牛汉先生的一次聚会上，我请先生在晓娅的这本书上题写几句话，先生在书的前衬上写道："洪波，深深地谢谢你的诚挚的友情。"这是一本研究牛汉先生的书，所以我一直把它和先生的书放在一起。

十七

《牛汉诗歌研究论集》（时代文艺出版社 2005 年 8 月版），这是吴思敬先生编的一部研究牛汉先生诗歌创作的文论合集，收入胡风、绿原、邵燕祥、谢冕、唐晓渡、吴思敬等众多诗人、诗评家的文章四十多万字，包括孙晓娅整理的《牛汉诗歌创作年表》。

吴思敬先生在此书的序言里说：“牛汉是丰富的，也是不可重复的。”还说：“牛汉研究将是新诗史研究的一个重要课题。”

这本书是我在时代文艺出版社工作期间策划出版的，由首都师范大学中国诗歌研究中心资助出版。因为是研究牛汉先生的文论集，所以也一直与牛汉先生的著作放在一个书架上。放在一起的还有《牛汉评传》（太白文艺出版社 1993 年 10 月版），作者刘珂。是牛汉先生随其他书送我的，忘记是什么时候送的了。

十八

《空旷在远方——牛汉诗文精选》（时代文艺出版社 2005 年 5 月版），这是由我策划并在我工作的时代文艺出版社出版发行的一个诗文精选本。2004 年 5 月 25 日，我与先生通过电话研究这本书的出版事宜，没过多久，稿子就寄过来了。先生在寄稿子的同时附信一封，他在信中说：“25 日上午 8 时半，我接完你的电话后，立即从橱柜顶上取下已‘束之高阁’的那部诗文集稿。翻开一看，才明白文稿已编定，目录也有，我几乎淡忘了……”先生还另写一张纸条：“本想写点编后记，马上写不好，过一阵子再补上。你替我写点也可以，以你的名义，放在后边。谈谈你对我的诗、文的整体看法。如何？”原以为先生高龄，整理稿子要费些时日，没想到组稿如此顺利，我当时很是开心。这本书的封面用了诗人丛小桦为牛汉先生拍摄的照片，请牛汉先生的儿子史果设计的封面，为了确保编校质量，请我们出版社资深编辑魏洪超做责任编辑。本书的扉页后面专门空出一页，上面只印着一行大字，是牛汉先生的一段话：“谢天谢地，谢谢我的骨头，谢谢我的诗。”

牛汉先生对这本书的编校、印制还是很满意的。也有许多诗友对这本书很喜爱，看来，我们的工作没有白做。后来好像一个很有影响的文学奖评奖时，这本书还曾被终评提名。

十九

《我仍在苦苦跋涉：牛汉自述》（生活·读书·新知三联书店 2008 年 7 月版），一部口述历史。牛汉口述，何启治、李晋西编撰。在这本书里，牛汉先生回顾了自己坎坷丰富的一生，讲述了绵绵土里自己的童年、少年的流亡岁月、独特的大学生涯、出生入死的革命经历、因“胡风事件”的落难以及对朋友、文坛往事的回忆……这不是简单的回顾，它牵动着历史的一缕又一缕的丝线，灾难、悲痛、伤疤，生命的顽强，这是对痛苦的再次咀嚼。看得出，何启治、李晋西两位采访者也是下了很大气力的，他们对牛汉先生的敬重之情不言而喻。7 月出版的书，我 8 月就得到了赠书，先生在扉页上题签的日期是：2008 年 8 月 17 日。

这本书的前面有像页，先生的照片是宗强 1986 年拍摄的，之后又两页先生的手迹，一页是《一生的困惑——一首难以定稿的诗》的手稿，一页是写在自存样书《命运的档案》扉页上的手迹，还有一页是先生的自画像，画于 2001 年 11 月。书后有何启治、李晋西各自所写的后记，有两个附录，附录一是牛汉先生女儿史佳的文章《父亲》、儿子史果的文章《咸宁五七干校杂记》，还有郗谭封的文章《牛汉，我的亲兄弟一般的朋友》和寿孝鹤的文章《一个被诗神看中的诚实的孩子——我心目中的牛汉》；附录二是史佳、李晋西整理的牛汉先生的《年谱》。在这部口述的尾声里，一个八十多岁的老人，发出了这样的声音：“从热血青年到热血老年，我仍在苦苦跋涉！”

二十

《牛汉诗文集》（人民文学出版社 2010 年 10 月版），全五卷，诗歌两卷，散文三卷，精装本。由刘福春主编、现任《新文学史料》主编郭娟等人担任了责任编辑，牛汉先生是这本刊物的原主编及顾问。这套诗文集恐怕是目前所出版的牛汉先生文字量最大、收入诗文最多（还不能说全）的一套书了。所收诗文以写作日期排序，并都注明了作品最初发表日期及报刊名称，有的还注明了改动情况。看得出，编者们下了很大的功夫，做了大量艰辛的工作。据福春兄讲，诗人邹进在出版方面给予了大力的支持，邹进是牛汉先生主持《中国》杂志时的同人。教育部人文社会科学重点研究基地、首都师范大学中国诗歌研究中心还把这套书列为规划项目。这套书出版时，牛汉先生已是八十八岁高龄。11月29日，《牛汉诗文集》出版座谈会在清华大学举行，郑敏、屠岸、邵燕祥等老先生以及一些诗人、学者、出版家出席了会议，牛汉先生也出席了会议。我在长春给福春兄打了电话，他在会议期间请牛汉先生给我题签了这套书，并快递给我。书中还收录了牛汉先生为我的诗集《独旅》和随笔集《摆脱虚伪》所写的序言。

《牛汉诗文集》的出版，无疑是中国诗歌的一个重要事件，它对今后的牛汉研究将起到极为重要的作用。

2013年12月，《牛汉诗文集》获第三届中国出版政府奖。

二十一

2013年9月21日，北京。一大早，我约上朋友丛小桦和李文彦从陶然桥出发，去牛汉先生家看望先生。

九十岁的人了，谈话时间不能太长。我们说，他听着。我给先生端茶喝，他抓我的手，明显没有从前那么有力，但目光依然有力。先生说话有些不太清楚，有几句要史果来辨别。史果说，老爷子有书赠送你们。于是，先生题签，史果钤印。最后要给我题签，先生想了一会儿，问了我一句话，我没有听清，史果让先生再说一遍，史果说："问你的老伴儿叫什么名字，要一起写上。"先生点了点头，我大声说了名字，先生开始在书的扉页上写，手握不住笔，掉在了地上，我捡起来递上去，史果帮助握好，再写，终于写好，笔又掉在地上。我心里有些难受：先生真的老得没有力气了吗？

这本书就是《绵绵土》（天天出版社 2013 年 4 月版），散文集，“大师美文品读书系”之一。书中夹一枚书签，书签上印着从先生《绵绵土》一文里摘出的句子：“我们那里把极细柔的沙土叫作绵绵土。绵绵，是我一生中觉得最温柔的一个词，词典里查不到，即使查到也不是我说的意思。”

合影，再说一些话，再喝一口茶，告别。先生坐在椅子上，笑着目送我们离开。

我怎么也不会想到，这竟是最后的谈话，最后的赠书，最后的合影。

一周之后的 9 月 29 日，我在河南的黄河诗会上。一大早，林莽兄和福春兄就来电话告知噩耗，几十年来教我做人、写诗的老师，我敬爱的牛汉先生辞世了。昨天，我还在发言中谈先生的人与诗呢，先生就这样走了吗？10 月 9 日，我与众多的诗人一起，在八宝山与先生作了最后的告别。

牛汉先生的遗作里，有一首题为《诗的身体》的诗，他写道：“当我死去/我定回到我的诗里/我知道哪一首诗可深深地埋葬我。”还写道：“有的诗是为别人挖的墓穴/作为我墓穴的诗有许多/我只能在一首诗里安息几天/再去另一首诗里/我变成了一只蝴蝶。”现在，坐在灯下整理这些著作、重温先生的诗、记下这些文字的时候，想念先生，有几句诗从我的心里流淌出来：

想先生了　打开他的诗集
到每一首诗里去找他
他每次都会和我说话

我的眼前和心里
到处都是飞来飞去的蝴蝶

一首一首地重温先生的诗
他一次一次地出现
笑着对我说：洪波
你可要好好写诗
要对得起诗

徐光耀的书

徐光耀先生是河北作家的领队，中国的大作家。

1983 年我调入华北油田工作后不久，光耀老来油田辅导作者，还来油田参加过文学会议，我们就认识了。河北很多作家都被光耀老照耀过。而他的写作，又曾经照耀了文坛。忘不了他的长篇小说《平原烈火》、中篇小说《小兵张嘎》《四百生灵》《冷暖灾星》，还有众多的短篇小说。特别是《小兵张嘎》这部被搬上银幕的作品，对我们这一代人影响深远。

20 世纪 90 年代初，我帮助河北省中学语文教学研究会编辑《听说读写》杂志，有一个作家谈写作的栏目，我请光耀老支持，他很快就寄来了稿子。刊物蓬荜生辉。

2013 年的一天，我和诗兄刘小放通电话，谈到光耀老，小放说身体很好，年纪大了，写得少了。想起 2005 年有一条《徐光耀文集》出版的消息，小放说，你放心，我搞一套寄你。没多久，书寄来了，五卷本，第一卷的扉页上，有光耀老的签赠，还有他的钤印。真是高兴！让我没想到的是，文集里还收入了许多诗，有旧体诗也有自由诗。其中有一首 1943 年冬天写的《雪夜行军》：

夜半冲风踏雪行，倒拖枝条扫行踪。
村头悄聚天欲晓，越墙窗下叫房东。

光耀老在诗后附了一段话："此小诗作于1943年夜行军路上，不太像诗，但却极真切地记录了当时情景，所以至今仍珍视之。"光耀老十三岁就当了小八路，在冀中平原作战。这首小诗不但记载了雪中行军的艰苦、隐蔽行踪的机智，也写出了"越墙窗下叫房东"的军民关系。

还有，《昨夜西风凋碧树》，这是一段异样的历史，真实的历史，值得一读，这篇文章当年在《长城》上发表时我就读过，再读一遍，不忘历史。

20世纪90年代末我在《诗刊》帮助工作的时候，有一次与高洪波、白冰去石家庄，还由刘小放、刘向东陪同到光耀老家中去看望。光耀老保持着军人的干练、不妥协，谈话幽默有趣。

《徐光耀日记》由河北教育出版社出版了，我赶紧给小放打电话（小放快成"交通员"了），很快，一箱子书寄来了，十卷本，第一卷的扉页有光耀老的签赠和钤印。书的勒口上有这样几行字：

从1944年到1982年
从抗日战争到解放战争
从抗美援朝到"整风反右"
从十年"文革"到改革开放
是一个人的命运
也是国家民族的命运

小放说，这套书你们东北可能没几个人有，你耐心读，好好收藏着吧。这套书是列为《藏书报》新文学史料整理工程的，日记的整理是靳文章（闻章）等二十多人干的活儿。在闻章写的《前言》里他谈到三十九年的四百万字日记，用了三个半月时间整理的。靳文章也是老朋友，辛苦了。

韩羽先生在序言中说：“徐光耀是硕果仅存的老革命干部，也是硕果仅存的老作家，忽又出现了硕果仅存的数百万言的日记（他还真能保密，以前从未听说过），三者集于一身，就时下来说，能不谓绝无仅有乎?”

这两套书，弥足珍贵。摆在书架上，堂堂正正。

李瑛的书

李瑛老师已经驾鹤西去，他的著作还在人间。

我最早和李瑛老师有通信联系，还是20世纪70年代末，那时我还在家乡一个小县城里。后来调到华北油田工作，家乡的朋友张罗出诗集，我也弄了一本很小的册子（六十四开本），每首诗不超过十行。李瑛老师对应那些“微诗”写了一篇很短的序言：

> 站在我们和世界之间的是这样一本有生命的书——书里有新月，有风，有寻找回来的童心……
>
> 诗是小的，而世界是大的，作者的情思是真的。
>
> 从其中的每一行诗来感受生活的脉搏，从跳动的生活里来认识它存在的意义和价值吧。
>
> 1985年7月于北京

早在1983年我就得到过《李瑛抒情诗选》，是人民文学出版社出版的，是李瑛老师从事创作四十年时，从他已经出版的二十多本诗集中选出的，包括《黎明前的召唤》《海防晨号》《边塞篝火》《红花满山》等等。书后附录了1963年张光年（光未然）为李瑛老师《红柳集》写的序言，还有李瑛老师的自序，也就是这篇自序让我知道了李瑛老师的故乡是河北丰润，而他却是出生在辽宁锦州，当时他的父亲是铁路职工，经常调动工作于天津至沈阳的铁路沿线，李瑛老师的幼年记忆就是那一个个三等小站、铁路工房和寂寞的号志灯。这个自序，实际上是一个人生简历。

从1996年起，李瑛老师有新著出版都会寄赠给我。

《生命是一片叶子》（解放军出版社1995年6月版），李瑛老师寄赠书时附短信一页：

张洪波同志：

《穿越新生界》收到了。谢谢！

寄你一本刚刚出版的小书，是学诗五十年的近作，盼听到你的意见。

新春到了，向你祝福！

李　瑛

1996年2月10日

这是李瑛老师出版的第四十二本书，是从1992年至1994年在各报刊发表过的诗作中选出的一百一十首诗。书后还附有一个长长的《李瑛著作书目》。

2001年5月，李瑛老师寄来了两本书，诗集《倾诉》和《李瑛近作选》，前一本是作家出版社出版的，后一本是人民文学出版社出版的。也附了一封短信。《倾诉》附录一个作者小传：

李瑛，河北丰润县人。1926年12月8日生于辽宁锦州。1945年考入北京大学文学院中文系，边读书边从事进步学生运动，并加入共产党。1949年毕业，随军南下任记者。1950年调解放军总部工作，先后任秘书、文艺刊物编辑组组长、总编辑、出版社社长、总政文化部副部长、部长……

2003年3月上旬，我的随笔集《诗歌练习册上的手记》出版，给李瑛老师寄了一本请教。李瑛老师回赠诗集两本，一本是中国文联晚霞文库《远方》，这是一部新作选，收入诗作一百六十六首，是几年间他深入甘肃、西藏、云南、新疆、青海、广西等地的所见所感。作为中国文联副主席，他一定非常忙碌。但是，我们仍能不断地读到他发表在报刊上的新作，也会隔一段时间就读到他的新书。李瑛老师在不断地探索，不停地写作。表现手法也在尝试新的突破，使作品更具魅力。另一本是一个绿色封面的小册子《日本之旅》，这是日本（株）德间交流公司印制的，1990年7月30日版。李瑛老师写来了一封长信（这之前他寄赠著作都是随寄一张便条似的短信）：

洪波同志：

寄我的《诗歌练习册上的手记》收到了，并用一天时间全部读完。（有白内障，视力不好，还是看完了。）因为每篇大体都很短，且写得极为亲切质朴，写出了许多创作实践中的真切感受；写了许多人，许多事，许多体会，许多顿悟；比读有些长篇难解的理论文章有趣得多。我很久没有用集中时间读完一本书并引起我一些思考了。这本书还有一个很好的地方，就是有理论观点，又有创作实际，二者结合起来，读得通俗，易为人理解，却又深刻，常发人思索。这本书虽是创作中的片段手记，却多方面地触及了诗歌创作中的种种问题，对学写诗、关心诗歌的人都是很好的读物。

其中还有一则写到我们之间的交往，现在看来我写给你微型诗的小序，写得是不够的，过于微型了。感谢你还保留了它。去年《诗选刊》选发了我的《鲁迅》组诗，也是在你的主持下发用的，否则，不会有人读到，即使读到也会抛弃。（这组诗被国外译载了，国内有的选本也选载了它。）

这里寄你两本小书，都是旧作。《日本之旅》是我首次访日后写的一些短诗，在北京六家报刊发表后，被东京的日本友人井上靖、德间康快等先生看到，搜集起来印出的，全用中文，印数极少，非卖品，是送我的礼物。现送你一册，请存念，并教正。

“文革”十年，身心俱损。留下了一个手抖的毛病，是长期刺激造成的后遗症。虽然多次住院，名医会诊，均无法治愈，现在我也不治了。手抖，写字难看，也很少写字了。

匆匆遥祝

笔健！

李　瑛

2003年3月9日

这封信后来发表于《诗林》双月刊2003年第2期。

2004年1月，李瑛老师的诗集《出发》由华文出版社出版，3月寄来了赠书。这部诗集是一年前“非典”时期，不能会客、不能外出，闷在家里把自2000年5月编定《倾诉》之后的一些未收入集子的诗整理起来的，一百三十首，因为篇幅，几首长诗没有收入。诗集后面有一篇访谈录，访谈者是张大为。

2006年1月，李瑛老师寄来了两本书，《野豆荚集》和《中国当代名诗人选集·李瑛卷》，前者由长征出版社于2005年10月出版，诗集包括九十四首短诗、两个组诗——《刘胡兰》与《生命颂歌》以及三首长诗——《11朵红玫瑰》《2003·北京：从春天到夏天》《永远的颂歌》；后者是多年诗作的选本，包括了《我骄傲，我是一棵树》等，其中许多诗以前都读过，有的诗印象深刻，如《藏刀》《羚羊》《母亲的遗像》等。

李瑛老师已经离我们远去，他军人和诗人的身姿仍然在远方行进，让我们再一次读他那些感人的诗吧！

胡世宗的书

胡世宗，军旅作家、诗人。曾经是沈阳军区政治部创作室副主任。创作勤奋，著述多多。为人谦和，有长兄风范。

哪一年认识胡世宗的（我说的是见面）已经记不清了，也许是1995年11月，在辽宁盘锦辽河油田检察院杨好学诗集的作品讨论会上，那次大家在一起聊得畅快，《胡世宗日记》中有记载："联欢归来，与小林、洪波、松涛、姚莹等人几乎是彻夜长谈，乐不思眠。"（1995年11月25日）

那次会后，胡世宗寄来了他的一本散文集和一本诗集还有他写的两本《当代诗人剪影》，《当代诗人剪影》中他描述了许多诗人形象，艾青、公木、李瑛等等，他真是个细心的人！

诗集《沉马》是1987年解放军文艺出版社出版的，他在"后记"中说这是他的第五本诗集。诗集中有记录重走长征路的感受，也有写首长、战友的诗篇，有西沙抒情，也有抗联钩沉……

萧萧晚风
吹亮了远方的篝火
天边残留着
一片马血样
鲜淋淋的晚霞

这是在写长征途中一匹将被泥沼淹没的战马悲壮的生命。

2000年，我刚刚从河北调回故乡延边工作不久，世宗大哥寄来了他的诗集《永存的雪雕》，咏叹河山、描写军营，歌颂英雄，这是他诗歌创作长期的主题。他用一首写通信兵英雄战士的长诗做了书名。我上初中的时候，曾经和通信兵外线维护小组的战士有过交往，对他们的军旅生活有所了解，所以，读这首长诗的时候感到格外亲切，耳边不时响起当年的《通信兵之歌》：银线架四方，电波震长空，铁脚走万里……

2011年，《我把太阳迎进祖国》作为“黑土地军事文学丛书”之一，由白山出版社出版。作者在后记里写道：“边防某团政委曲道成对我说：‘您写出了《我把太阳迎进祖国》，您是我们边防战士的知音！’我想，我写了大半辈子诗，有他这一句话，总够了！‘战士知音’，为战士代言，这是我终生追求的最高荣誉啊！”

《胡世宗日记》（八卷）2006年由春风文艺出版社出版，2011年，世宗兄寄来了这一大套书，好厚重啊！扉页上写着大大的几行字：

岁月流逝

记忆永存

洪波老友留念

世　宗

2011年春日

日记，是世宗兄的一大笔精神财富呀！

2012年，我想在我主持的《诗选刊》下半月刊上介绍一下世宗兄的儿子胡海泉，海泉是很有影响的歌者，也写诗。2月，世宗兄寄来了刚刚由人民文学出版社出版的《泉·最美——父亲心中的胡海泉》和《海泉的诗》，并附一封短信：“洪波，重新寄上两本书。关于海泉诗，一是雷抒雁序，一是他回答晨报记者提问，我认为较为靠谱，还有他的后记。您可审看他的诗。供参考。祝健康快乐！”世宗兄是一位认真又称职的父亲，海泉是有福的孩子。于是，2012 年 2 月号刊物上发了海泉一个小辑，当然要有世宗兄写儿子的文章，也要有海泉的诗歌作品选，还有雷抒雁的评论。这是感人又励志的一个小辑，给刊物大大增色。

2013 年深圳海天出版社出版了世宗兄的《文坛风景线》，这是一本日记，是他 1975 年至 1982 年的部分日记，记述了文坛众多人物和事情。有史料价值。他说这是他自己的生存记号。

2016 年 4 月，世宗兄寄来了他的两本书《重走红军长征路》和《雪葬》，还附了一封短信：

洪波：

寄上两本小书，请舍点宝贵时间翻翻，盼多予批评并给予支持！

祝安好！

世　宗

2016 年 4 月 24 日

《重走红军长征路》是 1975 年他第一次重走长征路和 1982 年第二次重走长征路的日记摘抄，封面是世宗兄戎装站在铁索桥上的照片，书中有袁鹰、黄世明的两篇文章代序。作者“后记”在中说，关于长征已经写出四本书了。

此书是《雪葬》之后又一本关于长征的诗集，书的插页有贺敬之、袁鹰、李瑛等名家题词。书后附有多篇评论。精装本，很大气，白山出版社出版。

世宗兄七十岁的时候，出版了一本《厚爱》（春风文艺出版社），那么多的友人为他祝福，有文章，有书画。他的交往面特别大，其中也收入了我祝贺他生日的几句顺口溜并书法：

北国兵歌响
鸟儿在争鸣
漫漫长征路
沉马浮啸声
诗友遍天下
高山流水情
七十新起点
唯我世宗兄

世宗兄他自己在这本书的前面说：“人生七十古来稀，我以古稀再做起。”

他身体健壮，思想敏锐，勤于动手，让人羡慕。

我的大诗兄，祝你创作再丰收。

李晓桦的书

20 世纪 80 年代，李晓桦这个名字很响亮，他的军旅诗或者说战争诗非常有影响。军旅作家朱向前评价说：“晓桦的战争诗则更富有人性内容，他不仅把战场气氛写得凝重悲壮甚至有些凄凉，而且他的主旨常常直逼战争的核心：死亡。”朱向前还说：“我还分明感受到了反人性的战争中所体现的伟大人性的力量。”这些话是朱向前在《中华文学通史》（华艺出版社 1997 年版）这部书中说的。

1985 年第 6 期《青年文学》发表了李晓桦的组诗《一个中国军人在圆明园》，其中的第一首《我希望你以军人的身份再生——致额尔金勋爵》一下子就把我震了。

我好恨
恨我没早生一个世纪
使我能与你对视着站立在
阴森幽暗的古堡
晨光微露的旷野
要么我拾起你扔下的白手套
要么你接住我甩过去的剑
要么你我各乘一匹战马
远远离开遮天的帅旗

离开如云的战阵

决胜负于城下

多有气概和中国军人的血性，这种要单兵较量的大无畏精神太壮胆了！诗的结尾还写道：

在此

我谨向世界提醒一句

从我们这一代起

中国将不再给任何国度的军人

提供创造荣誉建立功勋的机会

好气派的诗！这才是我喜欢的军旅诗。在这之前，我读过他发表在《丑小鸭》杂志上的组诗《西部中国山》和《青春》杂志上的《三个伤兵和一个姑娘》，很耐读。在这之后，又于1987年5月读到了李晓桦发表在《收获》杂志上的“实验文体”《蓝色高地》。都是令人思考的作品。据说“实验文体”这个名字还是唐晓渡想出来的呢。

2010年的初秋，我与《作家》杂志主编宗仁发一道去辽宁营口参加一个文学活动，在那里第一次与李晓桦相识，他一米八几的个头，走路和坐相都是一副标准的军姿，一看就是按部队操典来的。我们一见如故。那一次，唐晓渡、宗仁发、李晓桦我们还一起去了趟大连，那是李晓桦曾经当兵的地方。途中，李晓桦赠我一本他的书《蓝色高地》，是1988年上海文艺出版社出版的，这本书被列入当年赫赫有名的“文艺探索书系”，张承志为这本书写了序言，他写道：“晓桦用他的《蓝色高地》为自己竖起的，我想不是一块功劳牌而是一面宣战的旗。无论晓桦主观的愿望和动作如何，蓝色高地是一个纯洁而且圣洁的原则。”晓桦在书的扉页上写了几个字：“老的友洪波正之。”意思是，虽然初识，但犹如老友。《蓝色高地》，今天读起来仍然具有神秘的魅力，它是散文、诗，还是小说、寓言，它的叙事方式和文体结构是高级的自由的，正如这本书“内容提要”所言：“人生、命运、爱情、生与死、希望与绝望……组成了气势雄浑的交响诗。”

接着，晓桦来长春，我们一起喝酒、谈军人父辈、谈文学、谈朋友、谈哥们儿情谊。他又送我一本早年解放军文艺出版社为他出版的诗集《白鸽子，蓝星星》，周涛为这本诗集写了序，周涛说：“我认为，他的写作显然起因于军人的意识，这种意识支配着他的人生道路、思想方法乃至文学上的审美情趣。”诗集收入了我喜欢的组诗《剑·钢盔·女兵墓》，这组诗当初好像也是发表在《青春》杂志上，好像还得过奖。

我和晓桦从此成为挚友，每次见面他都用宽大的手拍我的肩膀，像哥哥那样，让你感到哥哥来了，兄弟有了靠山似的。

我们还一起专程去上海，看望了上海文艺出版社老编辑、诗人宫玺和姜金城先生。

2011 年 4 月，晓桦的诗文集《金石》由文化艺术出版社出版，是诗人简宁帮助做的。之前，我和晓桦多次在一起探讨这本书这么出，因此他赠书时在扉页上写了“洪波，没有你就没有这本书的出版，感谢你的关注和友情”。书由唐晓渡作序，晓渡文章的题目是《寻找一个失踪的诗人》，是啊，晓桦少年从军，大学毕业后在《昆仑》杂志做编辑，后来离开部队下海经商，还在国外生活了多年，似乎已经远离文坛。1993 年广西一位青年诗人在余秋雨散文里读到了引晓桦诗的片段，于是发博文讲述了自己的寻找，找了九年。晓渡的序言似乎就由这位青年诗人的博文引发。当然晓渡是晓桦的老朋友，他有更多的话要说。

晓桦并没有搁笔，他还在写，只不过低调不事张扬而已。他没有“失踪”。

2014 年 6 月，晓桦的长篇小说《世纪病人》由作家出版社出版，7

月，他赠我书。将军作家乔良说：“一代人有一代人的历史，一个人有一个人的心史。晓桦用他诗人的敏感捕捉细节和语言，把他这一代人与他个人的心史，看似轻松实则沉重地交叠映现在我们面前……”这是一部自传体的长篇小说，在写小说那一期间，我与晓桦有过多次来往和交谈，看得出，他每天的工作量还是不小的，一部将近三十万字的小说，很快就杀青并交出版社了，人生经历、命运，尽显其中。

但是，我还是把晓桦看作诗人，我觉得只有诗人这个称号对他是最合适的。

李松涛的书

1976年1月号《诗刊》，大三十二开本。头条是毛泽东主席的《水调歌头·重上井冈山》和《念奴娇·鸟儿问答》两首词，只有这两首词是大字排版，显得格外醒目。李松涛的组诗《深山创业》就在这期上，那时候李松涛还不是军人，组诗的后面特意注明了作者是知青。这是我第一次读李松涛的诗，好像《诗刊》也是刚刚复刊。我那时还在乡下当知青，被生产大队派到公社中学教书，也是第一年订阅《诗刊》。到了6月号，《诗刊》又发了一组《深山创业》续载。那时候一个知青能这样在《诗刊》上发表作品，很了不起，我们几个知青民办教师都这样议论。

20世纪70年代末，我在县城新华书店买到一本李松涛的诗集《第一缕炊烟》（上海文艺出版社），这可能是他的第一本诗集吧。那时的诗集都不太厚，开本也小，很适合携带阅读。后来的几年里，还购买过李松涛的诗集《诗的脚印》等。

我记不得是什么时候和松涛兄有了联系，也记不得第一次见面是在哪里了。好像是在抚顺。我记忆中，有一年冬天在抚顺，李犁召集朋友聚会，松涛兄从沈阳打车过来，那是不是第一次见面呢？不知不觉中应该也是几十年的朋友了。

松涛兄第一次赠他的书给我是在1986年，那时我在冀中平原的华北油田工作，他寄来一本诗集《凝固的涛声》（人民文学出版社1985

年12月版)，1987年又寄赠诗集《没有完成的爱》（春风文艺出版社1986年12月版)，一本小叙事诗集。1989年，我的诗集《独旅》出版，给松涛兄寄去请教，他回赠诗集《坠果》（湖南文艺出版社1988年7月版）并附一短信：

洪波：

近好！

《独旅》收到，早些时见过牛汉先生的序文。谢谢他和你了。

小集极无味，寄上只作友谊之证。何日北来，盼在沈小停。握手。

松　涛

5月14日

《无倦沧桑》是1989年由中国华侨出版社出版的，1994年秋松涛兄寄来了修订再版的，我给松涛兄回了一封信：

我这几年读到的与《水浒》有关的文艺作品，能刻骨铭心的有二，一是画家、杂文作家韩羽先生的《漫话水浒》，一幅漫画，一段文字，品位相当高。如《宋江打宋江》的文字："宋江身上有'匪气'，也有'官气'。由于'匪气'上了梁山；由于'官气'下了梁山。"颇耐人寻味。再就是你的这部长诗《无倦沧桑》了。

接到这部大著时，恰好我每天要在床上躺一些时间。于是就躺着读，读着读着就躺不住了，于是就翻来覆去地读，读着读着就又想要记上几笔想法，于是又起来站着读、坐着读，直至几天之后全部读完。本想谈谈自己的想法的，但王鸣久的文章《天殇不至　悲剧不已》已说出了我心里的东西，至少说出了相当主要的一大部分——社会批判精神和历史悲剧意识。

如今诗人们“说大话”的太多了，“写大诗”的却极少。……当然，写大诗须有大气，并非所有诗人都能为之。我读合省（黑龙江诗人马合省）的长诗《老墙》时就激动不已，就觉得这种大气的养成不是三天两早晨读上几本书就可以的。……有一点我坚信，关东人持有这种大气仿佛更容易些，这恐怕是因为民族风骨在那里锤炼得更真切些。

你这种（指《无倦沧桑》）灵智、丰满、独到的语言也是别一诗人所没有的，我极喜欢。现在有的诗的语言模仿的痕迹太重，还有一类就是酸味儿太浓……

真希望有机会在一起聊聊，虽然我们没有见过面，但我感到我们已是很近的朋友了！

我明年一定争取去一次沈阳。

……

1995 年春，松涛兄寄来了《论李松涛的创作》（东方文化出版社 1993 年 6 月版），这是一本评论集，是评价李松涛诗歌创作的文论集合，对深入研究李松涛的创作很有用。

《拒绝末日》（春风文艺出版社 1996 年 9 月版），又是长诗，写环境，写生态的，三千多行啊。松涛兄在后记里说：“爱护环境，就是拒绝末日！”不知为什么，这本书有两个版本，一个有后记，一个没有。长诗《黄之河》（春风文艺出版社 2002 年 10 月版），松涛兄在序言里说，这是他送给自己五十岁生日的礼物，也是献给客观世界的一块蛋糕。

我这里有的，只是松涛兄著作的一小部分。他写的书很多，我不可能有全部。

松涛兄是军人，他穿空军军装，佩大校军衔，很威武。让人敬慕。

前几年去过他在抚顺乡间的“松涛文苑”，还到他的菜地里转了转，看到了他与世无争的生活状态。

林莽的书

我和林莽是几十年的朋友了，关于他，我写过一篇《谈谈林莽》的文章，已经说了很多话，这里来谈谈他的赠书。

林莽是张建中的笔名，我们这些老朋友还是习惯叫建中。更年轻的诗人们不知道他的原名，都叫林莽，或叫林老师。

先说说《林莽的诗》与《林莽的诗》。有一年在江苏太仓沙溪聚会，见到陶文瑜，他约大家给他主持的《苏州杂志》写些短文，并说写什么都可以。我就想起了林莽的两本同名书，于是写了以下文字：

沙溪雅集，重逢林莽，一天会议，两次彻夜长谈。归途，不知怎么想起了两本《林莽的诗》，到家后立即翻检。一本，1990 年出版，书印得还算干净，只是前后无衬，有些简陋。林莽讲过，他对这本书的设计不太满意。最初书稿是交给人民文学出版社的，那里要排队，还不能保障出版，去出版社要回书稿。回来路上巧遇中国妇女出版社一位熟悉的编辑，那位编辑说“干脆就在我们社出算了”。林莽是个好说话的人，当时就同意并把书稿交给了那位编辑。另一本，1998 年 7 月重新设计印制的。这回书的前后都加了单衬，林莽在白色的前衬上题写了一段话——

洪波：此书早就送过，再版我改了封面，好坏是自己画的，更有保存的价值吧（一笑），再送此书，补充封面一张。

林莽是老友、兄长，我书架上堂堂正正站立着十五六本他的书。几十年来，他帮助朋友、文学青年以及出版社出版过不少书籍，都做得很讲究，而他自己的书大都是出版社“公事公办”，装帧设计难免有几本略显粗糙。这让我想起下乡当知青的时候，有个木匠三哥，他给村里人做了许多家具，谁都夸他活儿干得漂亮，可他自家连个像样的板凳都没有。

第一本《林莽的诗》是1990年3月19日赠给我的，第二本《林莽的诗》是1998年7月29日赠我的。

《我流过这片土地》（新华出版社1994年10月版），1995年5月17日签赠。这本诗集前面有林莽一篇作为代序的文章《心灵的历程》要细读，有他人生经历和心路历程。作为书名的长诗《我流过这片土地》，写于1979年4月至7月，1969年至1973年的一些旧作占领了诗集的前一大部分，用林莽的话说：“它们记述着，一颗心所走过的真挚的情感历程。”

1996年4月4日，林莽赠我诗集《永恒的瞬间》（新华出版社），诗集的前面有他一篇文章《寻求寂静中的火焰》，是一篇谈艺术的好文章。他说：“时间会考验每一位艺术家，当那些瞬间的喧嚣沉淀下来，艺术史留下的是那些不断地会被人们重新发现的好作品。”他还说：“有时，我似乎感到了一种趋向性，一种希求与世界融为一体的神往。”

《滴漏的水声》（一本自印的诗集，中英文对照），1998年10月10日送我的。诗集前面有苇岸的一篇短文，其中写道：“在当年朦胧诗的核心诗人之外，有两个相对不太显著的、特异的诗人，一个是田晓青，一个是林莽。前者的诗让我想到的是火、历史、宗教、智慧；后者的诗让我想到的则是水、自然、人伦、心灵。”是的，林莽的诗平和、自然、澄澈，与他的为人是一致的。

2001年6月，林莽送我《穿透岁月的光芒》（百花文艺出版社2001

年 4 月版），这是一本编排独特的书，它有诗、散文、随笔、诗论、访谈，还配有作者自己画的插图；又是一本耐人寻味的书，它是作者从几十年的生活里摘取的有关人生命运、艺术追求和心灵历程的深度记载。

这本书由“乡野的风”“生存与绝唱”“寻求寂静中的火焰”三辑诗文以及作为附录的两篇访谈组成。其中“乡野的风”可视为作者人生长途中最为难忘的一段历程，虽然是优美动人的散文和诗，但如果仅仅把它们当作美文或好诗去欣赏，就不能不说是一种浅层的阅读了。事实上，这一部分诗文放在全书的前面，是因为它们是这本书不可缺少的背景资料（或说相关资料）。而“生存与绝唱”也不能仅仅看作写朋友、写往事的一般意义上的忆旧诗文。林莽作为“白洋淀诗歌群落”的成员之一，作为新时期以来中国新诗发展的见证人之一，他的这些追忆对于以往和今后都显得十分珍贵和重要。另一辑“寻求寂静中的火焰”则是艺术实践中的真实体悟，但它不是教训人的，文学圈里圈外的读者都可以从中受益。最后的两篇附录，一篇是牛波访谈录，一篇是郑敏访谈录，涉及当代美术和诗歌，话题比较大，谈得却很具体深入，实实在在，随着时间和当代美术及诗歌的发展，这两篇访谈所具有的重要意义会越来越清澈。

我当年为这本书的出版写过一篇书评，还把林莽发表在一张报纸上的文章剪下来夹在了这本书里，那是一篇谈艾青诗的文章。

2005 年 9 月，林莽的散文集《时光转瞬成为以往》由华文出版社出版，11 月，林莽赠书。书中写到了自己的童年，写到了许多朋友，写到了那些以往刻骨铭心的岁月。当然，也写到了白洋淀，写到了白洋淀诗歌群落。也就是在得到这本书的时候，我策划的《林莽诗选》在我们时代文艺出版社出版，诗选的前面有林莽的《几句简单的话》，他说：“这本诗集共选入一百三十二首作品，其中有一些长诗和组诗。有些作品因为多种原因，整理的时候没有找到，不过这也算较为全面了。”书的后面放了一个《林莽创作年表》，请我们的好友刘福春整理的。林莽在书的扉页上给我写了几行字：“洪波老友：我们共同为诗努力多年，这本书的出版也是我们友谊的见证。”作为出版人，迄今为止，我对这本书的编辑制作还是很满意的，感谢我们出版社的老编辑魏洪超，他在编辑这本书的时候下了很多功夫。

2009 年 7 月，作家出版社出版了林莽的诗集《秋菊的灯盏》，这本诗集中的诗都是几年内的新作，四十多首。林莽在自序中说：“那些只有进入了人生的秋天，才能真正成熟起来的生命经验，是可以照亮自己的。我希望我的生命也会发出自然的光芒，为自己也为他人，提一只秋菊的灯盏。”送我这本诗集的时候，我们正在黑龙江伊春林区参加《诗刊》的采风活动，那次活动也是林莽组织的，他把李琦、柳沄我们几个东北的诗人都叫去了。

2009 年是林莽诗歌创作四十年，他举办了一次个人画展，并印制了一本《林莽诗画集》。新年伊始，我得到了这本诗画集。林莽自幼学习绘画，作画已经有年头了，画画是他一直挥之不去的情节，在白洋淀插队的时候，他参加过县文化馆的美术学习班，有过水彩画和油画的练习。白洋淀水乡安新县有个油画家赵冰爽是林莽的好友，我陪林莽去白洋淀时见过他，有一次还到他家里去过。他们都是当年县文化馆美术学习班最年轻的老师，看得出，林莽和老赵的感情很深。

2012 年 7 月，南海出版公司出版了《林莽诗歌精品集》，是“中国当代文学百家丛书”之一。书中有一页林莽的手迹，是《星光》一诗结尾的那一节：

阳光需要温和下来
海需要沉下来
星空静憩于头顶
这时，你走过沉沉的夜之大地
把逝去和向往的组成情感的河流

一切都跃然于脑际
闪闪如夜空的星斗

这本书的后面还有叶橹和张磊磊的评论文章。前勒口上有一段话：“作为朦胧诗和白洋淀诗群主要成员的林莽，不仅仅是一位诗人，也是一位中国新诗发展的见证人……”

2015年10月，林莽赠《林莽诗画》（漓江出版社2015年6月版），这是一本诗与画的合集，均系1969年至1975年林莽在白洋淀时期的诗作与画作。诗十六首，画三十一幅，包括油画和水彩画。附录离开白洋淀以后写的与白洋淀相关的诗文，其中2006年7月写的《五月的鲜花》一诗，让我想起多次陪同林莽回白洋淀的情景。

安新县西面有个安州镇，这个镇可有年头了，战国时期的葛城就是它的前身。安州镇的北何庄，就是林莽插队的地方，我陪同林莽去过多次。村子里有一户李家是林莽插队时的邻居，与林莽关系密切，李家兄弟五个，我见过几位。老大李小延，曾在内蒙古乌梁素海打鱼，春天还冷，穿着皮衩在水里，被冻成了严重的关节炎，我第一次见他时，腿脚还不方便，后来再见到他，情况好了许多。善良、真诚、能吃苦、爱惜兄弟的好大哥。老二李栋人，在县上当过领导干部，直率、坚决、头脑清晰、敏捷、政治素质高，是一个有自己独到见解的人。老三我没有见到过，老四老五每次去都能见上。这个家庭不一般，他们的父亲是当年的交通员，林莽的《五月的鲜花》就是写这位老交通员的。有一年我们在李家，铺开宣纸，我写下了“五月的鲜花”几个大字，林莽用小字把一整首诗写在了上面，同去的王迦樑、李卫东、阿民等都在上面签名留作纪念。我还现场为李家忠厚堂写了一幅字：“白洋淀上生豪气，忠厚堂里出英雄。”林莽当年就在北何庄那个村上教书，我们到那个老房子看过，当年的两棵小榆树已经长成了大树，李家老四李栋世还是林莽的学生哩，说起来，老四当年连作文都写不好，现在到了兴头上还要把自己写的诗朗诵一下呢。林莽当年住过的土屋，已被当地文化部门保护了起来，还挂了“诗人林莽（张建中）白洋淀插队旧居”的牌子。

《记忆》（作家出版社 2015 年 5 月版），这是林莽 1984 年至 2014 年的诗歌作品选集，体现了林莽在艺术上的一贯追求和不断的进取，他的诗正步入成熟的金黄岁月。

2016 年 6 月，山东青岛良友书坊文化机构、青岛文学馆为林莽搞了一次画展。我在平度参加一个文学活动，正好赶过去。这个画展的名字是《诗之淀——林莽白洋淀习作展》，展出的作品画幅都不大，那个年代在白洋淀的乡村，不可能有条件画大幅的作品，这些作品能完整地保留下来已经不易了。青岛的臧杰还策划出品了一本《良友》画刊，这一期是林莽的画、诗、文章。臧杰还撰写一个前言，说林莽是为诗歌的奔走者，白洋淀时期的画是“隐秘的梦想”。晚上，在青岛文学馆搞了一个林莽诗歌朗诵活动，露天的。听到大家在朗诵林莽的诗也听到了林莽在朗诵自己的诗，听得我眼睛潮湿。我后来写了一首诗发表在《青岛文学》上，诗的题目是《听朋友们朗诵林莽的诗》：

六月青岛，啤酒即将洋溢成花朵
文学馆院落虽小
却飘逸着旧日远方，那些诗
大家朗读着一个特殊年代
朗读着一个青年张建中
思想，善良情怀以及晨风和雨季

我想起白洋淀北何庄
想起村庄里那所小学校
还有忠厚堂几代英雄
五月鲜花之后李家众兄弟

渔家小屋低矮潮湿
淀冰易裂，1972 年那个寒冷冬季
一大片又一大片芦苇……
我已经泪眼模糊

林莽声音缓慢向大家致谢
仿佛划着小船出现在芦花中
我知道他此刻想起了什么
我听到了远处大海在涌动
看见白发闪烁着岁月光芒
夜色里，他目光坚定
我能听得到他内心律动
那声音绝不随波逐流

2018 年 5 月，在河北廊坊召开了林莽诗歌创作研讨会，谢冕、吴思敬等一些评论家都出席了研讨会。大家对林莽的评价很高。首都师范大学中国诗歌研究中心还编印了厚厚的一本《林莽诗歌创作研讨会论文集》，我把这本集子留作资料了。还有《白洋淀诗歌群落研究资料》（中华文学史料学学会、北京师范大学国际写作中心）、《白洋淀文化》（白洋淀文化发展研究会）等，都值得留存。

罗继仁的书

我最初和罗继仁老师有联系，还是他在沈阳市文联《芒种》杂志任诗歌组组长的时候。那时候，罗老师主持着一个当时很有影响也是很多青年诗人都向往的栏目“青年与诗”。我当时生活在一个小县城里，写诗还没有多长时间，1982 年底，给《芒种》投稿，寄了一组写森林题材的诗，很快罗老师回信告知留下备用了一首三十多行的诗《中国有这样一片森林》，后来发表在 1983 年第 3 期《芒种》“青年与诗”栏目的头题。从此，与罗继仁老师有了联系，直到今天没有断过。

我这里存有几本罗老师的书：

《大森林之恋》（春风文艺出版社 1985 年 11 月版），罗老师寄给我两本，一本是平装的，一本是精装的。罗老师在后记中说，这是他学诗二十七载出版的第一本诗集，这本书的诗，写了森林，写了土地与江河，写了故乡，写了亲人，写了生命与思想……有一些诗我读来特别亲切，是写于我的家乡延边的，如《金达莱》《亮兵台》等。

《爱之路》（延边教育出版社 1987 年 5 月版），这是罗老师的第二本诗集，短诗三辑。读罗老师的后记我才知道，延边是罗老师青年时期生活过的地方，那么，我们应该是老乡了。说来也巧，多年后我从冀中调回家乡工作，第一个工作单位就是延边教育出版社，汉文老编辑，也就是当年给罗老师这本诗集当责编的徐文渊老编辑我还见过几面，每次见到徐文渊先生，都会一下子让我想起罗老师，想起延边教育出版社出版的诗集《爱之路》。罗老师追求诗歌的短小精致，他的诗灵秀而多画意，短小而蕴藏大道理。都是从生活中打捞出来的干货。

《罗继仁抒情短诗选》（百花文艺出版社 1994 年 12 月版），这是罗老师的第三本世诗集，张雪杉作序，精装本。封面摄影和装帧设计是郑文华，是不是陕西的那个郑文华呢？我还为其摄影作品配过诗呢。罗老师在后记中写道："我一向追求诗的简洁、隽永，语言的抒情美。"

记得罗老师还出版过诗集《远方有爱》，罗老师没有送我。

还有一本合著的《现代诗新论》（百花文艺出版社 1995 年版），我几次搬迁，一下子找不到了。

《诗潮耕耘录》（百花文艺出版社 1996 年 12 月版），李万庆、邓荫柯分别作序，书后附有作者后记和《罗继仁文学创作活动年表》，这才知道，20 世纪五六十年代，罗老师曾在吉林市文联主办的《江城文艺》担任过诗歌编辑，在吉林电力职业学校担任过语文教师，1962 年参加吉林省作家协会组织的部分诗人赴长白山体验生活，写了一批反映边疆生活、描写抗联的抒情诗。李万庆评介罗老师的《诗潮耕耘录》，评价罗老师的诗歌批评时说："'现象描述'使继仁兄的批评有了历史感，'兼容并蓄'又使他的批评有了宽容精神，建立在历史感与宽容精神基础上的批评，必然是一种具有'稳健'品格的理论。"

我主持《诗选刊》下半月刊时，要做罗老师一个"人物介绍"，想来想去，觉得高深先生那篇文章的题目很合适，最后就把这一辑的题目定为《罗继仁：北国诗坛的拓荒者》。他是一个孜孜不倦的耕耘者，从《江城文艺》到《芒种》到《诗潮》到退休后一直在倾注心血的《中国诗人》，他没有离开过诗，没有离开过刊物。罗老师 1937 年出生，现在已是高龄，我几次到沈阳都要和罗老师一聚，看到他健康，看到他还在忙碌，就看到了诗歌的力量，看到了什么是老当益壮！

宫玺的书

宫玺先生1932年出生于山东即墨，1956年开始发表作品的时候，我才刚刚出生。宫玺先生初中没毕业就响应号召参加了军干校，年轻的时候当过兵，在空军度过多年军旅生活，出版过多部反映空军题材的诗集，1978年转业到上海文艺出版社。

20世纪80年代末我开始与宫玺先生有书信往来，并互赠书籍。

1994年3月，宫玺先生寄来他的诗集《宫玺自选集》（贵州人民出版社1993年10月版），宫玺先生在“题记”中说：“篇目编排基本上依写作先后为序，这样便于读者检点我的思想感情的轨迹。”收在这本集子里的诗，实际上均是1980年以后在报刊上发表的作品。

1998年8月，宫玺先生寄来《宫玺诗稿》（上海文艺出版社1998年4月版），这本拥有二百多首诗的集子是宫玺先生创作四十年的一个结集，不是选本，但他各时期创作风貌都有了展现。书印制得干净，设计得稳健得体，是他的老同事姜金城责编的。

2000年2月，我把自己刚刚出版的诗集《生命状态》寄给了宫玺先生。5月，他回赠一本他的诗集《冷色与暖色》（中国工人出版社2000年1月版），并附信：

洪波：

您好！大作《生命状态》收到，印制装帧极佳！谢谢。

为您高兴！现在出书不易，黑龙江能为您出书，难能可贵。您回东北之后，还是颇活跃的，好像策划过少年文丛吧。

我寄上这本拙作，还是十二年前的旧账，当年他们主动约稿，后来发排征订过两次，而后便消息全无，一晃十二年过去。去年我找版权保护协会帮忙才有着落，让我重新编选过。其中1988年前所写乃旧稿部分，另有一部分我淘汰了。总算出来了，意外收获。

不尽　即祝编撰双安！

宫　玺

2000年5月13日

这本诗集由公刘先生《冷暖君自知》一文代序，由宫玺先生发表在《人民文学》上的一段话代自序，书的后面还有他的《我与诗》一文代跋。这本诗集算是宫玺先生与出版社的结账纪念品。

2006年12月11日，我和好友郎宝君在上海，上海朋友张罗晚饭。请来了宫玺、张烨、张健桐等上海诗人，宫玺先生带来了他的散文集《青青河畔草》（上海文艺出版社2004年12月版）送我，宫玺先生在书的扉页上写了“张洪波诗友正之。宫玺2006年12月11日于上海晤面时”。这本书不但可以读宫玺先生的随笔、杂文，有的还可以当编辑随笔读。其中有一些篇章记录他组稿、编稿的过程。如《初见冰心》和《迟到的慰藉》，是谈出版《冰心文集》的，再如《何其芳的最后一本诗集》《聂绀弩的〈元旦〉》等等。这一天，宫玺先生还送我一本《宫玺诗选》（上海文化出版社2006年4月版），蔡其矫致宫玺的一封信代序了，信写得真好，谈得中肯，对其他诗人也会有启发。2011年10月9日，我陪李晓桦到上海看望姜金城和宫玺两位编辑家，并共进晚餐。这次见面聊了很多，先是聊李晓桦的《蓝色高地》当年的出版，继而聊他们上海文艺出版社当年出版的那些好诗集，如牛汉的《温泉》、蔡其矫的《双虹》、舒婷的《双桅船》等等。这次见面，宫玺先生送我他的《人生小品》（上海文艺出版社 2010 年 7 月版）并在书上题写了：“小草也有小草的悲欢，张洪波好友留念。宫玺，2011 年 10 月 9 日幸会于上海。”

2012 年 3 月，宫玺先生寄来一本自印的诗集《庸诗碎·感念那两只蝙蝠》，诗集前面有一个短短的题记：

> 《庸诗碎》，感念那两只蝙蝠，书名已示鄙意，勿须赘言。
>
> 敝帚自珍。晚年编选未曾结集的余稿，聊慰私心罢了。
>
> 自印 100 册，不售。
>
> 宫　玺
>
> 2012 年 2 月

宫玺先生的诗每首都有巧思，都有深入的推敲，每首诗里都暗藏着他几十年诗歌创作的老到功夫。我经常翻阅他的赠书，每每都有新的体会。

彭国梁的书

彭国梁，湖南长沙人，诗人。他还是个藏书家和编书的高手，长沙近楼楼主。彭国梁多年蓄着胡须，人称彭胡子。我和国梁在20世纪80年代就有联系，那时他在编长沙市文联的文学刊物《创作》，还与江堤等人鼓捣“新乡土诗”。

2004年6月，他从长沙寄来一堆书，每一本上都有题签：

《闲文闲画》画/何立伟，文/彭国梁（湖南人民出版社2001年9月版）。

《情文情画》画/何立伟，文/彭国梁（湖南人民出版社2001年9月版）。

《痴文痴画》画/何立伟，文/彭国梁（湖南人民出版社2001年9月版）。

《怪文怪画》画/何立伟，文/彭国梁（湖南人民出版社2001年9月版）。

《色拉情话》画/何立伟，文/彭国梁（长江文艺出版社2003年8月版）。

《第三只眼看家》画/何立伟，文/彭国梁（北岳文艺出版社2002年10月版）。

《盼水的心情》彭国梁著（太白文艺出版社1998年12月版）。

《感激从前》彭国梁著（太白文艺出版社2003年9月版）。

国梁和小说家何立伟合作，何立伟的漫画，彭国梁的文字，趣味横生，散发于各报刊，还出版了一些图书，深受读者欢迎。前六本就是这样的作品。何立伟说：“我和彭胡子的合作始于《家庭》杂志，每月一专栏，整整一版，没承想受到小小的欢迎。后又延伸到其他几家报刊上，同样是专栏。”立伟还说：“这是漫画与世界的关系。始于有趣，终于有趣。我相信绝大多数的人，都会讨厌无趣。”《第三只眼看家》的作品大多是选自《家庭》同名专栏的作品。这些作品，太有乐儿了！

《盼水的心情》是一部诗集，“潇湘诗丛”之一。评论家沈奇读后文章《纯驳互见，清韵悠远》代序。这一本诗集有不少是彭胡子他们搞“新乡土诗”时期的作品，这些意绪，会点燃我们对许多往事以及众多情境的回忆。

《感激从前》是一本散文随笔，读了这本集子，就知道彭胡子与人是如何交往的，也知道了彭胡子对一些朋友都是咋看的，更知道了彭胡子的好玩儿之处。

彭国梁的《书虫日记》自2007年4月湖南教育出版社出版以来，已经出版好几本了，后面的几本均是上海辞书出版社出版的，他赠给我的已经到了第四集了。这个书虫，藏了那么多的书，一栋楼的书，还要有日记，相当于有了时间档案。他藏书、读书、写书、策划出版书，这个书虫可不是一个一般的书虫，他是一个富有的人。我去过他的近楼，在几层楼的书中，听他随意的介绍，你会突然觉得自己缺了不少东西。去过近楼，国梁会要求你给写一幅题为《上茶》的字，我去近楼的时候，刚刚学习书法，就给他写了一幅顺口溜：

长沙三月登近楼
清茶一杯伴书读
写过新诗玩小品
与世无争得自由

他参与编的书也有送我的，如《老报刊中的长沙》（国防科技大学出版社），读了，跟着书充实了自己。

2011 年 4 月，胡子送我《长沙沙水水无沙》（南京师范大学出版社 2007 年 4 月版），这是他写的一本关于长沙城市文化的书，取长沙白沙井一名联的一句做书名，胡子在此书的序言中说："我以为，用'长沙沙水水无沙'七字做书名，无论身在何处的长沙人见了都会感到亲切的。当然，我更希望更多的非长沙人都来喝一喝长沙水。喝了长沙水，其前程无量是肯定的。"

2012 年 7 月，胡子赠书《趣趣留心：写作真的很好玩》（湖南文艺出版社 2012 年 8 月版），8 月出版的书怎么会 7 月赠送？那是胡子提前从出版社拿回了几本样书，让我赶上了。这是一本谈作文的书，却在里面大量地谈读书、介绍书，是啊，不读书，不知道书，还能写好文章吗？

2016 年，胡子又送我一本《胡思乱想——彭国梁原生绘画》（湖南大学出版社 2015 年 12 月版），一本钢笔画，线条在胡子的笔下细致地流动，有的地方甚至极其复杂，把人物的五脏六腑和内心想法都一股脑地画出来了，那些原生的欲望和追求毫无隐蔽地走出来，接受世界的认可。我喜欢这些作品，不仅仅喜欢其中的技法，重要的是喜欢彭国梁毫无拘谨的思想。

坐拥书楼的彭胡子，不知道最近又有啥新的策划？

朱雷的书

朱雷，我和他有通信联系的时候还是20世纪70年代末80年代初，那时他在长白山下通化地区文联编一本叫《长白山》的文学刊物，他编发过我写森林题材的诗。见面是在1986年的全国青年文学创作会议上，我是河北省代表，他是吉林省特邀代表。那几日我们常在一起聊天。

1986年7月间，我在冀中收到他寄自东北的诗集《春的四重奏》（时代文艺出版社1985年10月版），这大概是他的第一本诗集。诗写得清新自然，充满了边疆、草原和林地的味道。

朱雷原名叫朱济兴，1947年生于吉林省白山市（原浑江市），祖籍是山东蓬莱，他们通化地区山东人很多，闯关东的人多。他高中毕业后下乡当过知青，1970年招工进厂，当过七年热处理工，1971年开始文学创作，凭着自己的文学成绩，到市文化馆后又到地区文联工作。

2002年6月河北省作家协会《诗选刊》杂志社转来朱雷寄我的书和信，他在友人处见到一本《诗选刊》，看到刊物上面编辑人员名单里有我的名字，就寄信和书来了，可是他不知道我已经回到吉林省工作了。

朱雷寄来的书是他的一本诗集《北方图腾》（时代文艺出版社2000年4月版），书的前面有公木先生写给朱雷信件的影印，是公木先生建议他出版《北方图腾》的，也有朱雷说明出版这本诗集的文章《作者说明：东中华路×号》，长春市东中华路×号，是诗人公木先生的家，朱雷曾多次来这里拜访。还有胡昭和王肯的文章，胡昭在《给朱雷》的诗中称他："上辈是山东汉子/这辈是关东汉子。"

2012年9月，我专程到通化，目的是要看望朱雷，在通化和朱雷拥抱在一起，喝了不少酒，还结识了一些新朋友。我那时正在主持《诗选刊》下半月刊（彩版），并拿到长春来办，我向朱雷组稿，希望能早些在《诗选刊》下半月刊介绍他，做他一个小辑。不久，他寄来了我要的文字稿件和图片，还寄来了他的诗集，这本诗集是《诗刊》编的"诗人丛书"第四辑之一，诗集的名字是《绿色风》（四川文艺出版社1986年8月版），还有一封信：

洪波：

近好。

还是以我的习惯，把这些稿子直寄给你吧。

你可以任意处理。

稿分这么几个部分：

一、前辈眼中的朱雷：有王肯先生、胡昭先生、王世美先生写我的文章。三位先生皆是我的恩师。另寄公木先生、胡昭先生给我信的手迹复印件二份，一为悼念，二为可以活跃版面，因为我寄的照片不多。

二、朋友眼中的朱雷：有朱光雪先生、高光先生、赵培光先生三篇文章，光雪、高光是我同学，培光是我好友，他们皆对我了解。

三、一篇评论文章，是陈增福教授写的。陈教授2006年申请到吉林省社会科学基金项目"关东诗人朱雷研究"，组织人写了六七篇评论文章发表。本来有一篇文章可选，但太长，只好选他一篇短文。

四、我的一篇自述，是《朱雷诗集》的后记。

五、一组诗。本来以《北方图腾》为题还有一些诗，但只选这一组吧。

就这些，只供你参考，只供你选择，你可以删，可以舍，可以重新组合。

我认为胡昭师文章引我诗处使文章稍长，高光文章谈人之处议论稍多，你斟酌。

九月末你驱车来通化，我知道你是来看我，那一晚，我酒喝得多，只因逢知己，话投机。你说到的当代诗坛的一些人、一些事，与我心意相通。你干的这些事，比只做一个诗人好多了，强多了，有用多了。

你可以影响当代诗坛的走向（指所主持的《诗选刊》下半月刊）。

再说一遍，文章你可删。可读、有趣，不必篇幅拉得太长。

我不想让与本文无关的人的照片发出，因此比别人选送的照片少，只好麻烦你们了。

只求两件事：

不管用与不用，最好把照片寄回。

如果可能，多寄几本杂志，好分给有关朋友。

祝好！

朱　雷

2012 年 10 月 29 日

朱雷的小辑以十二个页码的篇幅、以《朱雷：执着于关东地域风情的抒情》为题，在 2012 年 11 月号《诗选刊》下半月刊头条推出，这对朱雷来说，是一次总结，是一次亮相。当然，也是我们友谊的见证，是《诗选刊》下半月刊的荣幸，可能也是他在期刊上最气派的一次亮相了。

朱雷说还要送我一本《朱雷诗集》，可惜一直未能见到。

2014 年 4 月 15 日凌晨，诗人朱雷因患胃癌医治无效，在吉林通化逝世，享年六十七岁。他生前是中国作家协会会员，通化市作协主席，《长白山》编辑部副主编、编审。作品曾获吉林省政府首届长白山文艺奖、吉林省作协首届吉林文学奖、吉林青年文学奖、第二届《作家》杂志奖。

自朱雷去世后，我再也没有去过通化。

《孟繁华文集》及其他

孟繁华，祖籍山东，出生于吉林省敦化市，我的老乡，几十年的朋友、兄长。

2019 年 6 月间，他好像在国外呢，我们微信，我说得知《孟繁华文集》出版，想看到。他回复：“回去就寄。”7 月，一大包书真的就寄来了。好重量。

《孟繁华文集》（人民文学出版社 2018 年 4 月版）十卷本：

1.《梦幻与宿命：中国当代文学的精神历程》。

2.《众神狂欢：世纪之交的中国文化现象》，扉页上写着：“洪波老弟存念。繁华 2019 年 7 月　北京。”

3.《传媒与文化领导权》。

4.《中国当代文艺学学术史（1949—1976）》。

5.《当代文学：终结与起点——八十、九十年代的文学与文化》。

6.《1978：激情岁月》。

7.《中国当代文学史论》。

8.《新世纪文学论稿之作家作品》。

9.《新世纪文学论稿之文学思潮》。

10.《新世纪文学论稿之文学现场》。

一套大书。这是繁华兄从三十多年来陆续发表过的几百万文字中编选出来的，是他搞当代文学研究和批评的成果。在网络狂欢的今天，能有这样一大套书的出版，实属不易。

1995 年那时繁华兄还在中国社会科学院文学研究所工作，我去信请他为我的诗集写序，他回信：

洪波你好：

我刚从敦煌开会回来，收到了诗集及《想我走来》原稿。我同意你的意见，不生硬地归纳到什么“主义”里。读完所有作品后，我认为长诗《穿越新生界》最好，这是近年来不多见的好诗，情怀、气势、关切对象及语言都不错，历史与现实、空间与时间、宏观与具体都展示得有声有色。

初步定题为“独旅诗人的无言承诺”。周二见到福春时再聊聊他们的意见。我会认真写的。放心好了。

寄上一册评论。握手。

繁　华

10 月 13 日

寄来的那本书是评论集《文学的新现实》（天津教育出版社 1989 年 7 月版），陈骏涛在序言里称赞孟繁华是一个把文学评论作为事业精神追求的评论家。

后来的几年里繁华兄经常与我有书信来往，有时我也会“进城”（进京）找他喝几杯，记得有一次在他家楼下的小酒馆里，干掉了一瓶二锅头外加啤酒。

繁华兄对我的写作有过诚恳的批评和指导，20 世纪 80 年代末他有过一封来信，我至今珍藏着，出版社出版我的诗歌作品评论集的时候，我把那封信收入进去，表示了我对繁华兄意见的重视：

洪波：

你好！我们虽“鸡犬声相闻”却大有“老死不相往来”

的味道。今天，在北京延续了多日阴冷的日子的时刻，读到了你的新作，为我寂寞忧郁的心吹来了一股藉慰的风。读友人的东西，有一种自然的偏爱，它会让人想起许多美丽的过去。

诗集很快就读完了，我想谈一点你可能不大爱听的话：牛汉说你的诗“变的不是陌生”是中肯的，变化很明显，但内里仍流淌这过去的惯性，明丽、纯洁，一如情窦初开的少女，总是用善良的心和眼睛打量世界包括钟爱的王子。在今天，这类诗不多啦，不多可能就显得金贵些。艺术的魅力就在与众不同。

我想说的是你诗中缺少的忧患意识和思想的风范，如果你依旧二十多岁，写这类诗无可非议，今天再如是写下去就显得肤浅了些，我认为可借咏叹的情境太少了，这并不是说一定要有仇恨感。我们总把语言当现实，结果呈现眼前的是一片幻觉，现实原来并不美好，今天更证实了它。

艺术首先应重视的是生命体验，而不是感觉，以前我也误认为重视了感觉就有艺术，其实感觉是弥漫于表层的，生命体验才是真正的真实，有了它用什么样的形式陈述表达就都是艺术。读海明威、波德莱尔、艾略特是如此，读聂鲁达、马尔克斯都是如此。没有对战争严酷的生命体验，就没有海明威笔下的孤独和迷茫。“生命体验”是我最近在一篇文章中提出的，今后我仍将研究下去，它比“反映”“再现”“表现”之类的陈词更具理论意义。

现在的“非非主义”“莽汉主义”自然不必奉为圭臬，但其中有极可重视的东西，但他们又太孤僻，谁也碰不得，有点病态，廖亦武、孟浪等人的诗不错。

不知你现在情况怎样？目前我已到北大了，在这做一年的学术访问，随谢冕老师写东西，每天在家，不上班了。你到北京时不妨来坐坐，喝喝酒，聊聊天，活得太累啦！

我家地址如信封所示，永定门下车往西走十多分钟就到。话可能言重了，别在意，老朋友只能说些真的。

即颂

撰安

繁　华

1989年8月26日

我觉得这封信不是写给我一个人的，对很多年轻诗人都适用。有助于沿着正确的道路成长。

前几年在故乡搞文学活动，我邀请繁华兄回来走走，他竟然有二十多年没有回故乡了，那一次大家在一起很开心，繁华兄也没有博士生导师的架子，与故乡人极为亲切。听说他后来又回去过，也不知他有没有把自己的著作赠送给家乡？

张新泉的三本书

我这里有张新泉大诗兄的三本书。

第一本：诗集《鸟落民间》（成都出版社 1995 年 6 月版），1998 年 4 月赠我的。首先我喜欢这部诗集的名字，鸟落民间，不是鸟飞上高处，不是鸟落枝头，不是鸟落殿堂，鸟落民间感觉是一种生还。

这本诗集里的一首诗《劳动节》，是我至今的喜爱：

劳动不再仅仅是
抡铁锤、开火车、种庄稼
劳动还包括炒股，唱流行歌
叫卖真丝胸罩连裤袜
劳动要有益于人，有功于社会
所以禁止卖淫，不准捉青蛙
劳动节这天不劳动
天气好，太阳像朵花

不用细说，会有更多的人喜欢它，越品越有意思。有一段时间，逢年过节我都要给朋友们书法一张贺卡，用电子邮件发出，有一年劳动节，我就抄录了这首诗，很受欢迎。因为是电子版，有的朋友就继续传播，看得出大家的喜爱。我知道，这绝不仅仅是因为诗写得有趣。

这本诗集的前面，新泉兄说了一些话，说得实在，其中有：“中国文人在乎的东西太多了，这太多的文字与生命之外的在乎，扭曲了文人的形象，白白浪费了许多光阴。”

新泉兄初中辍学后，做过筑路工、船工、码头搬运工、锻工，就像一只落在民间的鸟，他在繁杂的劳动中鸣叫，他懂得并亲身感受了什么是苦与累，这些生活成就了他后来的许多诗作，成就了一位新现实主义诗人。

《鸟落民间》获首届鲁迅文学奖，名实相副，没有辱没鲁迅先生的大名。我想，读读新泉兄的诗，鲁迅先生也会喜欢的。

第二本：《在低处歌唱》（个人资料，内部交流，2000 年 6 月印制），2000 年 7 月赠我的。翻开书，有作者“写在前面的几句话”《从公开发表到内部印刷》，他说：

> 这是继《鸟落民间》之后，我的第九部诗集。集中的诗作都曾公开发表过，如今收集起来，以“内部印刷”的方式出版，不出售，不进入书店与媒体，意在给自己留一份资料，也顺带赠送部分文朋诗友。

公开发表过的诗，内部印刷的书，用新泉兄自己说的，连书后附录章德益和傅宗洪的评论文章也只好由“公开”到“内部”了。这个创意令人思考。新泉兄不愧为一个老编辑家。书这样出，靠的不是书号，不是 CIP 了，而是内容。我们这些年读了太多飘忽在云空的现代诗，甚至还有一些伪现实的唠叨“诗”。读读张新泉的诗吧，让“低处歌唱”带你认识真正的低处。

新泉兄做过出版社编辑、编辑室领导，做过《星星》诗刊副主编，用他的话说，当工人二十年，做文学编辑二十年，他的工作生涯里有四十年光景就这样奉献了。

第三本：《张新泉诗选》（四川文艺出版社 2002 年 6 月版），2002 年 7 月赠我的。这是一次总结，然后就又开始。陈超评论新泉兄的诗“陈厚、朴素中潜含奇崛、尖厉，是诗人中心词源使然，而非任何仿写，是为公论”。书的前面有燎原文章代序，那文章标题是《民间和声与生存暖意》，而新泉兄代后记的短文的标题是《雀，麻雀的雀》，不要以为这是在逗趣。新泉兄说：“对于我这只具体的麻雀，无论是飞还是歇，有两个词汇需要叽喳几句，这就是‘低处’和‘民间’。所谓安于低处，绝非故意做出来的一种姿态，更不是对生息于高处的大鸟们的嫉妒和分野。”我愿意听新泉兄这样的发声，而他自己“奇崛、尖厉”之后，是那么平静。

好刀厌恶血腥味
厌恶杀戮与世仇
一生中，一把好刀
最多激动那么一两次
就那么凛然地
飞　起　来
在邪恶面前晃一晃
又平静如初……

——张新泉《好刀》

冯杰的两本书

认识冯杰多年了，我却只有他赠书两本。努力找多年前他是不是给过我他的诗集，结果是失望的，真的没有。现有的两本书还是他近几年送我的，而且都不是诗集。印象中，他好像出版过好几部诗集，还有小说集。后来有很长一段时间他在写散文，当然不弃诗歌。他的散文了得。特别是在台湾，他的散文很有些影响。张晓风、林清玄等人都对他的散文有很高的评价。他获过《联合报》文学奖、《中国时报》文学奖、梁实秋散文奖、台北文学奖等等。林清玄说冯杰的散文《九片之瓦》应该是散文书写理想的典型。

冯杰送我他的散文集《田园书》（河南文艺出版社 2012 年 6 月版），我真的是喜欢得不得了，他那些朴素优美的文字太牵动人心了。日常的冯杰，似乎不善表达，偶有冷幽默也是马上传球或收场。我几次到河南他去接我，很少言语，笑眯眯地拎起我的行李就走，不是我那种见了朋友就兴奋，就控制不住自己而咋咋呼呼。

这本《田园书》满满的他对乡土的情怀，他是一个深深地理解了乡土、一把抓住了乡土本质的作家，哪怕只是面对一只牛铃：

> 为了牛，乡村的铁铃声必须活着，就像寒山寺的那口钟，一千多年来，它也许仅仅只是为了张继那一首短短的四句诗而活着。
>
> ——冯杰《牛铃铛声必须活着》

是不是叨住了东西？冯杰的散文是诗人的散文，是散文家的诗。

另一本书是有趣的《野狐禅》（河南美术出版社 2015 年 2 月版），冯杰画了画，再配上三言两语的文，妙趣就来了。画里画外，功夫厉害，画着说着，联想驰骋。还有一些就画在写在往来的信封上。我主持《诗选刊》下半月刊时，每期都寄赠刊物给他。你看，他这本书里有两幅就是在我寄刊物的信封上不拘一格地书法一番，钤印一番，就成了妙趣的一幅。

冯杰在《野狐禅》一书的前面有一短文为序，不妨抄录于下面：

> 未悟而妄称开悟，禅家一概斥之为“野狐禅”。一千年前在《无门关》里开始走动一条狐狸，一千年后的狐狸，出场更多。你我都是。何为野狐禅？这一公案多解，我说不出来。当年求教过二大爷，二大爷说：这还不懂？野狐禅就是“夜壶里的禅”。此见解真是标新立异。忽然就有“虎子”介入了。这一解释真好，大俗大雅，最后近野狐禅的本质。

有一年林莽、子川、冯杰我们四人相聚长春，相当于四个人的一次笔会，要弄个有纪念意义的，冯杰笔蘸颜料，片刻，手下长成四个柿子，冯杰说一个柿子代表一个人，签名吧，大家就马上在自己（柿子）的身旁签名。嘿，效果还真不错！我至今都珍藏着。

有一年大家去河南鄢陵采风，进了花地，冯杰我俩形影不离，我问这问那，想着该这样写首诗。冯杰应答着，似乎一切对他来说不算新鲜，该怎样还怎样。到了鄢陵采风的诗集出来，我记得他竟然有一大组诗在里面，还记得他有诗句：“花，自己说开就开了/诗人说了不算。”还有写蜡梅的：“我知道哪一朵和我在说话/哪一朵蜡梅，可以转世为蜜蜂。”诗写得宁静，是那天构思的吗？也是那一天，冯杰掐下一瓣花塞进我的衣袋，说：“香你一路！”

现如今，美国、加拿大、日本和东南亚一些国家，以及中国香港、中国台湾，都有人收藏冯杰的文画结合的作品，品味他的情趣。我想，他们不一定都会有《野狐禅》这本书。

冯杰是河南省诗歌学会副会长、河南省文学院专业作家。

王洪涛的书

1984 年是我从吉林调到华北油田工作的第二个年头，华北油田地处河北省，下一年是油田开发十周年，十年间，许多文人曾来油田采风，其中诗人居多，光未然、张志民、李瑛、邵燕祥等人都曾来过，并写过有关油田的诗。河北的作家更是多次来油田，不但写作品，还要辅导油田业余作者的文学创作。

油田开发十年，要出一套文学丛书纪念。其中《华北石油诗选》的编选工作落在了我的头上。我给来过油田的河北诗人王洪涛老师写信，希望他有作品支持这本书。那时他好像还在大型文学期刊《长城》工作。1984 年 5 月初发的信，中旬收到了洪涛老师的回信并寄来他的诗集《山情水韵》，洪涛老师的信是这样的：

洪波同志：

你好！

信收到。可惜，我写石油的诗，全都乏味，根本不能叫诗，最好别选我了。为了表示支持，寄上诗集一册，其中写华北油田的，仅作点参考吧。

忙得要命，再见！

握手！

洪　涛

5 月 15 日

尽管洪涛老师那样谦虚，还是选了他的七首写油田的诗。记得除在他寄来的诗集中选了诗外，我还在1985年创刊号《山野文学》上选了他的一首《油歌》。

1985年上半年，洪涛老师还在大型文学刊物《长城》，在青年专号上编发过我的《幼林抒情诗》，我们也经常有信件来往。后来我到省作协帮忙，同时协助出版社戴砚田老师创办《诗神》，和洪涛老师就能经常见面了。此时他已经在《小荷》（即《河北文学》）主持工作了。

1988年底，洪涛老师寄来了他新出版的诗集《回太行》（中国文联出版公司），这部诗集由“回太行”“解冻的路上”“油龙放歌”三辑诗组成，诗集小三十二开本，三印张的厚度，很适合携带阅读，而今天的诗集大都厚、开本大，不太适合携带。1989年12月，洪涛老师又寄来与《回太行》同样大小薄厚的诗集《海魂》（花山文艺出版社），他编务繁忙，却始终挤时间创作。

我们经常会有书信，我也会经常去石家庄看他。那时河北省作协在石家庄市的市庄路2号，斜对面有地区第二招待所，就近吃住都很方便，有时洪涛老师也会抽出时间来招待所与我聊天。

洪涛老师是山东冠县王田村人，1937年7月（七七事变前四天）出生，这个鲁西北的农家孩子，他经受过饥饿和战乱，听他讲，他的小学是断断续续读的，读中师的时候曾一度退学当煤矿工人挣学费再去师范学院读书，洪涛老师在山东聊城上初二的时候就发表诗了，那是1956年3月，想想，那时我还没出生呢。

1993年10月，洪涛老师寄来了《王洪涛诗选》，这可能是他页码最多的诗集了，四百五十多页。诗作跨越1956年至1991年的三十多个年头，其中包括《莉莉》这样的早期作品，也有大量记载自己旅迹的诗作，特别感到亲切的是那些写我家乡的诗，如《松花江》《长白山》《牛皮杜鹃》《图们江大桥》等等。

我从河北省调回吉林省工作后，很长一段时间没有安顿好，也疏于和河北的朋友们联系。2001 年的一天，突然在 2 月号《诗刊》上看到一条消息：“原河北省作协主席团委员、《当代人》杂志主编、文艺理论研究室编审、诗人王洪涛因病医治无效，于 2000 年 12 月 3 日在石家庄逝世，享年六十三岁……”

洪涛老师六十三岁就走了，他的人品，他对年轻人的爱护，他的诗，他追求真理的性格，是我们永远怀念着的。

邹静之的书

我和邹静之相识还是20世纪90年代初的一个冬天，大概是1991年或者是1992年。我那时在华北油田工作，组织了一部分油田诗歌作者，请静之和《诗刊》老编辑寇宗鄂来做辅导，还召集了一个座谈会。会后，我们仨还冒雪去白洋淀转了转，在淀边的枣林庄吃了一顿午饭。

也是那次，静之送我一本他的诗集《幡》，是《诗刊》主编的“驼队诗丛”之一，由文化艺术出版社出版。诗集很薄，三个印张（九十六页），比起现在一大厚本一大厚本的诗集，有些简陋。这样的小书，封面设计者却是大名鼎鼎的装帧设计名家张守义。诗集由“呈示”“展开”“再现”三辑组成，其中，写北京的那一组《黄瓦红墙》给我留下了深刻印象，写得机智而深刻，耐琢磨。还有一首很短的诗《伤湿止痛膏》：

阴天独处一隅想你的时候必须贴一贴
想你的时候阴天独处一隅必须
贴一贴在最疼最疼的地方
最疼最疼的地方
手往往够不着

这首诗有意思，要想读明白得费点劲，虽然词语平缓。读了，知道哪儿是最疼的地方了吗？

1996 年，在中国国际广播出版社工作的朋友李镇约我给他们组织一套“青橄榄文丛”，我约了邹静之、李琦、张爱华、伍立杨、庞壮国、赵健雄、冯敬兰几位老朋友，大家每人一本散文随笔集，由邵燕祥先生作一个总序，每个人再单独请一个人作序。邵先生在总序里说得好：“这几位作者中，多半是写诗的朋友，有的至今写诗不辍。在他们的散文随笔字里行间，依稀有当年诗笔的影子，然以诗笔写散文，那散文已是诗的延伸，自又是一番境界。”事实上，静之何尝不是这样？他的散文写得真好！睿智、有趣。

20 世纪 90 年代末期，我被借调到《诗刊》工作，静之在一编室编作品，我被安排在二编室编刊中刊《中国新诗选刊》，我们俩隔着一个玻璃墙。他给我讲，有一位作者寄来一大包裹诗，还反复催问寄的几斤诗稿收到没有，问处理结果。静之回复，几斤诗稿已收到，留下一两，其余退回。我们那时候经常在一起吃午饭，有时静之会约上几个好朋友去三元开泰酒店撮一顿，他挺愿意去那个地方的，我认识车前子好像就是在那里的一次聚会上。

1998 年作家出版社出版了静之的散文集《风中沙粒》，来了样书，他送我一本。那书的勒口上印着一段好玩又俏皮的作者简介。他说，人家出书都放个作者简介，简介里都要有任职什么的，咱这回也弄一个：

邹静之

属龙。

身长五尺二寸余（市尺）。

男高音。

有农事经验及瓦匠手艺。

好发呆。

食性颇杂。

有梦。

下乡八年，做工五年。

曾任有色金属设计院子弟小学三·一班第六小组副组长一年。

哈哈，这就是静之。这本书，韩作荣给写的序，序言的题目是《另一种散文》。书中收入了当时对教育界很有影响的文章《女儿的作业》以及大家都喜欢的《美人与匾》《驱赶》《小儿无赖》等。

我调回故乡工作后，他又寄赠了上海人民出版社出版的《知青咸淡录》，可一睹他当年的北大荒知青生活。这个时期，他已经在电视圈很火，是京城的大编剧。他写的《康熙微服私访记》《铁齿铜牙纪晓岚》现在还在播呢。我最喜欢他的《五月槐花香》。《五月槐花香》后来还由东方出版社出版了小说版，他也送了我一本。

朋友们都以为静之离诗渐远了的时候，长征出版社出版了《邹静之诗选》，2008 年 1 月，他寄来了这本书。有的出版社也在琢磨他的散文，2010 年，法律出版社就出版过他的散文集《九栋》，书后还附录了十首诗。

几年未见静之了，偶尔会相互通个电话，我喜欢他那抑扬顿挫的声音和慢条斯理的谈话。

《春天的竖琴》和《高原的诱惑》

晏明先生是我在《十月》杂志发表诗的第一位编辑，那时我刚调到华北油田工作不久，写了一首《油田，青春的交响诗》寄给了《十月》，很快就接到了晏明先生的留用通知函，并鼓励我多写一些这样的工业题材的诗，不久，诗就发表在1984年第1期《十月》上。我和晏明先生的交往从此开始。晏明先生寄来了他的诗集《春天的竖琴》，是四川人民出版社1983年7月出版的，印数一万多册，三十二开本，四个半印张（正文一百三十多页），定价只有0.42元。

晏明先生本名郭灿之，1920年12月出生于湖北省云梦县，20世纪40年代初，晏明先生在重庆曾参与郭沫若领导的进步人士抗敌活动，主编《诗丛》，后来到鄂中抗日前线编辑《胜利报》，又到恩施主编《武汉日报》文艺副刊。中华人民共和国成立后，晏明先生在北京《新民报》《大众诗歌》《北京日报》都工作过。北京出版社的《十月》杂志应该是他最后的落脚点。在他的编辑生涯里，不知道扶植了多少的作家、诗人。同时，他自己也是集编辑、诗人于一身，他著有诗集《三月的夜》《收割的日子》《北京抒情诗》《故乡的栀子花》等十多部。

20世纪90年代初，晏明先生曾为湖北家乡的事情到华北油田来找过我，到我家里做过客，在我简单的书房里谈了两日诗，老先生认真诚恳，对诗歌一往情深。谈起他去青海时非常兴奋，还说起他也写过石油题材的诗作，谈高原，谈玉门油田，谈他对石油人的感受。他还特别叮嘱，有一本新的诗集已经出版，回去就寄过来，希望能重点看一看写玉门的那部分诗。1992 年 6 月，晏明先生寄来了诗集《高原的诱惑》（华岳文艺出版社），打开诗集，一股西中国的风扑面而来。诗集由“青海湖恋情”“草原红梅”“撒拉尔之春”“土族风情”“玉门采油树”“九寨沟幽谷”等六辑诗组成。我先是重点拜读了写玉门的那部分，一共二十五首，每首都不长，大多是两行一节的十来行一首的短诗。晏明先生这样形式的短诗写了多年，已经形成了自己独特的风格。地质锤、钻井、铝盔、石油河、钻机、钻塔、采油树等一些油田词语随处可见。他写石油地质先驱人物孙健初，写牵骆驼偶读人，写玉门的夜晚，写老君庙，写鸭儿峡和石油沟，写白杨河，写采油姑娘和轰鸣的钻机……看得出，他对石油工业已充满激情。读着这些诗我有些惭愧，我在油田生活多年，竟然没有去过玉门，那可是中国石油工业的摇篮啊，现在想起来都感到遗憾。诗人李季曾在玉门任过宣传部长，后来写出许多油味十足的“石油诗”，他说过：“凡有油田处，就有玉门人。”玉门是一个源头。

2006 年 9 月 15 日晚 8 时晏明在北京病逝，享年八十六岁。我忘不了他那些深情婉约的诗，忘不了他厚厚的眼镜片后面那慈祥的目光。

陈超的三本书

我认识陈超那年，应该是1985年，我在石家庄协助花山文艺出版社戴砚田创办《诗神》，住在省文联办公楼刘小放和张骏的办公室里，大多晚上工作，早晨，主编戴砚田锻炼身体的时候把稿件顺路交给我，我再按照他的要求处理并设计版式。记得是一个晚上，陈超背着一个吉他来了，沙哑的声音，聊了一会儿就匆匆走了。那算是第一次见面。之后就是经常见面无所不谈了。

我这里有陈超生前送我的三本书，它们分别是《中国探索诗鉴赏辞典》《生命诗学论稿》《热爱，是的》。

《中国探索诗鉴赏辞典》是1989年由河北人民出版社出版的，第二年送给我的。陈超在扉页上写了几行字："洪波我兄存念，陈超　1990年春。"这是一本工具书，收入一百二十九位现当代诗人的探索性诗作和陈超写的四百多篇赏析文章。第一辑是象征派诗群，第二辑是现代派诗群，第三辑是九叶派诗群，第四辑是朦胧诗诗群，第五辑是西部诗诗群，第六辑是新生代诗群。我估计这本书陈超是准备了很长时间的，那一年是中国新诗七十年。他在自序中说特别强调，我们的意见相同相近或相悖，都具有同样的意义。还引了帕斯的一句话："每一个读者就是另一首诗。"这本鉴赏辞典，今天仍然有意义。

《生命诗学论稿》，是河北教育出版社1994年12月出版的。这是陈超下了很大功夫的一本著作。他的学生霍俊明所著的《陈超评传》一书里专门写到了《生命诗学论稿》的生成史。这么重要的书，他却在扉页上写着："洪波闲读。"这时已是 1995 年，他赠我书的具体日子是 5 月 17 日。这本书里有一个标题我现在还记得，叫作《深入当代》。想想，陈超的一生不就是深入当代的一生吗？

《热爱，是的》，这是陈超创作的一部诗集，是从他已经发表的三百多首诗作中最后选定的七十六首作品。由远方出版社 2003 年 12 月出版，这一年他四十五岁。

陈超在寄我的书中夹带着一封信：

洪波兄：

您好。大著收读，写得甚为整齐，比之我所熟悉的你的诗，这里许多作品更有引我入胜的细节，个人化的感悟。而且，比起其他许多诗人，我感觉你的视野更宽，题材范围更大。不知为何你认为我没好好看过你的诗？其实都好好看过。我关注朋友的写作。只不过，近十来年我很少或根本不再写诗评，一门心思写诗。（有许多人认为我的诗比评论更有趣，不如就写诗了。）所以，写到今天还在写。前不久我为《清明》写文章还谈你的诗，是我对你多年关注后才能准确概括出的一段话。

现将拙著诗集寄兄笑看。请随时回河北玩！

握手

陈　超

2004 年 11 月 18 日

这封信之后，有一年在江苏太仓的一次会议上还见过一面，他当时气色不是太好，消瘦了许多，也不大愿意说话，我问他是不是身体有问题，他只是支支吾吾。2014 年 10 月 30 日，他纵身一跃就飞离了我们。

陈超去世后，他的学生霍俊明写出了一本厚厚的《转世的桃花——陈超评传》（河北教育出版社 2018 年 8 月版），读这本书，可以更多地了解陈超。

有必要简介陈超：1958 年出生，祖籍河北鹿泉，诗人、理论家，河北作家协会副主席，河北师范大学文学院教授、博士生导师。曾获河北省文艺振兴奖（理论）、第三届鲁迅文学奖、第六届庄重文文学奖、2000 年《作家》杂志年度诗歌奖。辞世时年仅五十六岁。

我十分怀念陈超，好朋友、好兄弟！

《一股清泉》

几年前去浙江文成，进安福寺见达照法师。达照法师年轻，1972年出生，2001 年 6 月在中国佛学院获佛教文献学硕士学位，中国佛学院普陀山学院研究生导师、温州佛教永嘉禅学会会长、温州市妙果寺住持、文成安福寺修建委员会主任。我去文成的时候，安福寺已经修建完工，在禅房，一杯茶，听达照法师讲，讲得好，甚至把量子力学都讲了。据说他二十多年讲经说法不辍。之后，法师赠书，一本是《一股清泉》（同济大学出版社），一本是《楞严大义》（上海古籍出版社），还有诗集《雪莲华》。看介绍，他出版的专著已经很多，比如《永嘉禅讲座》《〈金刚经赞〉研究》《〈天台四教仪集注〉译释》《禅心密印2010》等等。法师用毛笔在书上做了题签。

《楞严经》，为什么叫“开悟”的《楞严》？因为这部教法直接让你去追究新的本来面目，看心的状态，看到了然后起修，然后证道。我们现在去观察自己的心，专心致志、如实地观察自己这颗心。平常我们总觉得开悟是一件很难的事情，实际上在佛经教法中可以看到，佛陀告诉我们：开悟和修行时间的长短是没有关系的，跟功夫做得深、做得浅没有关系，它在于一种契机，就是你能够契入，你就能开悟，就能见道，就能见到真心、本来面目。

《楞严大义》一书的封底这样提示着。

从文成回来，我开始阅读达照法师的书，《一股清泉》是他的散文集，江河山川、人生际遇，是什么使他心性澄澈，使他在内省中走向通往生命实相的大道？一个独坐禅室、痴迷书卷的法师，他正一步步认识自己和世界，认识生命的意义。

《雪莲华》是一部诗集，都是旧体的。一首一首地读，心就随着诗句渐渐宁静下来，有的诗反复阅读，感觉有青灯照心。感谢达照法师。为了表达我的谢意，我陆续用草书抄录了《雪莲华》诗集中的一部分诗作，大约有几十幅，然后装纸箱快递给文成的诗人慕白，请他转交给达照法师，留作纪念。我知道，达照法师的书法了得，也许他会从另一角度对我的字给予指缪。

达照法师是20世纪70年代初的人，我十九岁下乡当知青的时候，他才刚刚三岁，想想自己几十年的执迷不悟，惭愧，惭愧。

《戴砚田诗文选》

2003 年 3 月，戴砚田先生从石家庄寄来一部精装本《戴砚田诗文选》，厚厚的，七百六十多页。河北花山文艺出版社出版。

在河北，诗歌界的朋友都称戴砚田为老戴，老戴是《诗神》杂志的创办人、首任主编。当年我在石家庄曾与他一起做《诗神》的创办工作。花山文艺出版社是老戴的单位，当年他在那里任编辑室主任。

老戴是 1932 年出生的，1948 年入伍，参加过平津战役，后来到中国医大四分校学医，1951 年毕业后回到地方，分配在热河省卫生厅编《卫生战线》报纸。他的编辑生涯从此开始。

老戴编过《茅盾诗词》《老舍新诗选》《郭小川诗选续集》《雁翎队的故事》等一些有分量的图书，是为出版事业做过贡献的人。他们出版社能给本社的老编辑出版一本选集，很有纪念意义。

老戴在寄书的同时写来一封信：

洪波友：

你好！寄上我的诗文选，请百忙中一阅，这算是我五十年业余创作的一个小结。

其中有些是华北油田的生活。

也有我们共同创办《诗神》的生活。

因为成本太高，短篇小说、杂文、叙事诗等均未收入。

我由此返回文苑，近日写了不少。你那里如有想寄我的新作，寄到我这信封上的地址就可以收到。

我的小孙女戴龙吟在石家庄市第二中学，暑期该上初二了，挺爱写的，已在石家庄《燕赵晚报》作文版上发了三篇了。你那里有什么机会想着点儿，好吗？

祝你心想事成，万事如意！

戴砚田

2003 年 6 月 14 日

创办《诗神》之初，1985 年春天的时候，老戴曾送我一本他的诗集《春的儿女》（花山文艺出版 1982 年 11 月版），还在扉页上写了："我的好友张洪波同志存念并指正。"后来在 1990 年 10 月间又寄我一本他的诗集《渴慕》，是广东花城出版社出版的。《春的儿女》是诗人张志民作的序，张志民先生说："他从生活出发，但也并不轻视诗的特点……"对老戴的诗是肯定的。《渴慕》诗集是批评家陈超作的序。陈超说："戴砚田体态孔武有力，坚卓卓一个北国男儿，却写下了许多舒朗淡雅的寄情小札。"

许多年没有见到老戴了，有的时候想起河北，想起石家庄，就一定会想起老戴，想起戴老师、戴主编，想起操着冀东话的老戴，想起魁梧而细心的老戴。

《美刺集》

现在已经很少有人写讽刺诗了，也很难说出哪一位诗人是专门写讽刺诗的。这让我想起一个人，贵州的罗绍书先生。

我在《诗刊》帮忙的时候，有一年宗鄂张罗一个会，在山东聊城，研讨了讽刺诗的写作。在这个会上结识了罗绍书先生。

罗绍书，1933 年出生于黔西农村，祖籍是江西。工作在花山杂志社，他是以写讽刺诗为主的诗人，也写旧体诗和抒情新诗，还写小说、散文、杂文等。

《美刺集》是罗绍书先生创作并由贵州人民出版社出版的讽刺诗集。1999 年 1 月寄我的，还有一封短信："此书出版命运真苦，不仅压了近五年才出，在拼版时，还被'删'去刘征、吴奔星二先生的序，华君武的插图，以及本人的讽刺诗文论十四篇。现特寄上两序和杨四平的代跋，供一阅一笑……"刘征先生的序言和吴奔星先生的文章都是复印件，前者文章题目是《灵醒俏皮，富于情趣》，发表在《人民政协报》和《贵州日报》上；后者文章的题目是《现实呼唤讽刺诗》，发表在《诗刊》上。

《美刺集》收讽刺诗二百六十六首，刘征先生评价这些诗"将讽刺与幽默融为一体，寓辛辣于微笑，给人以无尽的余味"。吴奔星先生评论："罗绍书写作并研究中外讽刺诗，可谓历有年所了。他对讽刺诗，有较长期的创作经验和较为深厚的理论素养。"第二年 8 月，罗先生又寄来一本《美刺诗论》（台海出版社），他在前环衬上写着：“有缘人也有知音，洪波学弟惠存。”吴奔星先生的文章作为代序放在这本书的前面了。书的后面还有臧克家、张志民、方敬、刘征、石河等人写给罗先生的书信，臧克家的来信颇多。罗先生寄来的书里还夹着一幅墨宝，是罗先生的一幅行书联，四尺竖幅：

对棋可让一子趣
琢字不容半笔荒
　　与洪波贤弟共勉

这幅书法作品，我一直收藏着。

去年，在宁波的一次会议上见到了《山花》现任主编李寂荡，我向他打听多年没有联系的罗绍书。没想到，李寂荡说，罗先生于 2009 年就已经去世了。也就是说，20 世纪 90 年代末，我与罗先生在山东聊城的第一次见面，也是最后一次。

《一棵想家的槐树》

我想不起来认识河南诗人王斯平是哪一年了，就微信问现在北京的河南诗人丛小桦，小桦说查一下，没有几分钟，小桦就回复我：

“洪波兄，我查了一下，是2004年5月中旬。”

“我记得是你陪他来的。”

“是的，还有个印刷厂的。”

“对对对，你的记忆真好！”

那一年，王斯平一行人来长春，小桦把他介绍给我，说斯平主持的新乡作协要出版书，希望我们出版社能成全。从此，我们成了朋友。

王斯平1955年出生于河南卫辉乡村，河南大学毕业后在师范学校教书六年，后又当选新乡市作家协会主席，还办了一本文学刊物《牧野》。斯平大我一岁，是个中原大汉，我的小哥。酒喝得好，嗓门高，声音醇厚，谁要是在他面前喝酒耍滑，肯定下场很惨。他回新乡后，很快就寄来了他的诗集《一棵想家的槐树》（重庆出版社），老诗人王绶青作序，说王斯平已经从一个青年诗人成长为一位实力派诗人了。看这首诗，《人与牲口》：

人与牲口有一样的地方
牲口与人有不一样的地方

人把人惹急了
就骂对方是牲口

牲口把牲口惹急了
骂不骂对方是人
我们怎么知道

人常常把自己是牲口的地方隐瞒起来
牲口从不隐瞒
牲口就是牲口

牲口离不开人
要不然
它怎么是牲口

人离不开牲口
要不然
谁承认你是人

王绶青先生说这是斯平的力作，的确，这首诗很耐人咀嚼。这是《人与牲口及其他》组诗中的一首，最初发表在《扬子江》诗刊 2000 年第 5 期上。评论家李建东说："我们看到汩汩流淌出来的不'情'的水，而是'理'的血。"（《刀锋上的思维》）

后来，斯平兄还请我去过新乡，我在那里领教了河南人的痛饮，还认识了新乡的一些诗人、作家、书法家……还在酒桌上被痛快地放翻。斯平兄，俨然一个诚恳、无纰漏的地主。

农历癸巳正月初四，斯平兄在南京莫愁湖荷轩写了一首旧体诗：

独坐只应天可对，
野行常有诗相随。
白发冷风英雄老，
一曲莫愁两行泪。

他用手机发给我，正月十二，我用草书把他这首诗抄写了一遍，我记不得是否寄给他了。他已经在2016年辞世，走得急了。想想我们最后一面还是在黄河诗会上，他的身影还在我面前，那么健壮，他的声音还在回荡，那么响亮。

朋友们怀念他：

牧野诗兄从兹去
中原铎声曾经来
——冯　杰

北望太行哀斯平斯人已去
诗魂永驻山水间水流高远
——森　子

我在读斯平留下的诗，一棵想家的槐树，在我面前高大着，挺拔着。

高洪波的书

关于高洪波，我曾经写过一篇文章《同名人》，这里不再多说情谊，只谈他的赠书。

1998 年 4 月，北京虎坊路甲 15 号，我的住处，高洪波赠书一册，扉页上写着："张氏同名人，闲暇一笑之。"书名《我喜欢你，狐狸》（湖北少年儿童出版社 1997 年 12 月版）。这是一本儿童诗集，中国当代儿童诗丛之一，束沛德先生总序。束沛德先生说："这套中国当代儿童诗丛可以说是当今儿童诗苑的缩影，大致反映了我国 20 世纪 90 年代以来儿童诗创作的面貌、业绩好水平。"

1998 年 5 月，高洪波赠书，散文集《为 21 世纪祈祷》（春风文艺出版社 1997 年 3 月版）。高洪波把他 1995 年 10 月 18 日在南斯拉夫贝尔格莱德国际作家大会上的发言作为代序放在了书的前面，他说："首先祈祷和平与进步引领我们进入 21 世纪。"还说："文明与富裕是我们为 21 世纪祈祷的第二个心愿。"最后说：

> 让世界所有的笔耕者真诚地向新的世纪致敬，然后在 21 世纪到来的第一个时辰，庄重地在自己的稿纸上写下一个大写的字——人。
>
> 人是世界的种子。

这一天他还赠我一本《高洪波杂文随笔自选集》（群言出版社 1994 年 12 月版），所收章都不太长，便于快读但得慢慢咀嚼、思考。

2002 年 5 月，应《婴儿画报》邀请赴北京参加笔会，严格说，是高洪波和葛冰拉我参加这个笔会的，因为都是男作家，大家戏称为“男婴笔会”。5 月 18 日，高洪波赠诗集《心帆》（北方文艺出版社 2002 年 5 月版），刚刚出版的，就像刚刚出笼的馍，还热乎着呢。他在扉页上写道——

洪波张君：

二十余载仅此书

应知其中甘与苦

男婴笔会独赠君

皆因关东有丈夫

洪波高某戏题京西

2002 年 5 月 18 日

2008 年 7 月的一天，吉林省延吉市，我们准备一同去长白山。他赠书一本，《司马台的砖》（华龄出版社 1996 年 9 月版），扉页题签：“洪波弟，两股水流到延吉，天池注定会接见我们的。洪波兄。”书后有我在石油系统工作时的老朋友古耜撰写的文章《诗意人生——高洪波散文品读札记》，古耜那时候好像在任大连《海燕》散文杂志主编，搞文学评论已有多年了。他认为高洪波的散文作品洋溢着人生的诗意，是值得文坛珍视与激赏的一种创作境界。这是高洪波编定的第二十二本书，他在此书的后记里说的。

我五十岁那年就在单位办了内退，好友郎宝君出资为我搞了一个名为“大家文化”的小公司，2008 年 6 月邀请高洪波来长春参加《作家》杂志与我们组织的活动，在公司，高洪波赠我一部诗集《诗歌的荣光》

（上海文艺出版社 2008 年 5 月版），扉页上写下了鼓励的话："洪波弟，大家介入文化，文化争取大家，此乃诗之荣光也。洪波兄 2008 年 6 月 15 日赠于吉林长春。"这本诗集，有新诗，也有旧体诗，大部分是 21 世纪以来写的。

再请高洪波来长春，又有《高洪波散文》（作家出版社）一部赠送，题签：

诗酒文饭度流年
最喜人间四月天
一杯浊酒淡淡月
暂脱红尘去悟禅

高洪波书于 2008 年 9 月长春秋雨中

同时还有一本《青春在眼童心热》（接力出版社 2008 年 7 月版），书名页上写着："洪波弟，此书中有你身影，须耐心寻觅之。兄洪波。"这是一本文学评论集，记得我在东北朝鲜民主教育出版社工作时编过一套《百名作家子女作文精选》，请高洪波作序，他写了一篇《关于作家子女》的文章，收在了这本书里，我又一次读到了。

2010 年 3 月，高洪波从北京寄来一大套书，是八卷本的《高洪波文集》（安徽文艺出版社 2009 年 9 月版），有诗歌、散文、评论、儿童诗、杂文等等，这回可以集中阅读了。同年 12 月又寄来一本红皮书《中央党校日记》（人民文学出版社 2010 年 6 月版），他是个勤奋的人，不断地有新作面世，他担任着中国作协副主席的职务，工作非常繁忙，他是如何挤出时间写下这么多的文字呢？真是笔耕不辍！

《宗奇散文》

李宗奇，有趣的人，无架子的领导。

有一年在西安穆涛家一聚，宗奇兄亲自给我们做他家乡的面，配上他的幽默，好吃极了。他把你逗乐了，自己冷着，好像在说，没那么可乐吧。人有趣，可与交。

转年春，《宗奇散文》寄来了，人民文学出版社出版的，余秋雨、平凹兄都给写了序，熊召政写了跋。余秋雨说："李宗奇先生不在文学界内，而且职务繁忙，却以一种纯业余的方式痴迷着散文写作，点点滴滴，不绝如缕，让我产生很大的感动。"平凹说，我从内心里特别敬重他。这些不必多说，书后面有一篇穆涛的文章《宗奇先生》，读了，宗奇兄在你面前立马形象丰满、难忘，他们是极近的朋友，相互了如指掌。

宗奇兄有《另一个人》一文，说到他们单位有一个魏司机，长得与他酷似，以至于闹出许多故事：

> 有一次，他在男厕小便池中央作业，办公室杨主任欲进，以为是我，掀帘欲止，耐着性子在二堂等候。没想到小魏从里面走出，杨主任戏笑说："今天还给你弄了个专场。"小魏憨笑不语。午休间隙我欲上街，刚走到楼梯拐弯处，冷不防被人在屁股上用力拍打了一下，吓得一愣，感到莫名其妙。回头一

看，噢！是人事处王睿。小王也愣了，我虽未说什么，但我注意到小王的脸一下子红到了耳朵，足足有两个星期未与我照面，实质是回避。且见人就说："咳，我闯下了一个烂子，把局长误以为是小魏……"

向来无事不登三宝殿的妻子，下班前有事找我，刚一进单位大院，错把擦车的小魏当我，笑嘻嘻走到跟前说："想不到，你还够勤快哩！"小魏一回头，"嫂子，你找李局长？"妻子怔了一下，很尴尬地应声道："嗯，嗯。"心里嘀咕着：想不到相濡以沫三十年，还认错了人。

我与宗奇兄有微信连着，近两年又发现他在晒自己的画，他又玩起了水墨，还不是一般水平。他是个给我们生活增添光彩、提升活力的人。

张炜的两本书

《皈依之路》是小说家张炜的诗集，东方出版中心 1997 年 7 月出版。2004 年 12 月赠我的。东方出版中心的前身是中国大百科全书出版社上海分社和副牌知识出版社（沪），1996 年更名为东方出版中心。这家出版社出版过许多好书，像余秋雨的《文化苦旅》等，东方出版中心以其高品位图书名扬国内外。

多年前，我在好友曲光辉的陪同下去过一次万松浦书院，这是张炜创建的书院，坐落在山东龙口市，龙口这个地方与东北关系不一般，要知道，当年大批人闯关东的出发地就是龙口。万松浦书院拥有万亩松林，面朝渤海，有同声译会议厅、藏书库、阅览室、座谈室等等。那天，在书院的小食堂还吃了一次农家午饭，张炜介绍，桌上的这些菜，都是书院自己种的，生态啊。

2005 年，记忆中张炜要出国访问，想带本书出去时送朋友，但时间很紧张，出一本新书怕追不上时间，我和张炜商议后，决定由我供职的时代文艺出版社出版他的一本诗集《家住万松浦》，这也是我策划出版的第一本小说家的诗集，张炜来信希望我能为这本诗集写个序言什么的，也是个纪念。我寄校样时回过他一封信：

张炜兄：

你好。

诗集已进入二校，寄去的是一校的样子，疏漏之处颇多，你再细细审阅一遍，之后将样子特快专递回来。

我觉得其他文字没有必要放了，这是我读过整部诗集后的第一个感受。眼下诗集出版，序言、后记甚至配上若干评论文章，弄得一部诗集像一块肥肉爬满了苍蝇，很不舒服。再说，在诗歌作品没有标准、诗歌批评缺失真实声音的今天，阅读怎样的作品和怎样阅读作品，只能靠每个人自己心灵深处的尺寸了（这可能是最后的“标准”）。《家住万松浦》也是一样，不应有其他文字进来，甚至误导阅读。它应该是干干净净利利索索的、生态的、自信的、纯诗人的。

你虽是小说家，但这本《家住万松浦》还不能完全当作小说家的诗来读，我认为应该当作诗人的诗来读。无论从诗的感觉还是写作技巧，都显露出了这是一部真正的诗人的作品。起码，我在阅读的时候，并没有想着你还是一个小说家。但是，有的读者或者说大多数读者还是要从“小说家的诗”这个角度进入的。从这部诗集中的确能看到一个小说家生命状态中鲜为人知的那部分，我想，对于你来说，这部分是你难以割舍的神圣空间。

《家住万松浦》不但是真正的汉语诗人手笔，这些诗作，也充分表现了一个汉语诗人的创造力。我之所以强调“汉语”，是因为你的这些诗既完成了自己的艺术追求，又恰到好处地保护了语言；既遵守了汉语纪律，又使那些普通的词语有了新意，有了新鲜的光芒。当然，这也是因为你所表达的内容，也是因为你对生活的高度敏感，灵感因此而有意义。

你写小说、写诗、写散文、写其他，你的生态是平衡的。

祝写作愉快！

洪波匆匆

2005 年 8 月 18 日凌晨

读完《家住万松浦》诗集校样之后

我和张炜一直保持着联系。他年年创作丰收，是一个兢兢业业的作家，是一个谈得来的同龄朋友。

《时间深处的爱》

《时间深处的爱》，诗集，中国妇女出版社 1990 年 8 月出版。作者刘江，未曾谋面。20 世纪 80 年代末，我在华北油田工作时，刘江在《中国旅游报》文艺副刊当编辑。1989 年 10 月，我有一首题为《有一伙外国人游碑林》的诗，寄给了《中国旅游报》，是刘江编辑发表的。从此，他与我书信往来，有时也约稿，成为神交。这本诗集是 1991 年春寄赠我的，是刘江的第一本诗集。由“多思的年华”“建设的旋律”“复归的恋情”“深层的感觉”“起伏的云帆”五部分九十七首诗组成，诗作语言朴实，内容富有哲理，有对现实与理想的反思，也有对山川风物的咏唱。老诗人张志民先生作序，张志民先生与刘江同乡，都是京西山区大台人。写这个序言的十年前，刘江在家乡大台中学教书的时候，因爱好诗歌，就与在《诗刊》工作的张志民先生有过书信来往。张志民先生称赞这部诗集“是一本尺度严谨、作品整齐、不充数、不掺假的集子”。

刘江与我同龄，都是 1956 年秋天出生的，都是 1978 年发表第一首诗歌作品的。刘江的父辈是煤矿工人，他小时候曾梦见自己当了记者，后来他还真就成了《中国旅游报》的编辑、记者。仿佛，他的梦想已经成为现实。有谁能想到，多年以后，就是这个诗人刘江，创办赫赫有名的《时尚》杂志，成为时尚集团的掌门人，是当下的大出版家，成功人士。我想，后来这些，他小时候肯定没有梦到过。《时尚》杂志发展成为拥有十七本高档期刊，业务涵盖期刊编辑、图书策划、网络传媒、广告、印刷、发行、数字出版、电视电台制作等多项领域的跨媒体多平台的传媒集团。

2019 年 3 月 9 日，刘江因病去世，享年六十二岁，他太累了。

《王肯文选》

1982 年 7 月在长春参加吉林省业余文艺创作积极分子代表大会期间，我看过吉剧《包公赔情》《燕青卖线》，知道编剧是王肯，吉剧的创始人之一，二人转专家。1983 年我调离吉林省到冀中的华北油田工作，再回到吉林省及后来到长春居住已经是 2001 年了。后来在省作家协会的一次会议上认识了王肯先生，相见恨晚。那时他不主持省作家协会的工作了，退休了，是作协的名誉主席，但仍很认真地谈创作，关心吉林省文学事业，关注着作家。我没想到他对我的创作也有了解，甚至还知道我在写作上追随牛汉先生，还知道我的性格脾气。他谈话机智幽默且很有长者风范。他表示欢迎我回到故乡，让我把诗集寄几本给他看看，我遵嘱寄了。2003 年春天，我收到了王肯先生寄赠的《王肯文选·吉剧剧作选》和《王肯文选·关东笔记》，精装两部，吉林人民出版社 2000 年 11 月版，是“吉林人文书库”之一。书做得比较讲究，放在书架上，王肯二字堂堂正正。

我读过他的《1956 鄂伦春手记》，其中有些篇章也收入在文选中。王肯先生，绝不仅仅是一个吉剧的剧作家，他是一生致力于研究东北的勤勉的学者、作家、诗人。我们这个年龄的人，谁没唱过王肯作词的歌《高高兴安岭》《草原到北京》，他的清唱剧歌词《自由三十天》，那就是诗，就是诗剧。

王肯先生因病于 2011 年 11 月 5 日在长春辞世，享年八十七岁。

《恒湖》

《恒湖》，诗集，江西人民出版社 1986 年 2 月出版，作者周民。周民，明星周璇的长子，1950 年出生，义父是电影艺术家赵丹。周民 1970 年到赣江通向鄱阳湖间的恒湖农场，劳动、当教师，直至 1977 年离开那里。诗集收入抒情诗一百零一首，由“湖之情”“人之心”“国之恋”“爱之音”四辑组成，怀念亲人、追忆往事、礼赞山川是这本诗集的主要内容，其中《骨灰盒》等一些怀念义父赵丹的诗作，情感细腻真挚，非常感人。

20 世纪 80 年代初，周民在上海《萌芽》杂志社当诗歌编辑，曾多次编发我的诗作，相互书信往来多年，诗集《恒湖》是他 1986 年 7 月寄赠给我的，扉页有签赠文字。20 世纪 90 年代，我们还有过断断续续的联系，好像还通过电话，后来我工作单位经常变动，居住地也总是变化，就失去了联系，但他的诗集我还是一直带着的。

《带刺刀的爱神》

1986 年 12 月 31 日至 1987 年 1 月 6 日，由中国作家协会、共青团中央和全国总工会联合举办的全国青年文学创作会议在北京京丰宾馆召开，后来被称为第三次全国青创会。会议报到的当天，贺东久提着酒瓶子满楼找包括我在内的朋友们喝酒，现在回忆起来还很感动。老兵东久（酒），1951 年出生，安徽宿松人，1969 年应征入伍，当过战士、文书、干事、南京军区前线歌舞团创作员、总政歌舞团创作员、一级编剧。1989 年毕业于解放军艺术学院文学系。他 1973 年开始发表作品，有多部诗集出版，当年诗名显赫。后来他的歌词创作更是名扬军内外，由他作词的歌曲有《中国，中国，鲜红的太阳永不落》《莫愁啊，莫愁》《边关军魂》《眷恋》等五百多首，获奖多多。我很喜欢他的歌词，有诗意，有哲理，有真情，不是那种无病呻吟、哼哼呀呀的东西。

去年还与东久兄通过电话和短信，他电话中说，洪波来北京啊，马上来啊，喝酒！他短信中说，洪波你要的稿子容我 6 月份完成吧，太忙了！我现在清楚了，去年的 6 月份早已过去，今年的 6 月份即将来临。约这个家伙的稿子，你就得直接打上门去。

东久兄的诗集《带刺刀的爱神》，1984 年 4 月由解放军文艺出版社出版，是“战友诗丛”之一。书勒口上的内容提要指出：“这是一部秀丽、深邃的诗集。”还介绍说：“无论是古战场，还是钢盔，作者都能以奇特的想象，发掘出军人的哲理；无论是三月的原野，还是绿色的军服，作者都能用细腻的笔法，舒展开军人的真挚爱情。”那时候的书大多有“内容提要”，现在的书很少看到这样的文字了。

1985 年 1 月，东久兄寄赠这部诗集给我，从此，他的名字就在我书架上占领了高地。

公木先生的两本书

这是公木先生的两本书，《我爱》是公木先生的自选诗集，时代文艺出版社 1990 年 5 月出版。《哈喽，胡子》《人类万岁》等重要诗作都收入在内，也有歌词，如《八路军军歌》《八路军进行曲》（1988 年由中共中央批准，经时任军委主席邓小平签署，颁定为《中国人民解放军军歌》）、《英雄赞歌》等。这本诗集的后记和附在书后的自传尤为重要，对研究公木先生的学者来说，会是重要的文献。《第三自然界概说》是公木先生 1988 年 5 月至 1990 年 8 月间写的一篇论文的单行本。吉林教育出版社 1993 年 6 月出版。公木先生认为，人类通过劳动从“第一自然界”中创造出“第二自然界”，人类本身便是这个“第二自然界”的主体并生活于“第二自然界”。而所谓“第三自然界”则是人类想象的产物。公木先生说：“艺术创作、诗创作既是生产实践，又是美感活动。我由此生发推演出一个关于‘第三自然界’的假说。”这两本书都有签赠文字，但未注明日期，记忆中，应该是 1996 年 6 月。1996 年 6 月，吉林大学文学院在珲春搞了一个东北文化研究会议，我以吉林大学文学院客座教授身份出席了会议并主持了开幕式。公木先生及吉林大学文学院部分教授也应邀出席了会议，会议期间，公木先生给我写了一幅字，还赠送了这两本书。

马合省的两本诗集

1986年，红军长征五十年，马合省与另两位军旅诗人重走长征路，马合省写了一路，最终创作了一部名为《苦难风流》的诗集，我认为这本诗集就是一个大型的组诗。马合省在这本诗集的后记里说："走访了红军长征的路，便知前方之苍然茫然。满目苦难，遍地风流，这便是我一路上感知的人世人生。"《苦难风流》1987年7月由北方文艺出版社出版，三十六开本，传统的诗集开本，薄薄的，内容却很丰富。1987年冬作者签赠。后来马合省在1988年3月至8月还走了长城，2006年还到阿坝又走了半个多月。《老墙》是走长城后的作品，抒情长诗，写长城，写了我们这个民族的诸多问题，写了诗人太多的思考。我还是第一次读到这样写长城的诗，非常喜爱。我曾在多个场合谈到这首诗、这本诗集。我认为这是一首被遮蔽或者说未被重视的抒情长诗。合省兄1954年出生，河南清丰人，他的老家紧靠中原油田总部所在地濮阳，我以前常去那里，包括清丰，都去过。那里有不少我们共同的朋友，有众多的古迹，还有黄河。合省1973年当兵，1988年转业到黑龙江省的地方出版社，虽然他结束了军旅生活，但我仍把他作为优秀的军旅诗人看待，主要是他的那些军旅诗作给我留下了太深的印象。《老墙》，1989年9月由上海文艺出版社作为"新诗丛"之一出版，1989年冬签赠。合省与女诗人李琦是夫妻，1986年全国青创会上我与他们二人见面，此前只是通信。据说，有一次他们夫妇同去西部某省参加一个诗会，会前报名过去“马合省、李琦”，接站的工作人员不是诗歌圈的人，误以为是接“马合省来的李琦”，等接上了才知道是两位诗人，马合省是人名不是省名，那人还自我解嘲：“我还琢磨呢，怎么又冒出一个省来?”马合省不是一个省，但他是他所在的那个省的光荣，诗的光荣。

补记：2004 年夏天，合省到长春来又送我一本诗集《永远的人》（解放军文艺出版社 2003 年 9 月版），这是他从事创作以来的一部作品选集，我喜欢的一些诗大都收入其中了。看前勒口上的作者简介才知道，他 1972 年入伍后是在第二炮兵某基地，后来又调到基建工程兵某支队，再后来又调到空军某飞行学院，这家伙当一次兵体验了三个兵种，我还一直以为他只是空军。

《生活的歌》

这是蔡其矫先生的一本诗集，人民文学出版社 1982 年 7 月出版。这本诗集应该说是一个选本，收入的作品选自 1941 年至 1979 年的创作。这本诗集有许多我很喜爱的诗，如《双虹》《祈求》等。诗集前面有一篇作者写于 1981 年 4 月的自序，文字的结尾是这样写的：“因为我不是要写别的，而是要写诗。而诗，几千年来，它已是一种客观的存在，我必须使所写的符合诗的条件，它才有存在的可能性。不这样办，我有什么办法呢？只好虚心一点，向所有的人（古人今人）学习，向所有的诗学习，写一辈子，学一辈子，而每写一首诗，都向第一次创作那样艰难。”记得牛汉老师也曾对我说过这样的话：“每写一首诗，都要像在写第一首诗，把你全部的感受写出来。”1982 年这本诗集刚刚出版的时候，我曾在家乡的新华书店买到过，后来工作辗转，不断搬家，那一本已经找不到了。现在的这本，是从广播电视部资料室流出来的，封三还插着借阅卡，书脊上有编号。扉页上盖着印章，但有蔡先生的亲笔签赠：“洪波徐伟同志，蔡其矫。”没有签赠日期。

20 世纪 90 年代末期，林莽经常召集大家在北京朝阳区文化馆聚会，范围都很小。记得有一次聚会，蔡先生、牛汉老师、袁鹰先生、谢冕先生、刘福春兄等都来了，朝阳区文化馆馆长、诗人徐伟拿出一本《生活的歌》请蔡先生签字，蔡先生写下了“徐伟同志”后，我说：“这本诗集我已经没有了，如能给我就好了。”徐伟同意把这本送我，大家说，蔡先生都写上徐伟的名字了。这时，只见蔡先生提笔在“徐伟同志”的前面又加了个“洪波”二字，书就放到了我的手里。就是现在这本。

蔡先生2007年辞世，他生前饱经磨难，他的诗和人对后来的许多年轻诗人都有影响，他生前被誉为诗坛的常青树、飘逸的诗人。飘逸的诗人这个赞誉出自牛汉老师的文章，记忆中这篇文章好像是在《天津文学》上发表过。

《中外现代诗名篇细读》

这是唐晓渡2000年3月9日赠送的书，全书二十四篇文章均是对中外二十四首诗歌名篇的介绍和解读。这些文字是1990年底，应当时正主持诗刊社全国青年诗歌刊授学院的王燕生先生的邀请，有选择地介绍一批现代诗代表作，为《诗刊》刊授版《未名诗人》开设“名篇指南”栏目而写，每月一篇，历时两年，最后成书。先是被内蒙古人民出版社要去，却一直延误未能出版，后由重庆出版社于1998年12月出版。

晓渡兄1982年毕业于南京大学中文系，毕业后就到《诗刊》编辑部工作，一直从事诗歌评论和理论研究，是资深编辑和出版家。他也写诗，搞翻译，还有一手好书法。他下围棋、喝酒，结交了许多好朋友。

我与晓渡兄是多年好友，他的文章和著作我都读，但这本书我格外喜欢，在今天，这个很不注重细读的时代，我们来阅读一位批评家对一首诗的细致品读以及细读后的心得，不是那种大而空的，不是那种只看到肉而看不到骨头的评语。这正是我们需要的。晓渡兄在这本书的后记中写道：“在这些文章中，我试图把西方‘新批评’所谓的‘细读’和中国传统的感兴式意象点评加以综合运用，同时注意互文性（首先是‘文脉’意义上的，也包括同一作者的其他作品）的把握，以便一方面通过逐行逐句逐语象的拆解、分析，尽可能充分地揭示一首诗的内涵和形式意味；另一方面又将由此势所难免造成的对其整体语境魅力的伤害减少到尽可能小的程度。”

这本书的后面有一篇附录，是作者谈自己在 1988 年创作《镜》这首诗的过程以及一些思考，这首诗的成诗起因以及思考过程是很耐人寻味的，值得一读。它的题目是《镜内镜外》。

邓万鹏的四本书

我是怎样认识邓万鹏的，现在想不起来了。他 1957 年出生于吉林省四平市梨树县一个教师家庭，梨树县是一个盛产诗人的地方，邓万鹏、于耀江、钱万成、王鸣久等都是从这里出发的。至今这个地方还有着优良的“诗歌传统”。万鹏 1977 年考入东北师范大学中文系，上大学之前他就已经创作并发表诗了。1978 年，东北师范大学七七级和七八级两届学生中的六位同学组成了一个“北方六友”诗社，诗社还搞了个名为《北方六友》的诗刊，出了八期，影响不小。这个诗社的成员孟繁华是我的同乡，多年老友，文学批评家、博士生导师。郑道远我在秦皇岛见过一次，好像是在社科联那样的单位任职。朱自强，原来留校任教，儿童文学理论家，我刚调回长春搞少儿图书出版工作的时候经常聚谈，后来他调去山东青岛中国海洋大学了。史秀图在长春的一次文学活动上见过一面，只有杨春生我没有见过面。这六个人见面最多的就是繁华和万鹏。

据说邓万鹏大学毕业后搞过一段戏剧创作。我问他那一段在哪里，他说：“大学毕业前后加起来有两年左右的时间在家乡梨树县文化局创作组，主要任务是写作二人转、演唱、剧本等，为当地剧团提供服务。当时文化馆有个青年诗人高继恒是吉林大学中文系的老毕业生，经常在《吉林文艺》等省内外报刊发表诗作和评论，所以一有习作就去找他指点。每写出一首都急着让他批讲一番。1976 年在《吉林文艺》发表的处女作就是经他推荐给曲有源发表的，此后就没再离开过诗歌。”

由于高继恒后来调到河南平顶山工作，1984 年 9 月，高继恒把万鹏也拉去河南平顶山工作了，后来万鹏又到郑州晚报社任副刊处处长。我那时在华北油田工作，有时因工作需要会去地处河南濮阳的中原油田，也会就近去趟郑州，每次去郑州都会与万鹏见上一面。

万鹏早期赠我的书，是 1986 年 7 月送我的，一本只有一个印张的薄薄的小诗集《苦果》，“中原青年诗丛”之一，自印品，那个时期很时兴出这样的小书，类似湖南出版的“袖珍诗丛”，印制简单，邮寄方便。万鹏的这本小诗集，用一首短诗代后记：

信封的小船
坐着
经过提炼的心

从草绿的港口
踏浪而去

我宁愿相信
最遥远的地方
也有知音
——《寄》

这是他 1983 年 3 月 10 日在吉林四平时写的。《苦果》诗集虽然有些“简陋”，但它毕竟是万鹏年轻时期的心灵记录，是他个人珍贵的一段诗歌史。

1997 年 3 月和 12 月，万鹏分别寄来了两本书，一本是散文集《不敢说谎》（文心出版社 1996 年 4 月版），“朋友丛书”之一，孙荪总序，万鹏用一篇散文代自序，文章的题目是《人不远行永远走不进故乡》，有些意味，我也有过这样的体会，人只有在远离故乡的时候，才会产生思乡之情，才会有对故乡的更深的珍重。文章中写到舅舅从几千里外的故乡来到河南，大老远的却背来了一部家乡的新版县志，因为里面收入了万鹏的事迹。“我说，舅舅把整个梨树县都拎来了！这比什么都有意义!”从此，把这本县志摆在书架中最重要最醒目的地方，“只要我一坐在书房读书写字，一眼就能望见浓缩的故乡”。另一本是诗集《邓万鹏的诗》（辽宁民族出版社 1997 年 10 月版），书前有作者自序，书后附录了陆健等朋友的评论文章。

2010 年 9 月，万鹏送我他的新书《时光插图》，诗集，河南文艺出版社 2010 年 8 月出版的，刚刚出版就送我一本，诗集如刚出锅的馍，还冒着热气呢。那几年，我和马新朝、子川交流书法实践，去河南的次数较多，万鹏还撰写文章在他们的《郑州日报》上介绍我们三人的书法创作。此时，万鹏已是《郑州日报》编委。算起来，每次去河南目的是与马新朝交流书法，可是反倒和万鹏谈诗的时间最多。他对现代诗尤其是西方现代诗研究得深入，有自己独到的见解。他慢条斯理的谈话，像磨豆腐似的，细致、成熟，有诱人的味道。

在河南，万鹏是一个外乡人，但他已经融入了那个中国人口最多的省份，他是那里乃至全国的知名诗人。河南的朋友聊起“老邓”，就仿佛有了绝对权威的话语权。万鹏为人真诚，他的厚道会让你对友谊坚定不移。河南的朋友对他那么好，也都是一片真心。

柳沄的三本诗集

《柳沄诗选》（时代文艺出版社 2005 年 5 月版），这是我调入时代文艺出版社后策划出版的第一部诗集，这个选本收入了七十七首诗，柳沄从事诗歌创作几十年，他是一个有节制的诗人，一如他这个人。我当时和责任编辑魏洪超商议，看能不能在书的封底放上一段合适又中肯的话，他选了吴义勤发表在《当代作家评论》上的一段文字：

诗人柳沄，20 世纪 80 年代初开始发表作品。二十多年不间断的创作实践及写作姿态的几次调整，使他较好地解决了诗的沉重哲学品格和外在审美形态之间的辩证关系，进而把现代主义思维与现实主义情怀，把诗歌追问存在与终极的凝重和清新、澄明的美学境界融汇为一了。

诗集《落日如锚》（北方文艺出版社 2008 年 3 月版），宁珍志主编的“北斗文丛”之一，收入六十首诗作。此书是出版当月作者赠我的。

诗集《周围》（春风文艺出版社 2017 年 12 月版）收入诗九十九首，2018 年 2 月作者赠书。

《鸭绿江》杂志原副主编宁珍志说：“柳沄的诗歌特质有点呼应波德莱尔余韵，严格的精神追求和其明澈的艺术自觉。”说实在的，当下的诗人圈子里，有几个人能做到“艺术自

觉”？柳沄在这样做，的确，这是一个艰难寂寞的路程，没有
人陪伴，没有人一阵阵地喝彩，不可能当红，这倒是符合他内
敛、不露声色的性格。

我认识柳沄的时候，他还是个军人，一个看上去像个娃娃兵的军人，那时他所在的部队在吉林省，有一次《吉林日报》文艺部召集了一个业余作者座谈会，我们是在那个会上认识的。几十年过去了，柳沄为人处世风格未变，诗却在不断变化、提升。他的诗写得越来越自在、老到。那些诗在日常中的一个个细节里，仿佛没有大声的呼叫，也没有暴力的动作，好像就是平淡的述说。其实，那些缓慢的诗句中也是藏着锋芒的，就像他打乒乓球，看似不经意的一个发球，你一旦不在意、不专注，就会吃球（他乒乓球打得很好）。我想，这里面还有个人修炼和个人技术的问题，不可小瞧。

柳沄1958年10月出生于大连，后来随父亲迁居沈阳，1974年下乡到盘锦一个农场，1977年入伍当兵，1986年复员到辽宁省作家协会，当过《当代诗歌》的编辑，是《鸭绿江》杂志的老编辑，他这几十年就是编诗、写诗。他说：“要是当不成一名好诗人，就努力当一名好编辑，好编辑当不成就当一个好人，好人还当不成的话，也就真的老了。”眼下他开始进入老年，但好诗人、好编辑、好人他都当成了。他还在孜孜以求，没有懈怠自己。

柳沄为诗，认真，不含糊。柳沄交友，持久。想想，我们都是几十年的朋友了，就像亲兄弟，从不外道。小说家刁斗评价柳沄：“诚实、厚道、执着，这是柳沄身上最突出的品质。”

姚振函的六本书

20 世纪 80 年代我学诗刚起步的时候，就与姚振函有书信来往，那时他在河北衡水编一本《农民文学》，我在东北家乡的县城里把写农村题材的诗寄给他，经他筛选发表在《农民文学》上。没有几年，我调到华北油田工作，我们竟然都生活在冀中平原上了。1985 年 3 月成立河北冲浪诗社，我们从此成为好友。他是我们冲浪诗社年纪最大的老大哥，我们戏称他“姚爷儿”。那时，他发表在《诗刊》上写平原农民生活和思想变化的诗很有些影响，其中 1984 年 5 月号《诗刊》发表的《科普大集》给读者留下了深刻的印象。

1987 年 6 月，“冲浪诗丛”由中国文联出版公司出版，冲浪诗社十位成员，每人一个独立书号的诗集，姚振函的那本是《我唱我的主题歌》。

1987 年 1 月，姚振函诗集《土地和阳光》由花山文艺出版社出版，7 月一次冲浪诗社的聚会上，振函兄赠书给我，还在诗集扉页题写一行字“张洪波浪弟惠存”，那天是 1987 年 7 月 9 日。诗集的内容提要里写道：“这是一本农村题材的抒情诗集。作者是我国新时期农村诗创作中卓有成效的诗人之一……”组诗《科普大集》也收入在诗集中。

诗集《感觉的平原》（花山文艺出版社 1991 年 12 月版），“当代诗歌散文丛书”之一，1992 年 7 月作者赠书。王洪涛总序，附录陈超短文《平常心》，副题是“为姚振函诗‘定性’”。陈超说：“他独自给出了乡土‘感觉诗’的要义，追摹者甚众。他要摆脱这些不交钱的函授学员，是必择新路而后生的。姚振函已悟出这道机关……在已经完成的意义上，姚振函的直觉诗歌是一次性实验而不可重复的。”此时，的确有一些人在模仿姚振函的诗，特别是《在平原吆喝一声很幸福》发表以后，追逐者很多。

诗集《迷恋》（百花文艺出版社 1987 年 7 月版，1990 年 4 月第 1 次印刷），书的后记是 1986 年 8 月写的，说明此书稿早就交出版社了，我不知道这本诗集为什么鼓捣了三四年才面世，也没有问过振函兄。此书是 1997 年 4 月赠我的。

诗集《时间擦痕》（花山文艺出版社 1998 年 12 月版），2001 年 6 月寄赠。书的前面有两个自序，一个是一篇短文，结尾处说：“只是我不知道，我的这本诗集能否为中国诗歌增加一点有别于已有的什么东西。”另一个是振函兄 1987 年 1 月发表在《诗歌报》上的一首诗《畸形的诗人》，副题为“权当自序”。诗集的后面附录了陈超、牛汉、雁北、刘小放等人谈姚振函诗歌创作的文章。

散文集《平静之美》（河北教育出版社 2001 年 5 月版），2001 年 6 月寄赠。他还在书名页上用铅笔写了一行字提示：“335 页有写你的一篇。”是他 1995 年为《文论报》写的一篇《我读张洪波》。

以上两本书寄我的时候，我已经离开华北平原回到松嫩平原工作了。

2015 年 4 月 28 日，振函兄病逝于河北衡水，享年七十七岁。我们冲浪诗社的老大哥，一个我永远难忘的人。

潞潞的两本诗集

我和潞潞联系得晚一些，虽然早年读过他不少我喜欢的诗，但真正联系起来还是我主持《诗选刊》下半月刊的时候。2011 年底，我们要介绍诗人潞潞，于是通过李晓桦兄和潞潞有了联系，他发来一些资料，还寄来诗集《无题》（三晋出版社 2010 年 3 月版），2011 年 12 月寄赠。诗集软精装，中英文对照本，英文译者是他的好友周征环（现居美国），还有一些彩色插页，封面用特种纸套封。书的设计制作已经不是普通的“大路货”的那种出版物能比的，它紧密配合了潞潞“无题”诗的从容与深度，活干得细致而有品位。潞潞的无题诗，用西川的话，是“罕见的深度”。读了潞潞的无题诗，我感到，一些诗人（包括我自己）随便用“无题”做一次自己诗作的标题，这也太有损“无题”这个神秘幽深的标题了。在潞潞面前，应该自愧。

2015 年，我女儿、女婿曾在太原工作过一段时间，11 月，我去太原看望他们，当然在那里会见诗友是我的另一项重要活动。郭新民兄张罗聚餐，潞潞、李杜以及太原的其他诗友也来了，诗人兴会，相见恨晚。潞潞带来了他的新书《这：潞潞诗集》（北岳文艺出版社 2015 年 4 月版），精装本，西川作序。这本诗集里写于 20 世纪 80 年代的一些诗，有的当时阅读的时候就留下了很深的印象，如《城市与勇敢的野牛之血》《石头屋子》《夜的海》《泥路》等等，他们也让我一下子想起了当年发表这些诗的刊物，《青春》《诗歌报》《诗刊》……回到住处认真阅读，想起自己在20世纪80年代在《青春》杂志上读潞潞《肩的雕塑》（此诗曾被收入老木编选的未名湖丛书《新诗潮诗集》）时的情景，一个新见面的老朋友，一个一见如故的新朋友。我写下了几行记述了心情：

这一天潞潞送一本诗集给我
诗与诗人一样坦率
有许多诗干脆无题

这一天北京在开文学期刊会
雾霾很重　分不出主编和副主编
与会者在霾里发微信　发视频
什么都看不清

而我正在太原读潞潞诗集
每一行字都很清新

这一天太原没有雾霾
让我看见潞潞笔下那只游隼
钻进天空扯出雷电的猛禽
它让我想起上世纪80年代
肩的雕塑
那么有力　那么令人震撼

读潞潞诗集
品山西陈醋　嚼老姜
想想文坛变化多端

心里却依然安详

——《在太原读潞潞诗集》

潞潞1956年出生于军人家庭，1985年毕业于山西大学中文系，山西省作家协会副主席。其作品曾获“人民文学优秀诗歌奖”“赵树理文学奖”，潞潞是中国诗坛的一位重要诗人，一个值得去认真阅读去认真研究的诗人。

《点燃艾青的火把》

《点燃艾青的火把》是老诗人木斧先生2013年9月寄来的诗集，是木斧先生2007年至2011年的诗作选，天马出版有限公司2012年4月版。孙玉石先生说："年已八旬的诗人木斧，对于生活，对于现实，对于社会巨大的变化和存在的痼疾，对于人的精神高度和深度，抱有极高的关注和爱憎赤心。他的诗心的搏动始终与人民命运紧密相连。"因为要在《诗选刊》下半月刊做一个木斧先生的小辑，就请诗友王国平帮助联系了木斧先生。

木斧先生1931年出生，本名杨莆，回族。1946年开始发表作品，1948年参加地下党成都市委领导的《学生》（半月刊）编辑工作，1955年被打为"胡风分子"后停止创作二十多年，复出后一直坚持创作。他的诗质朴热情，幽默犀利，自然率真，耐人寻味。

木斧先生同时还寄来一本李临雅、余启瑜选编的《论木斧》（四川美术出版社2013年7月版），我看到，很多人为木斧先生写过评论文章，牛汉、曾卓、邹荻帆、胡征等一些老先生都曾写过。这本书由屠岸先生作序，序言中还谈到了木斧先生的业余爱好：擅长演丑角。并说："这在诗歌界，在戏剧界，都是第一无二的。"

2014年第1期《诗选刊》下半月刊头条以《木斧的诗戏画三绝》为题，介绍了木斧先生。同时发出的还有先生戏装自画像十幅，非常有趣的十幅画作。

2020年3月15日下午，王国平微信告知木斧先生去世，我立刻回复国平：

国平诗友：

惊悉木斧先生仙逝。

木斧先生是我的前辈诗人，他的离去，是中国诗坛的损失！

木斧先生吃过那么多的苦，尤其是被打成“胡风分子”的那些岁月，他顽强地挺过来了，并继续为读者奉献佳作。

我虽然未曾与先生谋面，但在我主持《诗选刊》下半月刊时与先生有过书信来往，编辑过他的人物小辑，对先生有了更深入的了解。

木斧先生是我敬重的老诗人、好诗人，愿木斧先生一路走好，我永远怀念他！

晚上，我找出木斧先生寄来的书，翻来翻去，不知道自己要干什么。

邱景华的两本书

与邱景华一直是书信联系，后来有了微信就方便了许多，不知何故，记忆中我们是在2006年的鼓浪屿诗歌节上见的第一面。我微信问景华，他说2018年5月在河北廊坊参加林莽诗歌创作研讨会上我们才第一次见面，那他寄赠书给我时，我们还没有见过面。

《在虚构的世界里》（中国文联出版社2001年11月版），邱景华多年文学评论的结集，2008年5月寄赠。一本文学评论集。文章写得很棒。我最喜欢的是写蔡其矫、牛汉的几篇文章，特别是论牛汉情境诗这一篇，引起了我极大的阅读兴趣，之后还有一篇论述蔡其矫、牛汉、郑敏晚年诗歌作品的文章，还是吸引着我。邱景华自己在此书的后记中说：“自学者写文学评论，‘成活率’极低。但我早年愚笨，不知此中的‘游戏规则’，怀着强烈的好奇心，贸然闯入。”但是他成功了，他的文章没有虚晃一枪的东西，没有吊书袋子显摆知识的东西，没有绕来绕去打哑谜的东西。他的文章扎实、可靠，是自己对文学的真诚表达。我把这种感觉与林莽交流，他也有同感。

《蔡其矫年谱》（海峡文艺出版社2016年12月版），邱景华编著，2017年1月寄赠。这是一本很费力气的书，从1918年蔡其矫先生出生到2007年去世，一个人的一生，九十年，以每年为单位记载。这个年谱，不是那种纯文学式的创作记载，而是把很多事件、人物以及蔡先生作为诗人的发声、观点也记录了下来，使谱主的人物性格、品质活现在读者面前。一些细节非常生动，如2006年7月30日至8月3日的一段："应《大众诗歌》主编张承信的邀请，与著名诗人牛汉、朱先树、车前子到山西参加中国诗人联谊活动。30日，到山西忻州顿村，上午参会。下午，与诸诗友到忻州郊外看元好问墓，后访雁门关时，蔡其矫背着手，健步攀缘，走在前面。第二天，陪牛汉回故乡定襄祭祖。然后到太原晋祠，对圣母殿的仕女情有独钟。再到运城，看司马光祠堂、陵园，解州关羽家庙，永济普济寺，黄河铁牛公园。8月3日，登鹳雀楼，不乘电梯，从第一层走到顶楼。"简洁、细致。我用微信问景华，这么详细，是蔡先生有日记吗？景华回答："蔡老没有日记。"难以想象，一本书里众多这样的细节记载，寻找资料，求证史实，是多么复杂艰苦。

邱景华，福建霞浦县人，长期在一所师范学校图书馆工作，20世纪90年代以来，他发表了大量文学评论，主要侧重新诗研究，老诗人蔡其矫生前对邱景华的写作有过具体的指导，他也一步步成为研究蔡其矫的专家。邱景华的视野开阔，思维敏锐，文章端正，是一个不可限量的文学评论家。

补记：2020年3月，在写完以上文字之后，景华又寄来《波浪的诗魂——蔡其矫论》（海峡文艺出版社2018年11月版），这是为纪念蔡其矫先生一百周年诞辰而作，也是景华研究蔡其矫二十余年的学术成果。景华在书的导言中说："我把本书的独特结构，看成一种诗歌'导游'：希望读者们一同怀着愉悦的心情，走进和漫步在蔡其矫博大精深的艺术世界里……"

金波的书

20 世纪 90 年代末期，中国少年儿童出版社的《婴儿画报》每年要在北京搞一次作者笔会，大家集中起来给孩子们写东西，《婴儿画报》的吴带生、葛冰、聂冰等人张罗。高洪波把我也拉了进去，戏称“男婴笔会”。我与金波老师就是那时候结识的。金波老师是儿童文学界的领军人物，大家都特别敬重他。可金波老师却和大家一样按编辑的想法修改作品，一丝不苟。给孩子写东西，不能有半点含糊。

2002 年 6 月间，金波老师寄来三本书：

1. 诗集《带雨的花》（福建少年儿童出版社 1996 年 9 月版），“新时期儿童文学名家作品选”之一。冰心主编，樊发稼总序。

2. 诗集《我们去看海——金波十四行儿童诗》（浙江少年儿童出版社 1998 年 9 月版），“红帆船诗丛”之一，金波老师在后记中说他写了四十年儿童诗，出版了二十本诗集……这是献给中国少年儿童的第一本十四行诗集。

3. 散文集《等你敲门》（北京少年儿童出版社 2001 年 8 月版），“蓝夜书屋”丛书之一。

这本书的写作，是愉快的、轻松的。

这些篇章，有的来自创作札记，有的是对自己作品的眉批和评语，有的就是日记的片段或扩展。我想，它们最突出的特点是真实。

——金波（摘自《后记》）

2019年2月，和聂冰电话里聊天，聊到好久未见到金波老师了，聂冰说："去年给金波老师出了一套三本诗选，过几天去看望老先生，届时请他给你签赠一套。"没多久，聂冰就把书寄来了，是他们中国少年儿童出版社2018年4月出版的。精装异型本，纸张优质，设计大气漂亮，看得出这套书出版社是下了功夫的。

这套书为"金波60年儿童诗选"分为《白天鹅之歌》《红蜻蜓之歌》《萤火虫之歌》三部。金波老师在自序中说："六十年，我坚持为孩子们写诗，这是我永恒的快乐。这快乐源自我对儿童的发现和为他们的劳作……我把为孩子们写诗，看作对童年的纪念，是对童年的洗礼，也是对童年的致敬。一生如此。"这段表白让人感动，也让所有的儿童文学作家深思，我们为什么要给孩子们写东西？

我在北方妇女儿童出版社工作期间，社领导让我请几位儿童文学界的名家，搞一次儿童图书出版论坛，我请了金波、高洪波、葛冰、白冰，还请了省内的朱自强等人，论坛搞得很成功，金波老师等人谈吐引人，出版社的同事们受益匪浅。

记得有一年在北京三里河金波老师的家中，我们聊了两个多小时，金波老师谈了他对儿童文学特别是儿童诗创作几十年的追求，他谈到，写儿童诗的人，应该是心性纯真的人，儿童诗人不能掺假，也不能居高临下糊弄孩子，而是要蹲下来与儿童交朋友。这一份诗教至今难忘。

金波老师1935年生于北京，他大学时代就开始文学创作，六十多年的儿童文学创作生涯，著作等身，硕果累累，作品获过国家图书奖、宋庆龄儿童文学奖、中国作家协会优秀儿童文学奖、冰心图书奖、陈伯吹国际儿童文学奖年度作家奖等多种奖项，1982年还获国际安徒生奖提名。

好些年没有见到金波老师了，很想念他。

刘章的五本书

刘章先生是影响很大的诗人，我在河北省那些年，省内每有诗歌活动，我们都会见上一面，刘章老师会亲切地和你谈诗，谈他对你作品的读感，谈他对诗坛的想法。谈的最多的是有一年去邺城遗址参观，那一次刘章老师好像格外兴奋，还提出和尧山壁、姚振函我们几人合影留念。我与刘章老师第一次见面是在 1984 年涿州的“芒种诗会”上，记得那一次会议上，我用海鸥相机为几位岁数大于我们的诗人拍了一张今天看来很珍贵的照片，他们是浪波、韦野、刘章、戴砚田、尧山壁。几十年过去了，有一天我找出这张照片用微信发给刘小放看，小放兄说：“这是河北一代诗人啊！”

我这里有刘章老师寄赠的五本书：

《中华风景》（百花文艺出版社 1990 年 3 月版），这是一部刘章旅游诗词集。封面是画家韩羽题写的书名，作者自序说自己是大山的儿子，并引刘征先生语：“生于山，长于山，劳作于山，中岁而城居，仍系情于山。”此集收旧体诗二百余首，一册在手，畅游中华南北山川。

《刘章诗选》（花山文艺出版社 1990 年 11 月版），封面是贺敬之题写的书名，张志民作序，曾获 1979—1980 年全国中青年诗人优秀新诗奖的组诗《北山恋》收在其中。张志民先生在序言中说：“刘章有较厚的农村生活基础，他的作品，大多是表现农村生活，把‘农民诗人’这个光荣称号送给他，应是受之无愧的。”

《太行风景》（内蒙古人民出版社 1998 年 2 月版），旧体诗词集，夏传才、杨金亭分别作序。马萧萧、刘征（刘国正）等人题词。

《刘章新诗》（花山文艺出版社 1999 年 4 月版），作者有一自序谈了对于新诗的看法。另有朱柳根序言一篇，重点谈了刘章老师的《古句新题》。

另外，1993 年还曾寄我一本由香港黄河文化出版社出版的《刘章诗文研究》，这本书分三卷，卷一是“刘章诗歌论”，卷二是“刘章散文论”，卷三是“刘章自传及其他”，这本书前面有臧克家 1991 年 8 月的题词：“凌霄羽毛原无力，坠地金石自有声。”这本书对研究刘章的诗与人是很集中的资料。

2020 年 2 月 20 日，刘章老师在石家庄病逝，正是全国防控“新冠病毒”期间，追思纪念活动都改在网上进行了。刘章老师是 1939 年出生的，享年八十一岁。我电话问刘小放这个消息是不是真的，小放兄说：“是真的，今天中午突然呼喊一声就撒手走了。”刘小放有一首悼念刘章先生的诗，其中写道：

刘章兄，你是燕山之子啊
“不丢泥土味，不失山石音”
把牧羊鞭化作诗笔
七十载风雨兼程
酿就了独树一帜的芳美诗风

……
刘章兄，你是属于大众的诗人
素朴简洁　亲切晓畅
每首诗　都能读能吟能歌能诵
贴近时代　贴近底层

展示了一位中国诗人最可贵的品行

刘章老师1956年开始写作（我那年才刚刚出生），他在诗坛孜孜不倦、勤奋耕耘近七十年，令人敬佩！

食指的两本诗集

这几天《诗探索》公众号提起当年在北京文采阁举办的食指作品研讨会，它使我想起一些往事。也借这个机会找出两本书：

《食指黑大春现代抒情诗合集》（成都科技大学出版社 1993 年 5 月版），二十四开本。1993 年 5 月 18 日食指作品讨论会上作者赠书。林莽作序，书后附有海雷谈黑大春诗歌创作的文章。林莽后来有文章谈到作序的事情：“大春找到我，希望给这本诗集写个序言。我以《生存与绝唱》为题写了一篇文章，前一部分写食指，后一部分写大春。出版时，大春觉得写他那部分不够充分，删掉了后面文字，又找诗人海雷以后记方式，写了《重归家园——黑大春诗歌浅谈》。”

食指作品讨论会在文采阁召开，那天，我从河北带车进京，林莽让我先去接上牛汉先生，再顺路接上史铁生。研讨会由北京市作协诗歌创作委员会主办，任洪渊和林莽主持了会议。有九十多人参加了会议，谢冕、牛汉、吴思敬、赵毅衡、史铁生、甘铁生、张颐武、芒克、西川、大仙、徐晓、胡健等许多人都到会了。恰逢《食指黑大春现代诗合集》出版，会前的 5 月 10 日，食指、黑大春就已经把《食指黑大春现代诗合集》做好了签赠。会上，食指还朗诵了自己的新作《致女孩子》和名篇《相信未来》。

《诗探索金库 · 食指卷》（作家出版社 1998 年 6 月版），1998 年 6 月的一次朋友聚会上，老郭（食指）签赠给我的，还叮嘱：“你要好好写诗。”（每次见面他都会说这句话。）书里有一张像页，是画家杨益平为食指的画像。这本书是林莽、刘福春编选的，那时唐晓渡刚从《诗刊》调到作家出版社不久，他是这本书的责任编辑，书的整个装帧设计都是林莽做的，林莽还撰写了《食指论》放在书的前面。林莽为钩沉食指做了许多工作，这是众所周知的事情，这本书的出版也是其中的一项。我也是因林莽带我去福利医院看望食指才认识食指并对他开始有深入了解的。林莽在书的编后中写道：“这是早应出版的一本诗选，也许它晚了二十年。时间是无情的，它使原本与时代生活息息相关的一本书，几乎变成了一个纪念性的文本。食指——这个为一代人立言的划时代的诗人，在经历了重大的历史变迁后，他的作品依旧闪烁着不熄的光焰，历史和人民不会忘记。食指诗歌的价值是永存的。”

食指，本名郭路生，生于 1948 年 11 月，“文革”初期开始写诗，他早期作品写出了当时青年一代的失落、惆怅与向往，其代表作《相信未来》曾被知青们广泛传抄。食指的作品曾影响了许多同代诗人。

让我们重温食指的名篇《相信未来》：

当蜘蛛网无情地查封了我的炉台
当灰烬的余烟叹息着贫困的悲哀
我依然固执地铺平失望的灰烬
用美丽的雪花写下：相信未来

当我的紫葡萄化为深秋的露水
当我的鲜花依偎在别人的情怀
我依然固执地用凝霜的枯藤
在凄凉的大地上写下：相信未来

我要用手指那涌向天边的排浪
我要用手掌那托住太阳的大海
摇曳着曙光那支温暖漂亮的笔杆
用孩子的笔体写下：相信未来

我之所以坚定地相信未来
是我相信未来人们的眼睛
她有拨开历史风尘的睫毛
她有看透岁月篇章的瞳孔

不管人们对于我们腐烂的皮肉
那些迷途的惆怅、失败的苦痛
是寄予感动的热泪、深切的同情
还是给以轻蔑的微笑、辛辣的嘲讽

我坚信人们对于我们的脊骨
那无数次的探索、迷途、失败和成功
一定会给予热情、客观、公正的评定
是的，我焦急地等待着他们的评定

朋友，坚定地相信未来吧
相信不屈不挠的努力
相信战胜死亡的年轻
相信未来、热爱生命

这是食指写于1968年的诗作，20世纪90年代末期，我曾多次在朋友聚会上听作者自己朗诵这首诗，也曾在多个场合听别人朗诵这首诗，也曾在多个场合给朋友们朗读这首诗，它让我们想起青春，想起已逝去的年华，让我们想象着未来。

第三辑　走读记

站在伟大的废墟上

西安，作为城市，已有三千一百多年的岁月，作为都城，也有一千一百多年的历史。周秦汉唐十三朝，太多的历史遗迹，太多的文化遗产，即使是一颗沙粒，都会闪烁岁月沧桑和价值连城的人类文明。唐大明宫，地处龙首原上，是唐长安城“三大内”中最具规模的豪华建筑群。从李治入住算起，至唐末的二百余年里，十七位皇帝在这里生活、亲政。红柱白墙，赭黄斗拱，含元殿、宣政殿、紫宸殿、蓬莱殿、含凉殿、玄武殿、麟德殿等等；还有馆、院、台、观、亭三十多所，东西内苑，一万六千平方米的太液池（蓬莱池），十一座宫门等等，比起北京故宫不知要大出多少倍去。“九天阊阖开宫殿，万国衣冠拜冕旒”，王维的诗句不仅描述了当时朝会盛况，显现了大唐强大的经济实力和作为政治中心的崇高地位，也有来自诗人心灵深处的自豪感。

金阙晓钟开万户，
玉阶仙仗拥百官。
花迎剑佩星初落，
柳拂旌旗露未干。

岑参的诗，也写出了文武百官朝见皇帝、金阙玉阶气势磅礴的景象。诗中也有着万千感慨。

大明宫不仅是中国古代文明的不灭象征，也是世界文明的高地。虽然它表面上已毁为废墟，但它坚硬的骨骼还有留存，它气韵浩大的格局仍可见到，它依旧是大唐帝国的杰作，依旧是人类繁荣昌盛的标本。

20世纪90年代初，我曾随一个拍摄《中国皇帝》文化专题片的剧组到西安，在含元殿遗址有过短暂的停留，面对历经六次战火最后化为废墟的曾经的宫殿，当时并没有什么感觉。后来在一本书中看到了王铮绘制的《唐大明宫建筑分布图》《大明宫麟德殿复原图》等，才有了更深的认识。那时的复原图还仅仅是平面的黑白图画，远比不了如今彩色立体的复原图。其实，对今天的普通人来说，一切都只能凭借想象了，很难像考古学家、历史学家那样去复原。但是，又有谁知道，有多少人在心里千百遍地复原着，复原着一个鼎盛的时代，一个富贵的梦。

大明宫，大遗址。1938年，黄河花园口平射的大炮声中，大水漫过失望的心，那些用一根扁担挑起儿女和家当的河南人，陆续逃难到了这里，他们选择了古都的制高点居住下来，选择了这个被叫作道北的地方。七十多年过去，这些河南人成为道北人，他们在大明宫遗址的周边生活，因为大明宫遗址保护的需要，这里不能像其他地方那样发展，更不能过度地开发。道北人在七十多年的岁月里，做出了巨大的忍耐，特别是为大明宫遗址原真性的保护做出了重要的贡献。他们就这样守护着一座沉寂的荒苑，守护着自己低质量的生活。

2005年10月，在西安召开的国际古迹遗址理事会第十五届大会发表了《西安宣言》，两年后，由国家文化产业示范区西安曲江新区负责组织实施的大明宫遗址保护项目正式启动，并于2007年10月举行了“曲江论坛·大明宫国家遗址公园建设国际学术研讨会”，同时启动了“公园概念设计”全球竞赛。11月，西安市人民政府发布公告，遗址区拆迁安置工作开始进行。

我曾陪同熊召政去过位于吉林省集安市的高句丽王城、王陵及贵族墓葬遗址，它与殷墟遗址在2004年和2006年分别申报世界遗产并获得成功。2006 年 11 月，我与好友郎宝君还专程去过殷墟遗址。这两次参观都使我看到了大遗址保护的成果，也看到了大遗址保护项目给城市发展所带来的动力。

今年 4 月初大明宫笔会期间，又一次走入当年的荒苑，感受却完全不同了，大遗址保护改造项目给我们带来了强烈的震撼。曲江新区不简单，他们建设过西安市大雁塔北广场、大唐芙蓉园、曲江国际会展中心、曲江池遗址公园、唐城墙遗址公园、大慈恩寺遗址公园、法门寺佛文化展示中心等许多大型文化工程，这一次我们也参观了这些已经建设成并在使用的工程，的确让人惊叹，每一个项目都是大手笔。而他们承担的大明宫遗址保护改造项目，应该说是一个更大的手笔。你看，大明宫遗址周边涉及的棚户区改造建筑面积就有六百万平方米，这可都是道北人的“老宅”啊。2008 年 8 月《大明宫国家遗址公园总体规划》通过了国家文物局的论证，此后五个月，完成了大明宫遗址区的拆迁工作，两万五千多被拆迁户，十万余人的搬迁，这样的原因，这样的城市内部大移民，前所未有。他们说得好：“不推陈何以出新?”“保护和发展并不矛盾。”《西安宣言》最重要的不也是“保护周边环境”，让老百姓得到好处吗？一个生态化、人文化的适于人居和游憩的道北新城就要诞生，三平方公里的遗址公园就要诞生，文物保护会带来生活质量的提升。老百姓被感召，他们并不畏惧那个画着大圈圈的“拆”字，那个字很牛，却很和谐。这是一次具有世界眼光的“西安行动”。

据介绍，大明宫遗址公园建成后，我们可以在太液池见到一千年前的荷花的印迹，这可是够诱人的神秘细节了。

本来，我心里对大明宫遗址公园的未来已经有了许多美好的猜测或者说是想象，也想在哪里表达出来，可后来看到一本书就打消了这个念头。这本书是一些小学生写的，书名叫作《我心中的大明宫遗址公园》，这是曲江大明宫遗址区保护改造办公室与《三秦都市报》举办的一次全球小学生征文活动的结集。这些孩子们可是把大明宫遗址公园给想象得不得了，什么“绿色保卫战”，什么“武则天游新大明宫遗址公园”，什么“空中的宫殿”“天然氧吧”等等，已经应有尽有了。

还有一本叫作《大明宫：灼热的大遗址》的书，周冰先生写的，我没有看到过，只是在媒体上见到过介绍，说是“详述了遗址发掘保护过程中有关拆迁与经费、保护与展示、设计与建造、传播与认知等方面的艰辛与大胆畅想”。周冰先生是大明宫遗址保护工作主要领导之一，海归，大明宫笔会上我听过他充满激情并富有鼓动性的讲话，很吸引人，我想他的这本书也一定会很吸引人，我也期待着哪天能够读到。

那天，在含元殿遗址上，天很远，天地间一片开阔，视野里的一切都显得渺小，这个几千年前的高地，似乎仍然不矬，即使没了巍峨的宫殿，它也是伟大的废墟，只不过那上面站着的不再是高傲的帝王，而是曲江新区那些谦恭实干的人，是西安市能干大事情的小老百姓，当然包括着道北的民众。

花山一读赵宧光

晚明高士赵宧光是宋太宗赵炅第八子元俨的后人，身上流着王室的血。金兵入侵，王室南渡，王妃途中患病，她与孩子以及部分卫士在长江入海口的太仓滞留，王妃病逝后葬太仓，这一脉留在了太仓。赵宧光的父亲辞世前有葬我“谢家青山”的遗言，赵宧光理解为“谢别祖宅家小，葬于青山之中”。于是在百余里之外的苏州花山余脉找到了寒山，经五年努力，终于感动山民说服家人，买山葬父。他也以山为家，自号寒山子，终其一生于寒山。

赵宧光成了山人，做了隐士。赵宧光还买了花山（旧称华山），复归僧界，这些都不细数，我要在这里说的是赵宧光为花山留下的诗和那些书法，它们已是摩崖。

进了花山，摩崖石刻多多，有熊鱼山、朱白民、佛涛以及乾隆皇帝等众多人的手迹，古今摩崖石刻百余处，我按自己的喜好，重点关注赵宧光。

赵宧光不参加科考，不去做官，当然也就没有什么朝廷俸禄了，这个王室后人，与妻陆卿子隐居山里，不入城市。他文学、书法等都了得，名士，高级的独善其身。朱谋垔在《书史会要续编》里说：“宧光笃意仓、史之学，创作草篆，盖原《天玺碑》而小变焉。由其人品已超，书亦不蹑遗迹。”赵宧光不但像朱谋垔说的创了草篆书体，还著有《说文长笺》《云书长笺》《寒山蔓草》《寒山帚谈》等等。他博览经书，精通《说文》，所创草篆独有味道。他自己说：“余不能真草而能古篆，即方丈一笔，自顾得意，至若以飞白作篆体，即上古不可得，后代不可知，自秦斯而下，居然不肯让人，试为拈按，知余言之不妄。”在书法上，他把篆书看得最重，认为篆书通其他各体便通：“字须尊古，古文烦，惟篆可法，上以溯古，下以通时，篆明而诸体具，故先字义以冠诸帖。”赵宧光提倡书法先学篆隶而后真草，这符合文字发展变化的过程。他还说：“真书不师篆古，行草不师章分，如人食粟衣丝而不知蚕茧禾苗所出也。”可见他认为只有熟练篆法，才可避俗。当然他虽然极力尊古，但也主张学古能变，成就自己的韵致。我觉得，这对今天的书法学习仍然管用。

我在一本书里看到过赵宧光的一幅行草七绝诗轴，写得有古法又臻妙。

还看到过一幅五言二句轴，是草篆，笔意直追汉碑额，又有许多放纵。

朋友送我一套《中国书法全集》，其中《篆隶全集》里收入了赵宧光一幅草篆，很自在，很随性。在中国历代书法里，赵宧光的草篆应是一道独特的风景。诚如在花山众多摩崖中，赵宧光的字迹也是一道独特的风景。

在花山摩崖石刻中，最有代表性的一处是“花山鸟道”，赵宧光反写的字。据导游说，字的反写，是赵宧光对万历年间朝政昏暗的一种讽喻。是取佛教“正亦反、反亦正”的说法。“山”字状如莲花迎合了花山得名的山顶莲花峰。鸟道一般是说连山高峻、道路难行，人迹稀少，唯有鸟过之处若一径，如李白《蜀道难》写到的鸟道。但花山的鸟道似乎走起来还算轻松，“花山鸟道”应该又别有意义，导游还“卖关子”，让你仔细倾听，说是能听出鸟道的由来。

花山石头各式各样，让人流连。有的被刻了字，有的还闲静着。

急湍随石转，汩汩有清音。
不劳弦上指，能会子期心。

这是赵宧光的心情，赵宧光这首诗的题目是《鸣濑》，一个隐者在期待知音。

花山的开山鼻祖支遁在花山修炼并领悟禅机，此后，许多高僧名士都来花山隐居，因此，花山还有“就隐山”的称呼。如今，“花山隐居”这个住处，就是一个隐逸文化主题酒店。给你个远离城市、自由自在的静地，住上几日，也许能悟出一些什么来。那夜入住“花山隐居”，读赵宧光的诗：

月斜山更寂，万籁此俱空。
正觅空中有，一声何处钟。

“凌风栈”据说是赵宧光夜访花山醉酒对月而书，还留诗一首：

鸟道萦纡上，深林更几盘。
支公此消夏，五月晚犹寒。

一块石头刻上赵宧光“落帽”二字，意为天降一帽，境界不凡，联想不断。

“地雷泉”是赵宧光对山泉溪水鸣唱的独特理解。

“仙人座”“古人居”“支公洞”“五丈峰”……赵宧光简直就是山水胜迹命名大师。花山的石头千变万化，而赵宧光的笔迹使它们更加生动。

那天登山，天气晴好，没有云来云去，花山清晰地美丽在面前，我们只能想象赵宧光笔下花山出云的景致：

云来千嶂合，云去众山开。

欲断不断处，空濛一半霾。

贤者避世，明哲保身。赵宧光的隐居，是不是属于这一类？明哲保身不是苟且偷生，明哲保身是知晓了善恶明辨了是非之后的择安。“哲，智也。”（《尔雅·释言》）中国历代有隐士，但所谓的隐士很多，一旦有了适当的机会，就会“出山”。而赵宧光这样三十年不入城市，厮守山野一生，是真隐士，没有诱惑能使其动摇，不简单。

在花山读赵宧光的诗和书法，和他的一生联系起来，我们会自叹这颗心常常动摇，自叹自己对自己的无能，就像一个糖尿病患者管不住自己的嘴，找理由去吃。

我们离赵宧光生活的年代已经很远，能在花山读到他，有幸了。

尹东柱：一颗永远二十八岁的诗星

1994年在生活·读书·新知三联出版的《韩国诗选》（许世旭编译）中读到过尹东柱，有一个简介，说尹东柱1917年出生在中国延边，读书后毕业于汉城（今首尔）延禧专科。1945年在日本京都同志社大学英文系学习时，以叛逆日本罪遭逮捕，死于日本九州监狱，年仅二十八岁。遗著有诗集《天空·风·星星与诗》。

去年国庆节期间，我在延吉市朋友宋延文、朴杰的陪同下，曾专程到龙井市明东村寻找尹东柱的故居。海兰江畔，一个典型的朝鲜族民居，过去是“尹东柱生家故居”，如今已经当地政府更名为“中国朝鲜族爱国诗人尹东柱故居”。这所故居已经是由政府管理保护的文化遗迹并且进行了重新修建，院子由东向西下落，故居在坡地下面的北侧，再往下就是一片平展的水田紧贴着海兰江。院子显然是在旧址上扩大了的，加设了“尹东柱纪念馆”，刻有尹东柱诗歌作品的石头随处可见，组成了美丽的诗林，还有介绍成长时期的尹东柱的石板画。

尹东柱的曾祖父1886年从朝鲜的咸镜北道迁移到中国延边，他的舅舅1899年也从朝鲜咸镜北道迁来，是一位汉学者，是明东学校的创办人，他对尹东柱的成长有着重大影响。尹东柱小学五年级时就和同学自办油印刊物《新东明》，他喜欢里尔克、拜伦、济慈的诗，十八岁开始写诗，十九岁开始发表诗作。1942年尹东柱赴日本留学，1943年7月，因涉嫌搞独立运动在日本京都被捕，1944年3月，被判处有期徒刑两年。1945 年 2 月 18 日，家里收到“2 月 16 日东柱死亡，速来收尸”的电报。尹东柱的父亲赶赴日本，探访了与尹东柱同样罪名入狱的宋梦奎，宋梦奎说：“每天被他们打入不知名的注射。”一个看守对尹东柱的父亲说：“东柱先生殒命前曾大声呼喊，只是听不清他呼喊了些什么。”3 月 6 日，尹东柱的骨灰葬于龙井东山教堂的墓地。葬礼上朗读了尹东柱《自画像》《老新路步》等诗作，家人在其坟墓前立碑，碑上刻写“诗人尹东柱之墓”。之后的 1947 年 1 月，尹东柱诗集《天空·风·星星与诗》由正音出版社出版。尹东柱逝世四十年后的 1985 年，延边大学日籍客座教授大村益夫同当地热心人一起，按照尹东柱的弟弟尹一柱所画的图纸，在延边龙井东山墓地找到了尹东柱的坟墓。

尹东柱由一个腼腆少年成长为一个追求正义、自由、和平的诗人，成为中国朝鲜族引以为骄傲的诗人，在延边，尹东柱被誉为“中国朝鲜族爱国诗人”，他的遗作也不断有人翻译、整理、出版。这个只有二十八岁的生命，像一颗夺目的星星，依然闪烁在诗坛。

春水何茫茫　一去不复悔

纪念辛亥革命百年之际，去凉塘黄兴故居的次日，我要到安沙镇花桥村走一趟，那是革命党人易象易梅园的故里。我不知道今天的青年一代，有多少人知道易象这个人物？或者有多少人有兴趣了解这个人物？

一出长沙我就问驾车的张主任和陪同的小李，易象的故里还有否亲人，能否请到他们，以便我更多地了解一些自己想要知道的事情？车过捞刀河向东北没多长时间就在镇子里停了下来，张主任带我到正在建设中的安沙镇文化活动中心看一看，同时等候一下易泽华老先生。没过多久，易泽华老先生就到了。我们继续赶路。

易象，1881 年 5 月 14 日出生于长沙东乡花果园三字墙易家老屋，1908 年全家搬到花桥冲歌棣塘。据说，歌棣塘原来叫锅底塘，是易象给改成歌棣塘的。易象十七岁入长沙城南书院读书，也就是后来的长沙第一师范学校。正值戊戌变法，变法维新思想影响了易象，他发誓要像湘人谭嗣同那样救国救民。1904 年，二十三岁的易象讲学南湘。其间，梦中得句，成诗一首："大块无古今，人情有向背。春水何茫茫，一去不复悔。誓将铁血红，研就乾坤碎。"也就在这一年，他与好友程潜、林伯渠同赴日本留学。1907 年易象与林伯渠到吉林策划边疆革命，后又与林伯渠到北京从事革命活动。（我查找到了这期间林伯渠所写的《偕友游吉林龙潭山》等四首诗，但没有易象留下来的诗作。）1911 年辛亥革命爆发，易象按捺不住喜悦的心情，专程回到家乡进行革命宣传。辛亥革命的成果被北洋军阀袁世凯窃取后，易象又参加了讨伐袁世凯的二次革命。讨袁失败，孙中山流亡日本，包括易象、程潜、林伯渠在内的许多革命党人也都陆续流亡日本。1914 年 7 月，易象加入了新的革命政党中华革命党，也就是在这个时候，他结识了李大钊，并开始接受了马克思主义的新思想。从日本回来，在继续讨袁的革命活动中，易象还曾负责主办过宣传民主、反对独裁的《上海晚报》。1917 年衡阳零陵起义后，程潜出任湖南省长，易象任政务厅长。次年 4 月，湘军退守衡阳，易象任总部秘书长。之后湘军内讧，程潜辞职，易象等人在护法失败的声音里去了港沪。1920 年冬，易象等人奉孙中山之命，回长沙策动驱谭（延闿）成功后，于 12 月 25 日被军阀赵恒惕杀害，年仅三十九岁。“天外飞来事可惊，丹心一片付浮沉。爱国爱乡终成梦，留此来生一恨吟。”这是易象遭捕被拖下楼时在屋里一张小圆桌的台布上留下的绝命诗，诗后还题写了“父母大人万勿忧心”等字。对于易象的被害，挚友林伯渠是万分悲痛的，他不但自己反复吟咏这首绝命诗，还教自己的女儿吟咏背诵。这对生死之交的兄弟，他们只能在诗魂中碰撞思想的火花了。中华人民共和国成立后，人民政府追认易象为革命烈士。

易象身后无子，他生前最疼爱的是大女儿易漱瑜，易漱瑜的丈夫就是中华人民共和国国歌的歌词作者田汉，田汉的母亲是易象的姐姐易克勤，田汉与易漱瑜是青梅竹马的表兄妹。易象赏识田汉的才华，是他决定送田汉去日本留学的。易象在 1915 年就把女儿易漱瑜许配给了田汉，可是易漱瑜的母亲嫌田家贫穷，另给女儿找了富庶人家。易漱瑜没有服从母亲，与赴日留学回乡探亲的田汉跑到上海去找父亲易象。易象非常支持两个孩子，并决定为他们支付生活费用，鼓励女儿也去日本留学。

易象被害的消息是一个月后才传到日本的，易漱瑜和田汉抱头痛哭，他们不仅失去了经济上的帮助，同时也失去了精神上的支撑。易漱瑜写了《哭父》一诗怀念父亲，“啊啊！父亲哟！敬爱的父亲哟／昨晚又见了你老人家那沉闷的容颜／无语的苦笑／我刚要说话／倏忽间就不见你老人家的踪迹了／啊啊！父亲哟！敬爱的父亲哟／你何其那样的忍心／一言不发地便把你漱儿丢了！”全诗六十多行，她在诗中追忆了父女情深的一幕一幕，表达了自己对父亲的崇敬和无限怀念之情。

易漱瑜是一个家庭教养好、有志向肯努力的上进女孩，她没有辜负父亲的期望，到日本后，她努力学习，关心社会，还热爱文学并认真实践，创作了诗歌《雪的三部曲》，一个十七岁的女孩，写出了“说你像棉花么？有人还穿着单衣／说你像面粉么？有人还吃不饱青菜／雪啊！难道你只能为他们装饰园亭么”这样寓意深刻的诗句。1920 年 6 月《少年中国》第一卷第九期发表这首诗的时候，康白情还给予了很高的评介，说这是中国诗里的雪诗，风格自然，意思深刻，感人至深。易漱瑜还考察了日本妇女的社会状况，研究了俄国和美国妇女的状况，写出了几万字的《半年居东京实感》妇女问题专论。尽管这样，易象对女儿的要求仍是严格的。易漱瑜在给父亲的信中表达了“我自幼受勤俭之训，也不能不稍微同化，要父亲如有钱时，望买点热天衣料”寄来的想法。易象在回信中提醒女儿：“你要做中国开国的女学生也要至勤极俭，要做田家的贤妻良母，也要至勤极俭，万不可同化，‘稍微同化’就是‘完全同化’之基，能教人做一个人的，就只有勤俭二字。这就是你父亲千辛万苦所得的知识……”真是言传身教，一丝不苟。只可惜，易漱瑜这样一个才女，在为田汉生了长子后得病去世，只有二十一岁的年华。

同样，易象对田汉的要求也从未放松，他在给田汉的信中说：“无论新的旧的你的我的主张，既抓着一点向前做去，自己所作所为，遇事便要拉此一点来相绳，方能由粗浅而即如细密，否则即是虚浮的，说起满口，写起满纸，于身心上消受一点不得，是之谓老不长进！汝其速去汝之骄气淫志可也！‘杯水易盈，海虚乃为百谷王’，再苦口为汝说一遍，听不听由汝也！言行务求一致，要心理上的想头硬从事实上表现得出来才是!”语重心长。田汉对易象也是格外敬重的,《三叶集》里田汉致郭沫若的信中曾写道:“易梅园先生是我的‘知己舅父’,易漱瑜女士是我的‘知己爱人’……”还说:“那时知我最甚爱我最深责我最力的,便是我的舅父易梅园先生……”

我们到花桥村的一路上,易泽华老先生讲述了易象的一生,易象是国家的功臣,是民族的英雄,他有再造神州的伟大理想,也有影响身边亲朋好友的人格力量,真是不简单!由于雨后山路泥泞,我们无法继续向冲里行驶。易泽华老先生告诉我,明天,易象的嫡系侄儿易云海等人会从北京来歌棣塘扫墓,很遗憾,由于行程已经设定,不能与他们见面了。

细细的雨在山间忽停忽下,一路的野花悄然开放着,那种湿漉漉的追忆的光色,有些沉重,有些无法承受。我们这个民族就是这样,记忆中那一部分最有分量的,总是压着你的心。

阅读《温泉》的提示

牛汉老师的诗集《温泉》1984 年春天由上海文艺出版社出版，同年冬天我得到了作者签赠本。我格外喜欢这本诗集，有一段时间总是把他带在身边，随时翻看，可以说是爱不释手。之后，每年都会重读，三十年了，不知读过多少遍了。一本除了序言只有九十三页三十三首诗的诗集，对我却有着巨大的吸引力，不单单是阅读上的期待，诗的创作年代、历史背景、作者心灵与肉体所受到的折磨、一个人（一代人）不屈的抗争，饱含在诗中，让人感慨万千。不断地阅读，不断地感受，不断地思考，有时也会写信或打电话过去向牛汉老师讨教，一本诗集，使一个晚辈渐渐了解了前辈的经历及其内心，一本诗集，会使一代又一代的晚辈成熟为能够抗击人生灾难的坚强的人。

1955 年 5 月 14 日，牛汉因“胡风集团”案被捕，他是此案中的第一个遇难者，两天后胡风被关押。牛汉先是被关押在人民文学出版社北新桥新修的托儿所里，半年后转到顶银胡同看守所。1958 年 2 月恢复上班，“五类分子”。1960 年下半年，被安排到人民文学出版社东郊平房的生产基地干以养猪为主的体力劳动，至 1962 年麦收。在喂猪、割草、买猪食、清猪粪的劳动之余，写了六十万字的小说《分水岭》和十二万字的小说《赵铁柱》。牛汉自己说这段时间里没有写诗的冲动，只是默默地写小说。一部小说写了 1949 年以前西北国统区的学生运动，另一部小说写了一个地下党员的艰苦革命经历。两部小说里的情节都有作者的亲历，是心血之作。“文革”中都被北京铁道学院造反派给抄走了，再未见踪影。晚年牛汉仍为此事痛惜不已。“文革”爆发，牛汉这个已遭受沉重打击的“胡风反革命集团分子”又一次罹难，进牛棚、揪斗批判、被管制、不断地写交代材料、体力劳动……

1969 年 9 月底，包括牛汉在内的六千余名文化人（文化界高级领导干部、作家、诗人、艺术家、翻译家、出版家……）被下放到文化部咸宁五七干校劳动锻炼，这个干校地处鄂南咸宁向阳湖。干校由解放军毛泽东思想宣传队驻校军代表全面领导，一开始由北京军区设在文化部的军宣队管理，后来湖北省军区从所属单位抽调了七十多人进驻干校接替了北京军区军宣队。干校分五个大队三十六个连队，人员来自中国作协、中国文联、中华书局、商务印书馆、人民文学出版社、人民出版社、农村读物出版社、人民美术出版社、文物出版社、新华书店、北京图书馆、故宫博物院、中国革命博物馆、中国历史博物馆、中国电影公司、新影厂、科影厂以及文化部的一些司局、剧团等多家单位。人民文学出版社是四大队十四连。1969 年 9 月 30 日至 1974 年 12 月 30 日，牛汉远离家人，在这里度过了五年零三个月。

向阳湖，夏天酷热，冬天阴冷。特别是夏天，高温四十多度，还要在水田里干活。挑秧、送饭、拉千斤重的平板车，牛汉形容向阳湖像一口烧干了的热锅，非常难耐。牛汉是重劳力，干最重的活儿，他从不叫苦，什么活儿都能干。他说：“在五七干校，干活我不含糊。”牛汉讲过，由于长期在烈日的暴晒下干重活，他的胸前和后背都被烤爆了皮。有人好事从他的脊背上撕下一片五寸见方的死皮，冲着阳光照，长期被汗水浸透的毛孔清晰可见，暗红色中拉平板车时绳索勒的印痕也能看到。他把从自己身上撕下来的这片皮夹在《洛尔迦诗钞》里，可没几天就风干折碎了。如果不是这样，他真想在那张皮上写一首诗。他说，那会是一幅真正有血有肉的命运的图像。“胡风案”，“文革”洗礼，精神和肉体连续遭到摧残，但他没有倒下，他的骨头硬，他一直都在抗争，他没有变成废墟。繁重的劳役之余，他在读《洛尔迦诗钞》，读《全唐诗》。一有时间，他就要到干校的山野里去转，到大自然中去呼吸空气。这个被主流文学抛弃和遗忘的诗人，一个文学场的无言者，他在寻找自己认为是诗的诗。在一个没有诗意的年代，谁会想到，那个拉千斤重的板车、一天来回要跑六个多小时四五十公里的车夫，那个扛了一天每袋一百多斤重稻谷的劳力，竟然会经常找到诗，找到大自然细微处的那些同命运的情节，找到那些在别人那里不屑一顾的生命点滴。这就是后来所说的“潜在写作”。牛汉在一篇短文中写道：“大自然的创伤与痛苦触动了我的心灵。由于圩湖造田，向阳湖从1970年起就名存实亡，成为没有水的湖。我们在过去的湖底、今天的草泽泥沼里造田。炎炎似火的阳光下，我看见一个热透了的小小的湖沼（这是方圆几十里的湖最后一点水域）吐着泡沫，蒸腾着死亡的腐烂气味，湖面漂起一层苍白的死鱼，成百的水蛇耐不住闷热，棕色的头探出水面，大张着嘴巴喘气，吸血的蚂蟥逃到芦苇秆上缩成核桃大小的球体。一片嘎嘎的鸣叫声，千百只水鸟朝这个刚刚死亡的湖沼飞来，除了人之外，已死的和垂死的生物，都成为它们争夺的食物。向阳湖最后闭上了眼睛……十几年来，我第一次感到诗在心中冲动。”纵观牛汉的所有诗作，包括他的散文，对时代、历史、人生，都是记录和思索。他的诗文，是疼痛的伤疤，是压抑下的独语，是一种发自内心的抗争的力量。他说：“在大千世界中，我渺小如一粒游动的尘埃，但它是一粒蕴含着巨大痛苦的尘埃。也许从伤疤深处才能读到历史真实的隐秘的语言。我多么希望每一个人都活得完美，没有悲痛，没有灾难，没有伤疤，他们的骨头，既美丽又不疼痛。为此，我情愿消灭了我的这些伤残的诗。我和我的诗所以这么顽强地活着，绝不是为了咀嚼痛苦，更不是为了对历史进行报复。我的诗只是让历史清醒地从灾难中走出来。”读诗集《温泉》，我们会强烈地感到，人与诗的患难，人与诗的无法剥离。人尚未从“罪名”中被释放出来，诗已经在痛苦中诞生。

《温泉》诗集里的诗，绝大部分写于咸宁五七干校，这个时期的写作，是诗人非常重要的一个创作阶段。这些诗都有出处，没有一首诗是坐在屋子里空想出来的，牛汉所有的诗，都是这样。他的诗从来就不是悬在空中，而是跋涉在凸凹不平的大地上。

五连的文艺评论家侯金镜在强制性重体力劳动的折磨中，突发脑溢血去世，这是一位1938年就到了延安的老革命，曾任《文艺报》副主编。牛汉去向他告别时，听到侯金镜的夫人在唱战争年代的歌，很惨痛。《我去的那个地方》因此而写。“我去的那个地方/有人在星光下正唱战争年代的歌。”

第一天还看见连队远处有三四只麂子在自由地奔跑，第二天就有农民到连队来卖麂子肉和皮。联想到自己的处境和内心积存的悲愤，后来有了《麂子》这首诗，多年后谈到这首诗的时候，牛汉说：“如果知道我当年的背景，就知道绝不是简单的艺术概括。”

在雨中拉千斤重的板车，只有踩着路上的车前草，才不至于滑倒。《车前草》写了这种实感以及朴素的感激。

拉车时，常坐在树桩上休息，于是有了《根》。

晚饭后，牛汉常常一个人到湖边的山丘上去，在枫林里乘凉，同时为自己的诗打腹稿。看到身边的牛在反刍，联想到自己的诗，不想也不能发表，没有读者，自写自读，不是可以写一首《反刍》吗？

向阳湖王六嘴村的确有过实实在在的几棵大枫树，而枫树被伐倒也是真实的事件，好像是当时有一个大队小学盖教室做课桌，就把成材的大枫树砍伐了。被伐倒的枫树铺了满地枫叶，像溅起的血花，后来有人看见，树干被截成一段又一段，泡在水塘里，还渗着血水。围绕这个事件，当时干校也有人把枫树作为创作题材写过，比如，把它演绎成红区人民壮烈的革命斗争故事等。而诗人牛汉则认为，这是与自己生命相通的一棵枫树，是相依为命的。那天清晨，当听到树木被伐倒的声音，牛汉凭直觉感到是枫树遇难了，他不顾一切跑到倒掉的枫树面前，枫树果然躺在那里，他失声痛哭。牛汉老师曾经对我说过："我很少哭，从小就这样，不哭，即使哭了，擦眼泪时都是用攥紧的拳头擦。"可这次面对被伐戮的枫树，他实在是伤透心了，他无法控制自己的悲伤的情感。牛汉回忆："村里一个孩子莫名其妙地问我：'你丢了什么这么伤心，我替你去找。'我回答不上来。我丢掉的谁也无法找回来。那几天我几乎失魂落魄，生命像被连根拔起。过了好几天，我写下了《悼念一棵枫树》。"这首诗打动了许许多多的人，成为杰作。诗人林莽当年读到这首诗后，内心久久无法平静，急着约诗人一平骑自行车赶到牛汉家，谈读这首诗的感想。林莽说："我们知道那不仅仅是一首诗，那是一个时代的悲歌。"

1973 年 6 月，干校大部分人已经返京，牛汉等少数"分子"还留在干校，但形势有些松动。他们有机会去了一次桂林。在桂林，看到铁笼子里四肢伸开沉睡的华南虎，尤其是看到虎的破碎的趾爪和墙上血迹斑斑的抓痕，诗人震惊了。他在铁笼外面站立了很长时间，他想看看虎的眼睛，看看那灵魂的窗子，没有如愿，虎始终没有转过脸来。但这个与自己命运相同的生命，已经点爆了一首杰出的诗作《华南虎》。

当年到干校来，在咸宁下火车后，牛汉问赤脚担着行李前行的冯雪峰能不能行，因为地非常泥泞。冯雪峰说："行，行。"这位农村长大、参加过二万五千里长征的老革命，走得很稳。后来牛汉多次看到冯雪峰孤零零一个人在水塘边看水泵，像被劈了一半的树。这个形象和感受，就是 1972 年写的《半棵树》。这首诗从写作日期和内容看，属于"温泉"系列，有的论者还误以为它是诗集《温泉》里的一首，其实《温泉》里没有收入这首诗，收入了另外写冯雪峰的两首诗，一首是 1970 年写的《雪峰同志和斗笠》，另一首也是写于 1970 年的《关于脚》。《半棵树》最初发表在 1986 年第 6 期《文汇月刊》上，后来收入《学诗手记》，作者在诗的后面附了一段话："这首似乎永远不能定稿的诗，曾投寄几个刊物，都不提意见退了回来。我有点偏爱它，因此收录在这里，免得在默默中消亡。”《学诗手记》中这首诗的尾句是“雷电从远远的天边就望到了它”，后来修改成现在的“雷电从远远的天边就盯住了它”，一个“望到”，一个“盯住”，隐含的意思已完全不同。以后其他多种选本都收入了这首诗。2005 年上半年我在时代文艺出版社策划出版牛汉诗文选《空旷在远方》的时候，把几首未收入《温泉》诗集但属于“温泉”系列的重要诗作，按年代编了进去，如《三月的黎明》《冬天的青桐》《蝴蝶梦》等，当然也有《半棵树》。这首诗曾被许多论者评论，全诗是这样写的：

真的，我看见过半棵树
在一个荒凉的山丘上

像一个人
为了避开迎面的风暴
侧着身子挺立着

它是被二月的一次雷电
从树尖到树根
齐楂楂劈掉了半边

春天来到的时候
半棵树仍然直直地挺立着
长满了青青的枝叶

半棵树
还是一整棵树那样高
还是一整棵树那样伟岸

人们说

雷电还要来劈它

因为它还是那么直那么高

雷电从远远的天边就盯住了它

《温泉》里的诗，有的直接就在诗中交代了出处，如《毛竹的根》《蛇蛋》《温泉》《蒲公英》《伤疤》等。牛汉说，这些诗的萌生与生长，都记得。如《巨大的根块》，一到咸宁第一天就有感觉，只是后来才写得出来。他说："有些没写出来，我感到抱歉。特别是云雀、蝉、蝉的归宿（在最高处告别人间），还没有完成。"

咸宁五七干校这段时间的写作，是诗人的一次再生。牛汉说："毕竟二十多年没有写过诗了，完全处于失语状态，所有的文字，书上的，报上的，似乎都是陌生的。写一首小诗或者一则诗话，不知如何下笔。每个字都得自己创造。像比较早的，1970 年夏天写的《鹰的诞生》，写得十分艰难，也十分幼稚，写一个词，写一行诗，比鹰下一颗蛋还难。但是，每写出一个字，也有鹰下蛋时的那种预示着生命即将飞翔的喜悦，鹰与诗一起诞生。"1972 年 7 月，文化部五七干校政工组编过一本《向阳湖诗选》，前些时候的一天早晨，我打电话问中国新诗版本专家刘福春，这本诗选里有没有牛汉的诗，回答得非常坚定："那怎么可能有？"当天下午我再次打电话给福春兄核实，他干脆就把目录给我念了一遍，没有。是啊，牛汉的问题那时候还没有解决，没有他的诗也是很正常的。但就诗而言，牛汉写不出别人所写的那种诗，别人也根本写不出牛汉那样的诗。牛汉也说过："臧克家说湖北向阳湖五七干校是小天堂，是圣地，我与他的感受完全不同。"2013 年秋季，在军旅诗人李松涛的书房里看到牛汉题写在李松涛藏书《温泉》扉页上面的一段话，我把它抄写下来了：

松涛诗人：

谢谢你一直保存着这本小书。

本来我不大喜欢这个书名，此刻觉得还可以。由于是一泓温泉，才没有被冻结。但它不是一般的供人洗躯体的温泉。它融有血，还有泪的盐粒，因而它永远是热的、苦的。但它可以涤荡人的魂灵。我有些兴奋，说得失去了分寸，请你谅解。这本诗集是我活得最痛苦最清醒的一段时间写的，清醒与痛苦往往孕育着诗。

牛　汉

1996年3月12日

也许今天更年轻的读者，读这些满身是伤疤的诗的时候，会有隔世的感觉，会有些不理解，甚至会有许多不惑。这让我想起牛汉曾经表达过的："我的诗离开特定的时间、地点、人和环境，就很难理解。"今天重读《温泉》，听一听一个真正的诗人，在那个特殊的地点和环境里发出的正义、悲愤、苦难、善良的声音（非虚构，但是诗的），记住那段历史，难道不是很必要吗？因此，我在这里不厌其烦地记载一些时代及其《温泉》的写作背景，借以帮助更年轻的读者准确地走入诗人的心灵。

那段历史伤害了诗人，而诗人却一生在用诗为那段历史做证。牛汉是中国少有的硬汉诗人，他一直坚守着内心的清白和自由。他也一直在发问，他有一生的困惑需要破解：

有人断言：
面孔朝向天堂，
脚步总走进地狱。

我始终不相信。

让我不解的是：

我的面孔一直朝向地狱，

而脚步为什么迈不进天堂？

——牛汉《一生的困惑》

2013年9月29日，牛汉老师永远离开了我们，他又踏上了一条苦苦跋涉的路，我知道，从今以后我只能远望着他的背影，但他的精神在我心里。

黄河赤子

——读丛小桦的四本新书

丛小桦一下子寄来了四大本书，是河南文艺出版社刚刚为他出版的。其实，上个月在天津书市上我曾专门到河南文艺出版社的摊位上翻看了丛小桦这四部新著，简单的翻阅，匆匆过去，内心里留下了一点点印象。现在收到了作者寄赠的样书，感到十分亲切，也可以认真地、集中地读一读丛小桦了。小桦也够认真的了，他在每一本书的环衬上都写上了“洪波大兄批评”的字样，不是很会写字的人那种流利并故意透出一点技巧的书写，几个字稍微有点笨拙，但是直来直去，像用针组合的，是他的性格。

我和小桦的友好往来已有二十多年，我在华北油田工作的时候，经常到中原油田去，每次韩明兄和小桦贤弟都要放下事务，陪着我喝酒、畅谈、开心地活动，我们的友情虽没有惊涛骇浪的洗礼，但也是经了二十多年的风雨，牢不可破了。小桦是一个文化行者，一个艺术上的独行侠（他的为人也有一股侠气），一个孜孜不倦的漫游者。这些年来，他徒步走长城、考察黄河、走西藏，遍访民间，写下了大量的文章，拍摄了大量的图片，他是一个意志坚定的人，他的这些工作不是一般人能够坚持下来的。还记得，我在吉林日报社的《关东周报》主持编务的那年冬天，小桦和刘洪军来到长春，非让我给他们安排上长白山，我说那很危险，可他们还是上了山，连大年除夕夜都是在山上过的。我真是太佩服小桦的这种劲头了。有这种精神，还有干不成的事吗?

果然，多年以后的今天，他把这洋洋七十多万字的四部书摆在了我们面前，他把考察现场摊开在我们面前，把一颗黄河赤子的心袒露在我们面前，这是用脚步、汗水、心血，甚至是险些用生命换来的文字，没有什么所谓的“宏大叙事”，一点一滴的实实在在的记载和思考，处处打动人心。这四部书分别是：丛小桦漫游笔记《行走的村落》、丛小桦另类散文《散漫的河流》、丛小桦冥想随笔《言说的石头》、丛小桦平民诗歌《分行的现实》，这是一次诗、文、图的组合，诗是丛小桦的诗，文是丛小桦的文，图（摄影）是丛小桦的图，图文并茂，大开视野，触动心灵，让人爱不忍释。

《行走的村落》，其封底介绍：“这是一部行走笔记，内容涉及探险经历、野外生活、摄影写作以及民间习俗和民间艺术的挖掘调查，涉及了文化的新旧交替及社会转型期的丰富的此消彼长的内容，同时也展现了作者作为不断行走的诗人与摄影家多年以来的心路历程和流浪生活。”其封面有提示：“一个漫游者/将这个世界拢入自己的事业/他也出现在自己的事业中/他看到并说出了自身和世界深处/最寂寞地方的那种躁动。”

这本书由“西藏行走（上：1996 年）”“西藏行走（下：1997 年）”“在云南过年”“青海散记”“寻找美丽的村姑”“亲历黄河”“走访民间”等七部分组成。纪实，日记体，有众多的人和事，由于真实的记录，让读者体会了民间烟火，也了解了行者的艰辛。我读过很多写西藏的文章，小桦的更能打动我。我在文字里跟着他走，跟着他穿越雅鲁藏布大峡谷，跟着他进入普兰县，跟着他在向珠穆朗玛峰登山大本营行进的途中理解并学习万古不灭的石头，跟着他夜闯吉隆县，跟着他走过无人区，一直赶到日土走出西藏……为了拍黄河少女这个专题，小桦和他的同伴们循着黄河的涛声，一个村子一个村子地走访，西湾村（陈家大院）、碛口、马岭村、三十里铺村、寺沟村阴塔村、赵村（轿村）、赵口闸、桥北村、金桥村、鸣钟村、金平村、泥湾村、花石峡……听听这些名字就会知道这是一次怎样的行程了。我觉得这一部分是这本书的重头，拍摄手记式的散文，细微，沉重。在整个走访和拍摄的过程中，面对那些黄河少女，面对那些酸楚的人生和命运，小桦的思想和体会在不断升华，一种责任感油然而生，他写道：“为了我们所谓的视野和选题，纯粹地去记录她们的命运变迁，在能帮助她们改变生存状况的时候而不去改变，这是一件多么残忍的事情！社会需要的是一个行动者、实践者，还是一个记录者、旁观者和研究者？”（《三十里铺村》）于是，他要尽可能地帮一帮那些黄河少女们的家庭。读到这里，我已经感觉到了小桦那颗善良的心在疼痛。不要拒绝黄河少女们的梦想！

“走访民间”中的十二篇文章，极为珍贵。吹糖人儿的无名青年，牛大娘的布老虎，韩雪儿大娘的花馍，张翠凤（张淑贞）老人的剪纸，聋哑人刘普旭的手工艺品，杨雅琴、李爱姐的布艺品，樊波洁大娘的连裤虎头鞋，后杨村的“面人儿”，淮阳的“泥泥狗”（泥塑）……这不仅仅是对传统民间艺术的一次打捞，更多的是对中华民族传统文化的深入研究和思考，以及对真正民间艺术的深刻理解和认识。小桦是这样写的：“无论捏成什么形状，她泥土的本质没有变，人们玩够了，用破了，扔回大地仍是一把泥土。”（《淮扬“泥泥狗”》）这种认识不是坐在屋子里的人所能想出来的。小桦的确像他自己说的那样：“我的生命与流浪有关，我的一生与远行有缘。”

《散漫的河流》，其封底介绍：“平凡的人物，平凡的故事，日常的生活事件，其中却隐含着博大与神秘。黄河村落古老的传统和深厚的文化积淀，使乡村的人畜、风雨、草木充满了灵性，使人从生活的细微之处体味出自然万物和生命存在的广博、沉重与深厚。”其封面有提示：“一条作为巨大隐喻和象征的古老河流/以散漫自在的方式/浸润着土地和我们的生活/当它消失时，是你，是我，收藏了它。”

这是一本乡间故事，让我闻到了野草、河流、汗水、泥土、老屋、牲畜的味道，很真切。我注意到了小桦的乡村情结，他的许多作品都没有离开乡村，他在用乡村叙述自己，用乡村叙述自己熟悉的人们，用乡村表达自己的情感，用乡村坦白自己的思想。而这些看似信笔拈来的文章，很少用那种很文学的手法，这些文字很自然地与它的主人公与它的生态融为了一体。罗丹曾强调："真正的艺术是看不出艺术来的。"无技巧，是散文的一种化境。读小桦写他小时候经历的一些文章，让我想起了牛汉先生偕同年那些散文，像《高粱情》《绵绵土》《秃手伯》《宝大娘》等，冯秋子认为那是天性自由而生长的力量，是真诚质朴的传达，却蕴含着更深的掘进。我不知道小桦是否受了牛汉先生的影响？但能看出来两代作家在艺术层面上相同的追求，至少我读到祝老三、黄瓢这样的人物时，就很容易拿秃手伯、宝大娘来比较，尤其是人物的命运。即便是《我的喝酒生涯》那样有点杂文味道的文章，也不是靠很尖锐的语言，很平和，所谓行云流水。这本书里，有一篇《走掉的村魂》特别地刺痛了我的心。"一村子的人都走了，把一整座村庄留给了荒凉。""人是被大水赶跑的，大水用了几百年的工夫，让村里的人几辈子都不敢盖一间像样的房子，几辈子都不置办几件过日子的家具。""滩地里的老村子空了，只剩下破旧的空壳，而村魂走掉了。"这是发生在黄河滩区的事情，黄河养育了一代又一代的人们，黄河也抛弃着他们。这个场面让人震惊，也让人心里增加了太多的酸楚。

我沿着小桦散漫的河流，走进一个个我熟悉而又陌生的村庄，接近一个个现实中的人物，这些生命不是叙事者捏造出来的，无论苦难如何，无论幸福如何，他们真实的存在，虽然平常，但在作家的笔下，他们有了独特的意义。

《言说的石头》，其封底介绍："作者以冥想的方式，试图对人自身的存在及其生活进行探索，其中有对庸常生活的体味、深思与审视，也有对人身未知部分的叩问，以及对人与事物之间隐秘关系的探询，断章似的短文奇特玄妙，细致入微，在充满异趣的思维中抵达生存的哲学。

作者作为一个‘流浪者’所采用的‘在路上’的片段式写作方式，更使本书体现了后现代的快节奏和破碎感，呈现出异样的拼贴风格。”其封面有提示：“行走中的冥想者/身姿和思想的记录/‘在路上’的理想主义者/脚步踏出的风景。”

冥想是指深沉的思索和想象，这本书中的文字，更能让我看到小桦的内心世界，一个独立思考者的种种形态，就像一个练健美的人，他可以摆出各种各样的姿势，但最终还是肌肉，离不开肌肉。小桦的这类文章也是一样，最终还是离不开思索。但思索与思索不一样，普里什文有过这样的文章，牛汉有过这样的文章，苇岸有过这样的文章，他们都是各自独立的，各有各的风格和艺术追求，小桦当然也有他自己独到的东西。文章不在于长短，而如此短小的文章，也许更适于当下读者的阅读。但是我觉得小桦写这些短文的时候，绝没有想到要出版要发表给读者，这些都是他自己思索的隐私，他本是在为自己的思索而记载，现在拿出来了，肯定是经过整理才面向大家的。要知道，如果能知道或了解到一个人的思索，那可是对一个人的深入了。

我很难想象出小桦是怎样的奇思妙想，如何去方方面面奇异地思考了那么多东西。你看，他对词要提出质疑，他提出“我们到底是生活在词里呢，还是生活在真实里?”他思考着：“对另一些人来说，书本里什么都没有。”他有一篇很短的文章，全文是：“你说我浑身都是创伤，是因为你在替我疼。没有感到疼，就不认为我有创伤。”（《观念》）他看到一群蝌蚪就想那些蝌蚪的想法是不是和自己童年的想法一样，鱼跃出水面使他想到人潜入水下，他琢磨着偶然是一种命运，他还想象自己在雪山草地和湖水间飞翔……他说：“在我的散文里，或者说在我所写的这类文字里，总有一个幽灵般的东西冒出来，有时它是飘忽不定的，有时它是若有若无的……”（《一个幽灵》）不要以为这样的文章是很好写的，小桦的机智和深入的思考，也不是谁都可以学得的。这种干练、简洁，也不是一朝一夕就可以练成的。读小桦的这些短文，我们不仅看到了他思索的轨迹和深度，也看到了他的思维方式和精神生活的状态。

有意思的是，在编排这些短文的时候，没有做意义上的分类，而是采用笔画来分出各辑文章，如《无梦的生活》，就被编在“笔画四”一辑中了；而《石头的意图》就当然被编在“笔画五”一辑中了。这也很符合小桦的特点：愿意把事情弄得不和别人一样。

《分行的现实》，其封底介绍：“本集精选了作者多年以来的不同时期的优秀作品，从中不难看出一个关注生存现实的诗人，在写作追求中是如何走向朴素的。可贵的是，其诗歌不仅保持了平民本色，同时还在诗歌的语言、情绪、经验等方面均有出新。尤其是他近年的写作，其内容所涉及的往往就是真实时空下的真人真事，既是诗的现场也是生活的现场。”其封面有提示：“诗人眼中的现实影像/诗人内心的人生体验/平民诗歌的血质灵魂/呈现出异样的景观。”

这本诗集是这四本书中我最看重的一本书，我曾在几天前写了一篇短文《正义与尊严的声音》，谈了我对小桦《分行的现实》的读后感，我说，小桦的许多散文让我喜爱，他的许多摄影曾让我震撼，但我更关注的是他的诗，虽然他作为诗人的独特性还没有“遭遇”批评家更多的解析和论说，但这丝毫不影响我对他的诗的认可，更不影响他诗歌艺术的独特。

在那篇文章中我是这样写的——

> 眼前这本《分行的现实》，让我又一次集中地阅读丛小桦的诗，这里面的一些诗，我格外喜欢，反复读了几遍，感觉到了诗人骨子里的力量。有的诗尽管短小，但不是那种轻飘的、媚俗的东西，诗写得刚硬，有骨气、有深度，不小气，是与丛小桦这个人“配套”生长的。

这几年，我看有许多诗人的诗写得越来越油了，油滑，让人感到一首首诗不是从人生经历和命运中挖掘出来的，而是从诗人案头的诗歌生产流水线上滚动下来的，没有血色，没有个性，甚至诗人间相互模仿。于是诗人把自己的血脉割断了，找不到北了。但小桦的这些诗是从他自己的命运中抽出来的血、泪水、悲伤和愤怒。特别是那首《多年以前被迁往乡下的狗》，第一眼看到第一节诗句就把我的心牢牢地抓住了："母亲是只母狗/带着我们这些崽/从城市迁往乡下。"因为我知道小桦的一些人生经历，所以我能想象出他写下这些诗句时内心的疼痛。"我们都不会咬人/就是急红了眼睛/也无力跳过高高的墙头"，这不是时下一些诗人们玩的那种语言幽默，这里面藏着太多的泪水！读这首诗，让我想起了自己上小学的时候，父亲挨整，母亲患病，弟弟妹妹需要照料，我去街上抄写那些批判父亲的大字报，常常还要被造反派的孩子们打一顿，自己知道自己是狗崽子，眼睛也急红了，可是不会咬人。

我之所以喜欢这样的诗，不仅仅因为我们这一代人都有过类似的经历。重要的是，一个诗人他不应该回避曾经的困惑和痛苦，不应该回避一个时代给予人的伤痛，更不能压抑内心的愤怒。这样看来，现在一些耍语言技巧、坐在房间里想象出一点一己的所谓苦难的诗、伤痛的诗、忧郁的诗，就太无血色，太苍白了。

《一个阴险凶狠的人在睡觉》也写得好，这样的人睡着了的时候，竟然面部还泛起浅浅的微笑，真是太可怕了！《惊奇》《秘密的名字》等虽然短小，但锋利，有锐气，毫不客气，读了痛快。

这几天在家中休息，有整块的时间来宁静地读读诗，思考一些东西，感觉内心又宽阔了许多。小桦的这些诗是这几天的阅读中最让我动心的，它们有一种大义的光亮在我的面前闪动，有一种正义的有尊严的声音响在我的胸腔里。这样的诗是不会被岁月抹掉的，因为它们站立着，始终昂着头，即便被人拧了脖子甚至被毁灭，但灵魂里仍然挺着脊梁不肯屈服。

我期待着有更多从小桦这样的诗人出现，尽管很难。

这篇短文已被好友田向前编发在今年 5 月 20 日的《中国石油报》上。

我在这里介绍了丛小桦的诗文，还没有谈他的摄影，在这四本书中，插入了大量的摄影作品，都是小桦在考察中拍摄的。小桦是诗人是作家，他还是一位摄影家。我不懂摄影，只知道他的摄影作品非常可读，却无法谈出些什么来，让读者们在阅读这四本书的时候去细细品味吧。

生命和思想是最美的风景

——序《钱万成散文选》

钱万成是我的老朋友，如果从1978年我们同年开始文学创作算起，应该有二十九年的共同追求了；如果从三四年短短神交后的1982年吉林省业余文艺创作积极分子大会上见面算起，那也是二十五个年头了。这些年里，我的生活一直不是稳定在一个安逸的地方，工作常常变换，但始终与万成保持着不间断的联系。我每次回故乡探亲在长春逗留，万成都要抽出时间来与我见面、叙谈。我调到长春工作后，万成更是经常关注我、帮助我。朋友就是一份挂念，我深深地感受到了。现在一回忆起这些年与万成兄弟般的友情，内心里立刻就会升起一种珍贵的温暖。

诗是万成文学创作的起点，诗是他生命与命运的一个重要组成部分，无法割舍，当然他也是以诗名世的。他对诗坛上这个流派那个主义的都没有兴趣，蘸着自己的真诚写作，他是一个成熟的诗人，也是一个无帮无伙的独行侠。他又是一个多面手，在儿童文学创作领域里，他也是赫赫有名的实力作家，他的儿童诗、儿歌、童话写得都很独特，出版了很多种童书，他的作品曾得到过严文井先生的赞赏。他还酷爱书法艺术，他的书法作品多次参加全国性的展览，多次获得各种奖项，我的办公室里现在还挂着他的一幅草书，每天看着，心里便有了自由的境界。他在一个大机关里任职，还要写大量的规范文字，在那个领域里，他仍能游刃有余，显现出了又一种能力。他还发表了大量的散文作品，出版过散文集。我至今都很吃惊，他那么忙，是什么力量使他创作了这么多的各种各样的作品？他是一个精力旺盛又很会科学地安排时间的人。

前不久，万成把《钱万成散文选》书稿送来了，还叮嘱我为这本书写点文字。书稿的分量很重，但我还是决定带上它出差，边走边看。下面是我阅读时断断续续的笔记——

1. 在飞机上读完了第一辑，有几篇把我感动得流下了眼泪，特别是写姐姐的那篇。快到咸阳机场的时候，我收起了书稿，邻座的那位先生说："看上去你不像是一个脆弱的人啊。"我说："我碰到让我脆弱的文章了。"现在，在古城西安的夜里，再翻一翻第一辑的几篇，《依依手足情》里的姐姐仍让我心中酸楚。还有《干妈》，太离奇了，没想到万成还有过这样叫人心痛的经历！在《父亲的眼泪》中，父亲到城里看病回来的时候，看到了辍学放猪的儿子，他滚烫的眼泪滴落在儿子仰起的脸上，"他说他对不起孩子，他说他知道他走后儿子会辍学放猪他还不如挺死……"这是父亲去世前一年的事情。《不幸的女人》写的是母亲，一个善良、勤劳、顺从、体贴的女人，她在世上只活了四十二年……

我不喜欢写得很"精美"的文章，我喜欢更淳朴一些更笨拙一些的文章，因为"精美"往往带来一些虚假，带来一些不必要的修饰，而淳朴和所谓的笨拙往往给我们更多情感上的真实。万成的散文，的确是以情动人的。

万成从小失去双亲，那些悲痛、那些怀念、那些苦楚、那些不堪回首的岁月，使他积累了太多要表达要倾诉的东西，而这些要倾诉要表达的，是其他没有相同经历的人无法炮制的。也就是说，真实永远是真实，无法编造。真实地打动人，会留下持久的印象。

2. 晨起，在长庆油田宾馆读万成散文选的第二辑。又有几个人物活跳在眼前，写诗人丁耶先生的《幽默诗人和他的幽默故事》一篇最为生动，也许因为我也熟识丁耶先生的缘故，读起来总感觉先生就在对面。关于丁耶先生，万成不但写出了曾经岁月中的苦涩幽默，也写出了饱经风霜的一代诗人的无奈。丁耶先生的故事很多，万成写到的，我还是第一次晓得。这一辑还写了几位普通的人，如青松先生，一位平凡的师范教师。有人劝青松先生花点钱找找人把妻子儿女的农村户口弄到城里来，他不同意："穷教书的本来就什么都没有，难道连这一点仅有的人格也不要了吗?"写出了普通人的不普通的骨气。

万成很少为他笔下的人物虚张声势地添油加醋，不做狗扯羊肠的描绘，靠人物自然生长的力量提升文章的可读性。语言简洁、凝练，这里能看出他诗歌功力的再现。当然，关键还不是作者对笔墨的吝啬，而是心灵，心灵的洁净才可能尽量少的添枝加叶。从维熙先生说过："什么是散文？散文是文学品类中的自由落体。它是诗的姐妹，听命于心灵情感的呼唤。"这已经点到了散文真正的穴位。

3. 在咸阳机场登机前，再次翻阅第二辑，读万成俯下身来向自己的儿子检讨、道歉的几篇。这些文字也可以理解为是写给天下孩子的，他甚至自责："我不是一个好父亲。"还有："我站在父亲的位置上面对儿子，无论对老对小都有一种愧疚，我真心地企望着他们的原谅。"他对自己的不民主、对自己的粗暴、对自己的寡情等等，做了一次深刻检讨。

不知万成的儿子是否读到了这些文字？他一定会被感动，一定会为自己有这样一个真诚的父亲而感到自豪。

4. 回到长春一周了，太忙，没有时间看万成的书稿，今天来到珲春，把带来的一部分书稿在这里看了。读第三辑。

看看万成散文的语言：“入学时正是春天，有苦苦菜悄悄地长到宿舍的窗下。”（《师范四百天》）“楼中人大都聪明，鼠亦狡猾，独这小鼠太愚蠢……”（《楼中猫鼠记》）“年年都有高校的录取通知飞进巷子来，鲜红的大印像一枚枚小太阳，照得整个巷子都生辉。”（《无名巷》）“妻在一家机关工作。机关是县里最大的机关，妻是机关里最小的职员。”（《妻颂》）“坐在秋日的窗下，看落叶飘成一枚枚叮当的金币……”（《秋声新赋》）“那个春天好像很难过……”（《糊里糊涂》）你看，这些语句不是很机巧吗？

写身边的人和事，写大了会夸张，写小了会委琐，以至于细微处的语言都不敢弄生硬了，得活生生的，万成还是深知这一层的。

5. 读第四辑。书里书外，读来写去，却不仅仅是读与写的简单事情。正如万成在答《儿童文学》杂志问所说：“书不仅仅是纸做的。山水可读，树木可读，自然与社会的一切都可读。眼睛只是读书的一种工具，更重要的是要有心灵去领悟。”应该说，这是一段很好的读书箴言。

这一辑的文章大都短小，却气象不凡。读书生活是作家的必须，但如何读进去又如何读出来，却不是每位作家都能做得到的。前边万成这一段有关读书的话，是可以看得出他是能够读得进去又能读得出来的，所以，才会有这一辑书里书外的文章。

6. 下午的延吉，一方碧蓝的天贴近窗子，阳光宁静。在这样的环境里读万成“心中的山水”，非常和谐，容易灵犀相通。这是第五辑，十六题游记。其中，写长白山，人与自然融为一体，弥漫成永恒；写净月潭，想到了文化山水的重要；写香山，从红如烈焰的枫叶中找到一份激情；写碧云寺，在寺内感受三代柏树生命的旺盛，等等。对于万成来说，旅游不仅仅只是增加阅历，更重要的是在行走中思考，用个体生命感悟风景中的众多生命。

万成在这些文章里告诉我们，生命和思想才是最美的风景，这使我想起他多年前写过一首诗，那首诗的标题就是《生命是最美的风景》。这是他在每一次游历中所关注的，即便是在古老的寺院，他也能找得到新生的愉悦。

7. 第六辑是挚诚小语，万成自己对这一辑闪着灵光的思想火花有一短文提示，说明了：“小人物，小文章，些微小语。大视角，大实话，敬献大家。”有他的提示，自然无须我再画蛇添足。

第七辑也带来了，但在来延吉之前，就曾与万成商量过，要删掉这一辑，理由是，这一辑多为杂话，以后可单独出版一本。

万成在谈起他的散文和诗时，就像在谈自己的爱子，那种钟爱，几乎无可替代。这让我想起牛汉先生说过的话：“诗和散文都是我的命。”综观万成这些文章，无论是怎样的生活图像，无论怎样的简朴描写，都离不开钱万成这个人从童年到今天的明晰的生命血色和一路颠簸的人生命运。特别是他笔下的那些人物，是这部选集的精华和根基，值得我们去深入阅读。当然，读了这些人物，等于读了钱万成的成长史，或者说等于读了他成长史中很重要的一部分。万成是一个善待朋友、率意为文的人，他把自己的这种人格中的东西带入了文章，虽然他还没有达到十全十美的境地，但是他正在不停地完善着自己，不停地向着一片美好的领域行进，他在我们羡慕的目光里，走过我们的身边，走在我们的前面。

这么多年来，我还是第一次这样集中、这样认真地阅读万成诗歌以外的文字，我想，包括万成的其他朋友，恐怕也和我一样，很少有机会这样集中地阅读，那么，就请翻开这本书，读下去。

《圈地运动》之后的独处

2015 年 11 月，谭广超的诗集《圈地运动》列入“21 世纪文学之星丛书”由作家出版社出版，我知道，这套丛书是中国作家协会、中华文学基金会主办，由专门设立的编审委员会经过严格程序编选的青年作家作品集。是一项中国文学的“希望工程”，它着眼于文学青年，为取得优异创作成绩的青年文学作者出版处女集。这套丛书每年度出版一套，自 1994 年至 2016 年，已经有一百九十三部青年作家的处女集入选并出版。谭广超的诗集《圈地运动》是由《作家》杂志社推荐上去的，经过专家的几番阅读、酝酿、评议，《圈地运动》最终在全国众多待选和入围的作品中脱颖而出。这一年，“21 世纪文学之星丛书”全部十本，而诗集只有《圈地运动》一本，其他是小说、评论、散文等。这不亚于参加一次文学大奖的角逐，而这本诗集在本地诗界似乎并没有引起怎样的重视，也好，这很符合谭广超的性格，他不事张扬，不跑关系，只是默默写作。丛书编委、诗人叶延滨在给《圈地运动》写的序文中谈道：“21 世纪文学之星丛书编委会通过投票，同意谭广超的诗集《圈地运动》入选本年度的丛书，也是本年度唯一的一本入选诗集。这个编委会，是个很认真的编委会，每次评审的过程，都让我感动。认真得较真的编委们会对一些作品展开激烈的争论，这部《圈地运动》也经历了一次各抒己见，甚至针锋相对地对一些作品发表各自不同的意见。这种争论，在许多称为‘研讨会’的发言中，几乎绝迹。”这足以说明入选“21 世纪文学之星丛书”真的是很不容易，也是要过五关斩六将的。在这里，我应该向谭广超送上一个迟到的祝贺。

谭广超，发表诗时用笔名尘轩，1988 年出生，他大学主攻雕塑和绘画。毕业后在北京和长春都曾搞过自己的画展，得到了许多好评。他更热爱文学，特别热爱诗歌写作。我曾受朋友邀请主持了五年《诗选刊》下半月刊，谭广超在我那里做过几年编辑，作为同事，我们经常在一起研究选题，商讨编务；作为诗友，我们又可以经常在一起切磋诗艺，相互补充。他的积极向上和青年人的阳光以及处事低调、朴实、收敛的性格，给我留下了很好的记忆。我年轻的时候曾经长期远离家乡奔波在外，这些年才逐渐安稳下来，所以深深地知道一个游子的心情，知道那种无法言说的复杂心理以及寂寥和伤感。谭广超也算是离开家乡在异地生活工作的人，我在他《圈地运动》诗集中读到了他的乡愁，读到了他那些无法雾化的乡情。从文学创作角度来讲，一个作者的生活经验，会决定他创作的地理指向。谭广超除去大学读书的几年校园生活，那么他更多的是毕业后这几年的城市生活，而更刻骨的还是他上大学之前的全部家乡生活。东范家是他诗歌的孵化园，是他诗歌的血缘和根系。他写过《东范家的夏天》和《东范家的秋夜》，给我留下了很深的印象。他写过故乡屋顶的鸟群，故乡的风，星空，柴火，雨季，河流，坟墓，亲人，等等，这些都成为他一个时期阶段性写作的主要内容，它们集结在《圈地运动》里，成为一个不低的文学起点。

《圈地运动》是以一首同名诗作为诗集书名的，这是一首“捋着树的根须向回走去”的诗，是要固执地回到故乡吗？一切都已经很难实现。在别人的城市里，用粉笔在路上圈出一小块实际上并不属于自己的地盘，那一块圈地就是自己的故乡了。圈地的人，饿着肚子，把疼痛和冷以及悲惨写在上面，他们是会背诵《道德经》和《游子吟》的人，它们的故乡已经变得遥远发凉，可它们还是坚持要有一块哪怕是想象的圈地——那一小块可以种起粮食的地皮。这是一首悲伤的诗，又是一幅寒冷的画，画面上的远景是“大野三更的灯火”明灭不清，犹如幻觉。近处是都市的高楼大厦，车水马龙。再往近拉，是一大一小两个沾满泥土实体的人！那两个最终都“厌烦了自己”的人。一种写实，也是一种精神层面的探求。谭广超是学过美术的，他知道怎样在诗歌中利用画面表达自己的想法。

《坐在草上望故乡》是《圈地运动》诗集中的一组很重要的诗，这组写草的诗，不受世俗的规范，没有奇技淫巧，朴实的语言和机智的构思，恰到好处地挖掘出了低处的力量。他在写草的细节，把草写得和人难以分辨，他是在写命运中的自己和故乡，在写大地生命这个永恒的话题。这些诗显现出了作者的睿智与成熟，应该说，这一组以草为题的诗，使谭广超的诗歌创作走出了“学生腔”，走进了繁杂的人群。我们应该记住这些诗题：《我看见草，正坐在院子里》《坐在草上，遥望故乡》《草的进化史》《草的精神学笔记》《田野上的草》《秋草》《我心如草》《草生活》《一定会有那样的草》《城市里的草》《给草让座》《在大地上删除草是不容易的》《草场》《草的葬礼》，计十四首，可谓一大组诗。

我更愿意相信，草是草籽走累后坐下来的样子
一部分草坐在原野上，遮住无人的区域
剩下的一部分，正坐在院子里聊天

——《我看见草，正坐在院子里》

记得有一次在吉林省梨树县的一个文学活动上，与会诗人对《我看见草，正坐在院子里》这首诗大加赞赏，有过一些很有见地的评论。诗歌，把人和草融汇为一个生命体，它的意义已不可能仅仅局限于几个细微情境的描写。人是放大的草，草是浓缩的人。到处是草，到处是和草一样多的人。无论生存会出现怎样的难题，无论你疼痛悲伤还是欣喜快

慰，都得不停地往前走，也只有不停地往前走，才能更真实地接近那个命！谭广超有这样一句诗："大路朝天，道路两侧的草各走一边。"

《圈地运动》出版后，谭广超又写出了不少新作，陆续在一些刊物上发表。他对一些事物的体察越来越敏锐，他谦恭地面对或者说进入生命的每一个角落，他不是那种总是围绕着起点转悠的诗人（我们有许多诗人不乏才气，由于始终围着自己的起点转来转去，所以终不成大器，只能算是一个平庸的诗人）。我不知道谭广超对自己一生的写作有怎样的安排，我也没有追问过他是不是要把写作当作一生的事情来做。但我似乎已经看出了他的走向，大抵是要和诗歌相依今生了。这个选择几乎由不得自己。回忆自己与诗歌相依为命近四十年，没有后悔。就是因为诗歌有一种无法摆脱的魅惑力。近几年，常读一些年轻诗人的诗，包括谭广超这样的20世纪80年代末期出生的诗人的诗，很羡慕它们的锐气和敏感。但是有些年轻诗人的诗并不像他们自己宣称的那样有多么深刻迷人，反而让我感到的只是表面的温度，没有更多的凝聚在内里的那种艺术品位，甚至让人失望。谭广超却不同，他每次新作出现，都会让你眼前一亮，说明他在不断探索、创新。《独处》这组诗是在《圈地运动》之后我比较集中阅读到的诗，读了很长一段时间。好。诗写得越发自在了，所有的感觉都在放松，个别诗可以看得出来还或多或少在写作之初有点仪式感，多数诗已经没有了这些问题，甚至有的诗几乎就是直接打开窗子说话。前面说过，谭广超专业学的是美术，他对当代艺术审美应该有自己独特见解的。而他更应该知道，像杜尚那样的大师，也是在自己的生活及人生经验中提取艺术营养，而不是去创造世间所不存在的东西。杜尚强调："我的作品就是我的生活。"杜尚也是提倡在艺术面前放松的，因为他深知，艺术家的状态比其艺术更重要。其实就是一种成熟，不生涩了才有可能放松。当然，这里说的放松不是那种没道理的随意，说的是心态和状态，不是不要严肃、不要认真。

1989年我有过一本名叫《独旅》的诗集在天津出版，二十七年后的今天，当我看到《独处》这个诗题的时候，突然有一种被年轻人拉近了的感觉，并想起了自己幼稚的当年，那种诗歌本质上的自觉性远不如今天的年轻人，很惭愧，那时是浅显的。看了《独处》，我首先感觉到了作者较好地解决了生活经验在诗歌里的恰当表达。当年我更多的是重视怎么写，而今天谭广超们更重视的是写什么，因为怎么写在他们那里已经不成问题。他们更多地关注内容，而不是具体的技术，甚至干脆就不考虑技术。

《独处》这些诗，触角较多，总的来说，还是关注现实，这个话题已经十分老旧。但我在这里要说的是，那些看似个人化的东西，难道不是现实的一种吗？那种挖掘自我内心的诗，没有一个强大的现实覆盖，又怎么会出现？这让我想到了中国的传统建筑，你不分析它局部个性化的意味，又如何理解它伟大的整体形象？

《独处》，不是简单意义上的孤独寂寞，它是一种态度，生活的，艺术的，诗歌的，社会的，自信的，独立的，不是随波逐流的。《独处》还是《圈地运动》之后的一种写作姿态，它自身诗歌语言的纯粹性也越来越凸显，以袒露一个人的心来抒一群人的情。“我”在这个现实当中有时充当多个角色，有时只是一首诗里唯一的潜伏者。正如谭广超写到的，“我恰好也在灯火里”。

看得出，《独处》试图在意向上，在对诗歌素材的处理上，在情境和语态上尽可能更个人化一些，文字也有了一些淘洗，显得更精到了，似乎在为一个更新鲜的境界做着准备。那么，《独处》很可能是一个过程中的段落。他对事物的辨识度有了提高，诗歌的视野在逐渐推远、展开。个体意识的自省，内心提示的增强，想象的丰富，都在加重诗歌的独特艺术分量。而意向的繁复也不断加强了诗歌的现代感。

我宁愿相信《圈地运动》之后的《独处》是一次自我量身的过程、一次真诚探索的过程，为了一个更富有魅力的境域。我的确对谭广超的诗歌充满了更多的期待。

第四辑　怀人记

想起张光年先生

2012年5月，中国作家协会组织作家“走长江、看水利”采风活动时，我在其中。车向丹江口行进的途中，路过了张光年先生的家乡老河口。回来后不久，采风团团长高洪波就写了一篇回忆张光年先生的《车过老河口》，很快发表在《文艺报》上。这倒让我想起自己与张光年先生也曾有过的接触。

1985年下半年，为纪念华北油田成立十周年，宣传部门要编一套文学选本，我负责编辑《华北石油诗选》（花山文艺出版社）。先是请了张志民先生为诗选题写了书名，之后花了两个多月的时间，遴选了一些曾经来过油田的诗人以及油田业余作者所写的诗作，其中有张光年、李瑛、张志民、公刘、邵燕祥等许多诗人的作品。张光年先生的诗作《英雄钻井队》是一首长达五百多行的叙事诗，写于1977年7月，发表于1977年9月号《诗刊》，是《华北石油诗选》的开篇诗作。为这首诗，我曾与张光年先生有过几次书信来往，主要是讨论诗中个别涉及政治方面句子的改动，张光年先生不厌其烦，几次修改、复印，最后还特别注明“作者稍有删改”，整个过程让我非常感动。可惜那些信件放在宣传部一位诗友那里，后来这位诗友英年早逝，信件没有找回来，只剩下一张大信封是张光年先生手书的。我还请张光年先生为油田文协主办的文学刊物《石油神》题写过刊名，这本刊物后来改名为《石油作家》，再后来因为我的调走，没有人坚持，被改成另一种刊名和内容的刊物了。当年我在华北石油报社工作期间，曾请张光年先生为报纸文艺副刊题写版名《油浪花》，先生也欣然题写了。一晃这么多年过去了，我离开华北油田都有十六个年头了，也不知那张报纸的副刊是不是还叫《油浪花》，不知还是不是张光年先生题写的那几个字了？

1998 年 4 月初，《诗刊》主编高洪波及副主编丁国成、叶延滨等走访在京部分著名诗人，主要是登门求教，征求改进《诗刊》和推进诗歌发展的意见，我作为《诗刊》编辑随访。八十五岁高龄的张光年先生在家中接见了诗刊社一行人。虽年事已高，但先生身体很好，还兴致勃勃地谈了刚刚走广州、深圳、顺德、珠海等城市的感受。聊起当年修改《英雄钻井队》的事情，先生爽朗大笑："还记得，还记得……"那天，张光年先生坐在沙发里，我们站在他的身后合了个影。他还就办刊物和诗歌创作等谈了许多意见，记得他说，应该允许诗人做各种实验，写自己愿意写的。诗人应该凭良心、凭自己的才智写东西。这些话后来整理到那次的访谈文章里面，发表在诗刊上了。

之后不久，我负责编辑的《诗刊》刊中刊"中国新诗选刊"要在《名家经典》栏目里编一辑张光年先生的专题，这无疑给了我一次重温张光年先生诗作的好机会，重读了《五月的鲜花》《黄河大合唱》等诗作，感慨多多。先生很认真地提供了成名作、代表作、近作以及主要诗歌著作资料索引，还特别强调了要把《英雄钻井队》放进去，看来他对这首长篇叙事诗还是非常重视的。这组稿子后来编发在 1998 年 11 月号《诗刊》上。四年后的 2002 年 1 月，光年老以八十九岁高龄辞世。想想这位老人 1935 年以《五月的鲜花》名扬全国的时候，只有二十二岁，真的叫人仰慕。光年老逝世半年后，他的骨灰从黄河上游的青海撒下，他的灵魂又一次汇入了黄河大合唱。

我想，多少年以后的年轻诗人们，还应该知道这位老革命、原中央顾问委员会委员、中国作家协会原副主席（党组书记）、前辈诗人张光年（也就是光未然），不应该忘记这位《黄河大合唱》的词作者，不应该忘记《五月的鲜花》《三门峡大合唱》，以及包括《英雄钻井队》在内的众多作品，这些都是我们珍贵的文学财富。

与公刘先生的一面之交

1985年5月下旬，河北省中青年文学创作座谈会在华北油田第二招待所召开，国内许多知名作家如王蒙、牛汉、公刘、刘绍棠、铁凝、莫言、邓刚等都应邀参加了会议。这是一次大型文学会议，会议从5月18日开到26日，研究并解决了河北省文学创作及作家生活等许多问题。会议期间，与会作家参观了油田地质宫，还深入采油队、钻井队了解了石油生产情况和石油工人的生活情况。

21日中午，我邀请牛汉、公刘、尧山壁等人到油田招待所的一片空地上与油田的几位文学爱好者合影留念。拍过照片后，我又随公刘先生到他的房间，请他在长诗单行本《尹灵芝》上签名（这是我1979年7月在吉林省敦化书店购买的，中国青年出版社1979年3月版），公刘先生用蓝色墨水的钢笔在书的扉页上写下了“为人民歌唱”几个字，停了停，他又写了“书赠洪波同志，公刘1984年5月21日，任丘”等字。我接过书，道了谢，并说：“公刘老师，今年是华北油田会战十周年，油田准备编一套文学丛书来纪念，其中《华北石油诗选》由我责任编辑，这套书将由花山文艺出版社出版，我已经请张志民老师为诗选题写了书名。”公刘先生说：“那你想让我为你们做些什么呢？”我说：“想请您写两首有关华北油田的诗，为我们这本书增辉。”“嗯……”公刘先生想了想说，“好，我给你们写，给华北油田写，两首，两首……散会前我争取给你。真没想到，你还是一个会组稿的好编辑，你如果在出版社工作一定行！会见缝插针抓作者。”

27日早晨，参加会议的作家们就要返程了，我早早地来到公刘先生的房间，敲开门一看，先生正坐在台灯下工作呢。“你坐，坐，我马上就好，马上就完成你交给我的任务。”先生回了回头说。我给他打开窗帘，外面有树遮着窗子，房间里的台灯依然显得很亮。

诗誊写好了，我接过来一看，第一首的诗题就是《任丘》，今天的读者可能不太容易读到这首诗歌，我把它完整地抄写在这里——

我是用科学武装起来的巫师，
我会念一些神秘的符咒，
我的目光可以将地心穿透；
同时我又是观音菩萨，长着一千只手，
每只手上都像戴结婚戒指一样，
戴着钻头。

我是一只人形的狐狸，
我能施展各种各样的计谋；
我的思想简直教地球吓得发抖，
但是当我劳动了一辈子，我也会死，
而且我也将像狐死首丘一样，
死在任丘。

另一首的题目是《功勋井》，先生想了想，从我手中要回原稿，在下面加了一个副题——献给华北油田的工人们，还在诗的后面补上了写作日期：1984年5月21日，任丘。我后来把这两首诗交给了当时在华北石油报社副刊工作的朋友杨绽英，并发表在1984年6月14日的《华北石油报》上，之后收入当年年底出版的《华北石油诗选》中。

公刘先生是我仰慕的前辈诗人，他的杂文也是我非常喜欢读的。也是在华北油田的那次会议期间，他曾告诉我，公刘这个名字从 1946 年开始用，写的第一篇稿子就是杂文。记得还是在 1982 年第 3 期的《十月》上读到公刘先生的一首《乾陵秋风歌》，我曾对身边的诗友说，这首诗能让人读出诗人拳头里攥出的“嘎巴嘎巴”骨头响的声音！如今，公刘先生已经作古，可他的诗和他那绝不向邪恶势力低头的人格精神却永远刻在我们晚辈诗人的心里。

我和公刘先生只有这样的一面之交，甚至没有太多的书信往来，我真后悔！

认识曾卓先生

1998 年 11 月中旬，由中国作家协会和江苏省委宣传部联合举办的全国诗歌座谈会在江苏省张家港市馨苑度假村国际会议中心召开，这次会议被称作跨世纪的大规模、高规格的诗歌盛会。会议从 11 月 12 日开到 16 日。按照中国作家协会领导的要求，诗刊社到会的全体人员都作为工作人员，除了先期到达的林莽是忙其他会务的，我们这些人就都被分在大会简报组了，一天要写好几份会议简报。

也就是在这次会议上，我见到了曾卓先生。

此前，我曾多次听牛汉先生谈曾卓，也曾大量地阅读过曾卓先生的诗。他们这一代诗人的风雨人生，已深深地印在了我的心里。牛汉先生有一篇文章《一个钟情的人》，是写曾卓先生和他的诗的。文章的一开始就引用了曾卓先生一篇散文结尾的两句："我张开了双臂/我永远张开着双臂。"牛汉先生说："假如为曾卓雕塑这个张开双臂的姿态，我以为是很能概括他的个性与精神风貌的：是寂寞中呼唤爱情的姿态，是在风暴与烈焰中飞翔的姿态，是袒露心胸企求真理的姿态，是受诬的灵魂燃烧的姿态……"这篇文章我读过多遍，脑海里早已刻下了曾卓先生张开双臂的形象。

那天大会分组讨论，我和宗鄂老师在曾卓先生所在讨论组做记录。曾卓先生坐在最后一排，我过去请他到前面就座，他不肯。他说，我能听得到，坐得远一些，看到的会更清楚些。

曾卓先生在发言中说，当诗养不活诗人时，诗人应该用自己的血肉养活诗；写诗的过程首先是诗人灵魂的澄清过程和升华过程。老诗人的一席肺腑之言，让所有的诗人沉思。

11 月 15 日下午，大会组织的“太湖之秋诗歌朗诵演唱会”在太湖之畔举行。当曾卓先生满怀深情地朗诵自己的诗作《有赠》时，朗诵会达到了高潮。“……你的含泪微笑着的眼睛是一座炼狱/你的晶莹的泪光焚冶着我的灵魂/我将在彩云般的烈焰中飞腾/口中喷出痛苦而又欢乐的歌声。”我眼含热泪听完了老诗人的朗诵，在场的所有诗人都被老诗人的诗深深地打动了。

张家港诗会结束不久，我就调回故乡延边工作了。1999 年 4 月间，我把我的随笔集《摆脱虚伪》（中国国际广播出版社 1997 年 2 月版）寄给了曾卓先生，希望得到先生的指点，并希望先生有机会能到边疆来走走。很快，我就接到了先生的来信——

洪波同志：

大著《摆脱虚伪》昨天收到，谢谢！

夜间，在灯下翻读，很有兴趣，也认真读了牛汉的序。前些时，在《诗刊》三月号上，读到所选的你的诗，这些都加深了我对你的了解。

你的散文随笔和你的诗，可以说都不是那样深沉的。然而，对生活，你有自己真实的感受。用朴素的语言表达了出来，这就很感人，很可贵。从而也就显示了真实的你自己。——对文艺，我们首先所要求的不就是这一点真实吗？

我曾在东北跑了一大圈，也在黑龙江上航行了三天。但延吉没有去过，如果有机会，很想去走走的。

祝好！

曾　卓

4 月 7 日

牛汉、曾卓他们这样的一些老诗人，对后辈诗人总是那样热情、宽厚，和他们交往，你总会感觉到有一股力量在鼓舞着血液，会感到自己的脉搏跳动得越来越有声音。曾卓先生信中提到了他曾在黑龙江上航行了三天，我读过先生记载那次航行的文章《航行在黑龙江上》，那是由邵燕祥先生带队的一次作家访问，时间大概是在 1984 年。那篇文章中还写到了这样一段——

> 而这时，站在船头的王燕生在喊："老曾，唱一支歌吧！唱一支老水手的歌！"
>
> 于是，迎着江风，在马达和涛声中，我唱了，用嘶哑的歌喉……

曾卓先生真的就唱了一首老水手的歌，他说："我唱它，只是因为有着强烈的唱歌的欲望。那首歌的怀乡的感情，并不符合我当时的心情。恰恰相反，我觉得我是为什么所吸引，所召唤，要奔向前去。"

在张家港那次诗会上，我第一次见到了曾卓先生，本想还会有更多的机会聆听先生的诗教，没料到，那第一次见面竟然也是最后一次。2002 年 4 月 10 日，八十一岁的老诗人病逝于武汉，留下绝笔："我爱你们！谢谢你们！"这该是老诗人在弥留之际对所有尚存活在人世间的热爱曾卓的人们所说的话吧？一个老诗人幻化成了悬崖边的树，一个老水手驾船远行了，一个听笛人飞向了更高的境界，他那张开的双臂永远是那样有力，永远是那样不屈，永远是那样让人的心灵震撼！

彭燕郊先生的一封信

彭燕郊先生是著名七月派诗人，我刚开始学诗的时候就非常喜爱地读彭燕郊的诗，他的抗战诗《冬日》《雪天》等不知读了多少遍了，都是旗帜鲜明、艺术品位非常高的作品。他的许多名篇，如《春天——大地的诱惑》《小牛犊》等，都是我修习诗歌过程中多年反复温习的课文。新时期以来，他不断地特立独行的创作突破，不但在当代文学史上留下浓重的一笔，同时也是新诗创作的独特范本，比如《过洞庭》，比如《德彪西〈月光〉语译》，比如《无色透明的下午》，比如他七十九岁时发表的《混沌初开》，等等。彭燕郊先生的创造力总是那样旺盛，他不懈地追求着，直到 2008 年 4 月 2 日在长沙病逝，八十八岁，长达六十多年的创作生涯。即使 1955 年因“胡风案”被关押，也要在心里写诗并默记，出狱后再根据记忆重写下来。他受过许许多多的磨难，曾在街道工厂劳动，当翻砂工，当油漆工。1981 年，《白色花》二十人集出版时，彭燕郊简介最后一行字是：1958 年以后长期在工厂里生活。事实上，他不仅仅是一位著名诗人，他对这个世界的杰出贡献告诉人们，他还是一位学者、教育家、编辑出版家、诗歌理论家、民间文学专家等等。我一直保存着彭燕郊先生主编的《现代世界诗坛》（湖南人民出版社）、《国际诗坛》（漓江出版社）、部分“诗苑译林丛书”（湖南人民出版社），爱不释手，受益匪浅。

我未曾见过彭燕郊先生，但曾有过书信往来。我在《诗刊》编中国新诗选刊“名家经典”栏目时，曾向彭先生组稿，1998 年 1 月开始联系，到 9 月份才得以发表。这期间，彭先生曾寄赠《当代湖南作家作品选·彭燕郊卷》，在寄这部书的时候，附了一封信，写在用方格稿纸裁成的小纸条上——

张洪波同志：

感谢来信，嘱编拙作作为“诗选”，自当遵命，但不知能不能不列为“经典”，自己觉得，对拙作而言，这两字分量未免太重，实不敢当！写诗的人，不会讲客套话的，相信你一定能理解。

近来以偶然的机会，印了一本诗集，收 1979—1994 年习作（1994 年以后，拟另编一集），说得好听些，实在不过是学诗过程中留下的一串串歪歪斜斜的脚印而已。还望有空闲时看一看，多赐指正。

匆匆　祝新年好！春节好！

彭燕郊

1998 年 1 月 24 日

不要小瞧这封短信，你看，彭先生这样的大诗人还谦虚地希望自己的作品最好不要列为“名家经典”，甚至感到“经典”这两个字太重了，不敢当。换到当下一些急于成名的诗人，他们又会怎样对待这件事情呢？他们能提出彭先生这样的要求吗？再看看“习作”“学诗”“歪歪斜斜”这样的词，是那些把自己的诗奉为经典、把自己奉为大诗人的人所能比的吗？我想起，彭先生在他《和亮亮谈诗》一书中说过：诗人是不想显示自己的。他还说，诗人的寂寞，只有诗人自己的冷静，才能把它克制。我读过彭先生的来信以后，曾多次对身边的朋友说，我们有的时候是不是太把自己当回事了？面对彭先生，我们难道不是太渺小了吗？

这是十年前的事了，彭先生已经故去，但他高尚的人格应该代代相传。

想起罗洛先生

我最早读到罗洛先生的诗文是在三本书上，第一本是 1981 年人民文学出版社出版的《白色花》，那上面有罗洛先生的六首诗，其中《我知道风的方向》一诗给我留下了非常深的印象；第二本书是 1983 年湖南人民出版社出版的《法国现代诗选》（罗洛译），这本书的前面有罗洛先生一个比较长的译序，为了更好地读那些诗，我曾反复读过这篇译序；第三本书是 1986 年三联出版的阿垅的《人・诗・现实》，这本书的前面也有罗洛先生写的一篇比较长的序言，这是一篇耐人寻味的文论。

前些时候我在济南出差，9 月 12 日那一天，在朋友那里偶然看到《法国现代诗选》，看着上面译者的名字，让我一下子想到，今天不正是罗洛先生去世的日子吗？

我和罗洛先生没有见过面，怎么会把他去世的日子记得这样清楚呢？

1997 年 11 月，我在《诗刊》任中国新诗选刊编辑的时候，给罗洛先生发去了约稿信，希望他能把自己的一些诗整理一下寄来，《诗刊》的领导已经决定在中国新诗选刊中的“名家经典”栏目中集中选发罗洛先生的诗作。大概是一个月之后，罗洛先生寄来了《我知道风的方向》等四百余行诗作和两张照片，还有一封信。信的大概内容是讲了一下他所选诗作的原则：一是主观上认为具有一定代表性的；二是各种选本选过和评论家一再提到的；三是选了几首未曾编入集子中的，考虑到这些诗的读者大约还少；四是为了节省篇幅，较长的诗没有选入；五是《诗刊》发表过的未选，如1990年4月号《诗刊》发的《给诗人》和《我和时间》等诗作。这些作品很快就送审通过并以“名家经典·罗洛诗选”为大题，由一首成名作、九首代表作、三首近作和一个很简单的《罗洛诗歌著作目录》组成的一个大栏目，编发在1998年3月号《诗刊》上。这一期《诗刊》是很有分量的，前面有“第14届青春诗会专号”，刊发了十八位活跃在诗坛上的青年诗人的作品，中间有“名家经典·罗洛诗选”，用三栏排了五页，后面有“鲁迅文学奖”揭晓的获奖名单、消息、获奖作品介绍等。刊物出来后，由办公室的同志给先生寄去样刊，我因为太忙乱，就再也没有和罗洛先生联系。没想到，9月12日，七十二岁的罗洛先生因患肺癌医治无效在上海逝世。

1999年6月间，杨友梅老师给我来了一封信，从这封信中我才知道，罗洛先生接到样刊时已经住进了华东医院。信中说：“他（罗洛）生前能见到自己选定的诗作在最喜爱、最看重的《诗刊》上刊出，这是他生前的最后欣慰。”信中还说：“当时，他（罗洛）见到你们寄来的样刊后，立即让家人去市上各邮局报刊门市部，意欲多买几份，但可惜的是上海邮局订购太少，已再买不到。后来总算北京友人另寄了三份给他，这已是最好的纪念了。”我至今仍保存着这封来信以及罗洛先生生前的来信，还有一张罗洛先生的照片，照片的后面有罗洛先生用红圆珠笔写的自己的名字，我用碳素墨水在罗洛先生的名字下面写了一行字：“1998年9月12日病逝于上海。”

就这样，我记住了罗洛先生去世的日子。

罗洛先生1945年开始发表诗歌作品，并从事进步学生运动，是“七月派”诗人之一，他是一位集翻译家、出版家、评论家、领导者（他曾任中国大百科全书出版社副总编辑及上海分社党委书记、社长、总编辑，上海市作家协会主席等职）于一身的学者型诗人。罗洛先生著作丰厚，他给我们留下了大量的诗歌、翻译、文论以及他主编的大型图书。在他众多的著作中，《诗的随想录》（生活·读书·新知三联书店1985年版）是我非常喜爱的一本书，这本书是我后来才买到的。这之前，牛汉先生赠我一本《学诗手记》，在《学诗手记》的封底印着“今诗话丛书”整套书的书目，我就是这样找到了《诗的随想录》的，这本书给了我许多启迪和写作上的帮助。

想起罗洛先生，想起一位诗歌前辈，想起他坎坷不平的岁月，想起他1948年的诗句：

我知道风的方向
风打从冬天走向春天
我知道风的方向
我们和风正走着同一的道路啊……

塞风先生

2004年6月21日，我在网上看到了一则十分悲伤的消息：八十三岁的老诗人塞风（李根红）先生，因病于2004年6月19日在济南逝世。22日那天，我又打电话给诗人吴兵，证实了消息是准确的。一位我一直十分尊重和敬佩的老诗人，他的确离开了我们。

我与塞风先生的交往大约是在20世纪70年代末或80年代初，那时我刚刚从乡下返城，在银行当职员，也是刚刚开始写诗，记忆中塞风先生那时的信件大都寄自《泉城》杂志，后来的地址就是《文朋诗友》了，再后来就是家里的住址了。1983年3月，我们四位诗友把自己的诗编辑成《我们的森林》一书，并给许多诗人寄去，一是希望得到一些指点，二是借这个机会联系更多的诗人。塞风先生接到书后很快就写来了信，他在信中说："未来的诗坛属于辛勤的人们，我愿意与你们交朋友。"从那时起，虽然我四处漂泊，但与塞风先生从未间断书信往来。现在，一打开那些信件，一看到那些苍硬的字迹，就有一股热流和一股力量扑面而来。

塞风先生十一岁就发表诗作，十六岁（1937年）写出了《弓》那样呐喊而又有力的诗："面对东北角/早已义愤填膺/我拉圆/大地的弓。"这令人震撼的诗句，曾经打动了多少人。塞风先生爽朗、义气、旷达，尽管一生饱经磨难，却不曾倒下，他始终以一个硬汉的形象站立在生命的前沿。我非常赞同作家张炜对塞风先生的评价："诗人塞风是令人敬仰的文学前辈，是永远屹立在风雨文坛的高大身躯。他是精神的执火者，是最纯粹的人，是一个不败者。……他远离了浊流，成为一代清洁的榜样。”

1997 年 11 月 29 日是孔繁森殉难的日子，诗刊社在孔繁森的家乡聊城搞了一次诗歌活动。尽管那是一个雪雨天，老诗人塞风先生还是坚持从济南专程赶来参加了活动。去五里墩回来的座谈会上，老诗人激动的情绪已经难以控制，他做了一次非常动情的发言。我记录了先生的发言，他说：“这一次来聊城，对我来说是一次人生的洗礼，也可能是最后一次。孔繁森同志的母亲已经九十六岁了，我六岁时母亲就死了，后来父亲饿死了，我还在黄泛区被劳动改造。那时候，我没流泪，说实在的，我的心比较硬！可是今天到了孔母身边，我的眼泪流不干了。回来的路上我一直在流泪，几乎把大半辈子的眼泪都流完了。我二十五年没流泪，让眼泪给亲娘留着。可是，我是个孤儿，我的母亲早已死了，见了孔母，我把她当成自己的亲娘了。看见孔母的脚蹬开了被子，我给她盖上。姜建国能摸孔母的额头，可我不敢，我感到自己没有资格，那是一个神圣的地方呀。”塞风先生还说：“人的一生，在自己的哭声里开始，在别人的哭声里结束。追求人生，哪怕留下一句好诗，也不白来世上一回。”老诗人的发言，使在场的所有诗人都感动了，他的真情，他的发自内心的一段话，不就是诗吗？

那次会上，是我与先生认识以来谈得最多的一次。晚饭后，老人就拉着我的手出去散步，当然，主要是谈话。先生比我的父亲大两岁，走在他的身边，就像在父亲的身边，温暖、亲切、可依赖，仿佛在一棵大树下。

1998 年 1 月，塞风先生接到我的随笔集《摆脱虚伪》后，很快就回了信，老诗人在信中写道：

老友牛汉的序，加深了我两口对你智慧而富于哲理的随笔的认识和理解。我俩已是十余年的朋友了！这是不易的。过了年，我就届入七十七岁，恐再无这样长的时间了！

我六岁丧母，父亲饿死在我在黄泛区劳改时的监外。我是个缺奶的孤儿，从不知人间还有温暖!？与我相依为命的也只有诗。

在这封信中，先生还叮咛我要耐得住寂寞，要努力写出精品来，还列举了我的一些文章的题目，对这些文章给予了肯定和鼓励，让我十分感动。读这封信的时候，我就开始对先生的身体状况有些放心不下。后来先生还常有信来，有一次来信，说他患了脑疾，正在治疗，我的心就更是一直揪着。但是我相信，他是一个被灾难筛选出来的人，他倔强的生命力，是难以战胜的，而他的顽强毅力是能够战胜一切的。

2003 年 9 月，我到济南开会，诗友吴兵陪我去看望塞风先生。那是 9 月 15 日的下午，一见面，拄着拐杖的塞风先生就长时间地握着我的手，我感到他的手很有力，那种力量绝不是从肌肉里硬挤出来的，而是从骨子里散发或者说是喷射出来的。我感受到的是一个不屈的老人骨子深处凝聚的力量。老人很健谈，谈到牛汉先生的时候，我用手机拨通了电话，他和李枫老师交换着和吴海华老师、牛汉先生谈着。他们是苦难岁月里的朋友，还有苏金伞先生，他们的友谊是经历史检验过的，他们像亲兄弟一般。20 世纪 40 年代，牛汉先生夫妇在开封的时候，塞风先生曾与苏金伞先生帮助牛汉夫妇度过了一段极其艰险的岁月，他们是患难中的友谊，这种友谊是我们这一代人没有的。

我怎么也不会想到，这次见面竟是诀别！

这几天，我的案头摆满了塞风先生的来信、寄赠的诗集、报纸……我看着不知翻阅了多少遍的《塞风诗精选》《弹唱人生》《痕》《山水和弦》以及李枫老师送我的《影风诗韵》等等。我在一张报纸上看到塞风先生的一组照片：1944 年与碧野夫妇在重庆国立附中任教时的合影；1948 年济南解放伊始，塞风受组织委派，“进城”创办《山东青年报》时的留影；在庆祝济南解放一周年大会上，塞风担任文艺大队指挥时的留影；1952 年在河南省文联任创联部副部长时与妻女的合影；1952 年在河南三门峡郊区农业社体验生活时与劳动模范贺成顺的合影；1963 年从河南劳改农场归来后，在社会底层劳动时，与老战友新华社山东分社副社长于德在一起的合影……一张张珍贵的照片，当然不是塞风先生人生经历的全部，但是，谁能知道，每一张照片的后面，又有多少叙述不完的故事。

我怀念塞风先生，怀念一位黄河诗人，我的面前总有他烈火般的诗句在燃烧，我的耳畔总有他永久不变的声音在响彻——

黄河，长江，我两行混浊的眼泪……

黎焕颐先生

1987 年，还是我在华北油田工作的时候，5 月，为筹划上海《文学报》与《中国石油报》联合举办的中国石油诗赛，黎焕颐先生来到华北油田，这是我与黎焕颐先生的第一次见面。先生这次来油田，一是征求我对诗赛的意见，二是要我出任诗赛评委。由于聊得开心，黎先生在油田多逗留了几日。我陪他到采油队、地质宫、输油站、油田的发现井任 4 井等处去参观，每到一处他都认真听讲解，还不断地询问一些问题。我们还去了河北水乡白洋淀，在茂密的芦苇荡里，他一会儿折一片苇叶吹苇笛，一会儿又用苇叶编个草帽戴在头上唱歌，高兴得就像一个天真的孩子。

一天下午，本来是安排先生在我的书房里休息，可他看到我正在写作之中的《巴拉人的传说》的草稿，竟然放弃了休息，认认真真地和我谈起了诗歌创作。他毫不客气地指出："这首诗的注释太多了，你以为你在写世界名著啊？"我说这里用了很多满语，不注释读者就很难看懂。他打断我的解释："为什么不把那些满语写成汉语，又不是翻译作品，搞那么花哨干什么？"他语速加快，不容反驳，直至把我说服。

那天，我从书架上取下一本书，是我 1983 年购买的黎焕颐先生的诗集《春天的对话》，我请先生签名留念，他认真地用蓝色圆珠笔在书的扉页上写了一段话："洪波老弟，诗，是超越的。诗的真诚是通神的。我们从超越中早就结识了。"这本诗集我一直保留着。那一天是 1987 年

5 月 19 日。到了 7 月，先生又从上海寄来了他的另一本诗集《在历史的风雪线上》，这之后，我们一直保持着书信来往。

黎先生 1930 年出生于贵州遵义“沙滩文化”书香世家，曾祖父黎庶昌曾于清代出使日本，编有《古逸丛书》行世。父亲是个博学的儒者，授黎先生经史诗文，使之从小结缘诗书礼教，深受传统文化熏染。他十七岁走出家园，1949 年参军，当过部队的文化教员，报社、出版社记者、编辑，是《中国诗人》杂志的创始人。1957 年，黎先生被打成右派，到青海劳动改造，一去就是二十二年。1979 年平反后，重新回到他钟爱的文学和编辑事业中来。他没有被苦难压倒，也没有回避苦难。他大声歌哭，放喉宣泄，肝胆可见。邵燕祥先生说：“老黎是一条血性汉子，然后才是诗人。这样的诗人，这样的人，今天不多了。”邵先生还说：“他是一个不会绕弯子的人，一个不会说假话的人，直言无隐，不知避忌。他每有动于衷，总是要说，总是要写，不知疲劳，不会静养，终于积劳成疾。他太累了。早在青海服劳役时，为了捍卫人的尊严，他曾吞钉自杀。死也不改其道，活过来依然故我。”这些话，已经勾勒出了黎先生的性情和他火一样的人格。

那一年的石油诗赛搞成了，影响不小。但当年掌管石油文学的领导不同意张洪波担任评委，理由是，张洪波是石油职工，只能是参赛作者；张洪波的诗名还不够当评委的资格。黎先生力争，说张洪波是写石油题材诗人中的代表人物，没有这样一个人做评委是不合适的。领导仍不让步，并解释：“老黎你不了解石油系统情况。”黎先生大怒：“我不了解石油的钻杆钻井，可我了解诗人张洪波！评委名单报纸都公布了，难道还要更正不成?”后来，还是不同意。黎先生为此事非常懊恼，几次打电话给我，表示他的不满。到了在渤海油田颁奖的时候，黎先生又提出，张洪波没有参赛也没当评委，那也要请他来参加会议，来了以后要他享受评委待遇。石油方面做了让步，允许我出席会议。会议期间，陕西诗人闻频带了西凤酒给黎先生。黎先生晚上把我叫到房间：“来，闻频的酒，实在，有劲，我们把它喝了怎样？”于是痛饮，直至下夜。

黎先生一直关注着我，经常寄来书信，鼓励我的创作，勉励文坛后生。我现在还能找到几封他的来信。

1995 年，我的一本诗歌选集出版，黎先生接到我寄给他的书后，很快就写信来——

洪波老弟：

多年不见，常从报刊上读到你的作品，恍若聚时。我已退休，在家写作。但近年来常有病缠我。最近，眼得疾，视力模糊，正治疗。前日收到你的诗选集，可贺可庆。惜视力不行，否则，当通读一遍，为你写文章扬之。

专此。常联系。祝一切好。

焕　颐

1995 年 7 月 15 日

我的诗集《生命状态》出版后也寄赠了黎先生，他的回信是——

洪波：

收到你寄来的诗集《生命状态》并简短的信非常愉悦！十年不见张生面，今日书从天外来。你的行踪、诗踪，这些年我一直关注。其实，你去北京的那些日子，我并不以为你是得其所。那地方文坛亦有政坛，非真正的诗人、文人修文立诗之地。你现在回到你的原发地，未始不是上策。生活的体验有了，人生的阅历有了，静下心来，读书、写作（当然还得工作）何愁不无大成就——以你的聪明才智！如今讯息发达，敏速、快捷，根本就不存在闭塞之忧。关键是要保持年轻的心态，不为物欲所惑、生活的惰性所困。这些年你是有闯劲的。

今年我已七十一岁了。真正进入老年。思维很清楚，只是年来常与医药为伴，前不久才进医院做了心冠动脉的一点小手术，现仍在休养中。诗，年来写得不多，散文随笔则常写。寄给你的这本集子，即是我的新作——第一本随笔。倘来上海，我当在家为你洗尘。不知你和爱人、孩子在一起否？

握手

焕　颐

2000 年 7 月 16 日

信中所说的随笔集，即是上海人民出版社为黎先生出版的《我爱·我恨·我歌》一书。先生还在书的扉页写下一段话："洪波留正。诗与文章皆人间性灵慧叶也……"这本随笔集收入黎先生随笔近八十篇，与其诗作相比，一脉相承，仍不失歌哭风骨。

2006 年 10 月，黎先生寄来了明报出版社 2003 年 7 月为他出版的回忆录《从人到猿——在返祖年代》，扉页上写着："洪波老弟藏正。苦难乃财富，但非人人能得。"读了这本书，才知道黎先生在风雪高原是怎样度过那二十年炼狱生涯的，这部痛定思痛之作，绝非仅仅是在写他一个人的历史。一部受难史，让人不寒而栗。

随书有先生书信一封——

洪波老弟：

十年有余，天各一方。然诗心文愿，未尝不直接间接与你共沉浮。常从京华友人、辽东诸友之间倾听到你的冲刺之声、长歌当啸的狂放之旅。看来 21 世纪自由之天地固当属于你的生风羽翼。这些年来，我困于眼疾，困于心脏病，几与药物年年月月结缘，好在心态未老，读书、笔耕未辍。诗，写得不多，散文、随笔则常为我用。现随邮寄上，供你一笑。

《黑是黑，白是白》是我去年花两月工夫才脱稿。陈沂同志是值得写的一个性情中人，你看后许会认同我的看法。现在，《遵义晚报》及上海出的《炎黄子孙》正在连载，《文学报》在他去世通年之际，也选载了一篇。此稿约八万余字，倘出版，还可以选择他的一些照片供定目录用。陈的一生，大半与白山黑水结缘，三年自卫战争和 1957 年后的囚放生涯，都在东北。他这一生，算是个悲剧人物。我所写的皆为人所不知的诸多细节，自认为可读性极强。但关键还不在此，而在于从他悲剧色彩中，足可以给历史存真，给时代以启示，给后来者慎独。像陈这样一位给军队文化建设首创新功的人物，我以为，对现在的军队文化，也有风生火种的离离之思。

好了，要说的话还很多，就留到见面再说吧。希望在江南我们相聚。问夫人及孩子好。

焕　颐

2006 年 10 月 21 日　上海

信的后半部分，谈的是黎先生写的一部书稿，这部书稿是写中共上海市委原副书记陈沂的。陈沂也是贵州遵义人，1955 年被授予中国人民解放军少将军衔，当过解放军总政治部文化部部长，1958 年 3 月起，陈沂被错划右派，下放黑龙江省劳动二十一年。一个历经磨难的老革命。于 2002 年 7 月 26 日在上海逝世，享年九十岁。黎先生与陈沂关系甚笃，包括那年搞的全国石油诗大赛，也是陈沂找到老石油部长康世恩给协调的。陈对黎关怀备至，黎对陈怀有感激之情。可惜的是这部书稿因种种原因未能在我供职的出版社出版，对此我是非常遗憾的。

大前年的一天晚上，长春的一位诗人从上海给我打来电话，说他在上海参加一个诗歌活动，正与黎先生等一些诗人一起吃晚饭呢，聊起张洪波来了，黎先生性情急，非要马上打电话不可。我在电话里对先生说，我一定找机会去上海喝老先生的酒。我好多年没有听到黎先生的声音了，他七十多岁的人了，可声音仍是那么有力，那么刚硬。没想到，这是我所听到的先生最后的声音了。2007 年 8 月 30 日，七十七岁的黎先生因病医治无效，在上海逝世了。

黎先生在诗集《在历史的风雪线上》的后记中这样写道：“当笑的，就大胆地笑吧——哪怕笑声若狂！当哭的，就大胆地哭吧——哪怕涕泗横溢！诗人不是疯子，但应当是爱憎不隐，襟怀敞亮……”这就是诗人黎焕颐对自己的写照。

上海诗人宫玺在悼念黎焕颐的诗中写道：“你在哪里？/我等你的电话呢/……而今你突然去了云天之外/我要打电话往哪儿打呢？”我读到这几句诗，眼泪就流了出来。

一个敢于亮大嗓音敢于歌哭的诗人去了，我们这些软弱的人该怎样继续生存？

胡昭先生

2004年2月15日下午，七十一岁的胡昭先生放下了手中的诗笔，离开了我们。胡昭先生十几岁就开始了文学创作，写了一辈子，像一个不肯歇气的老农，终于坐在了秋天的地头，他身心疲惫，他和他的诗融入了沉静的夕阳……

从20世纪70年代末期开始读胡昭先生的诗并与先生见面算起，我与先生的交往也有二十多年了，这二十多年当中，我一直漂泊外地，虽与先生偶有书信来往，却很少见面。但先生对我这样的文学后生，始终是关注着的。记得1983年我刚刚调到华北油田工作的时候，胡昭先生曾多次寄赠他的诗集给我，并多次写信鼓励我坚持文学创作，还写信告诉我怎样与河北省作家协会的同志联系，鼓励我多参加省作家协会的文学活动。有一年，丁耶先生到油田来，在我家小坐，还特意转达了胡昭先生对我文学创作的关心，让人心里热乎乎的。吉林省内和我同期开始文学创作的朋友，大多都是在胡昭先生的帮助下成长起来的。当年，我们敦化的几个朋友成立了“寸草”诗社，还编印了《寸草》《野百合》诗刊，出版了四友诗选《我们的森林》。在我们四友中，贾志坚和胡昭先生走得最近，记得志坚的诗集《我的眷恋》出版时，胡昭先生写来了好几千字的序言，不但对志坚的诗歌创作进行了细致的评论，也对李广义、贾志坚、张炜我们四人的创作给予了肯定，这对激发我们的创作热情起到了很大的作用。现在回忆起来，那时我们读胡昭先生1951年创作的《军帽底下的眼睛》，脑海里总是闪动着先生的诗句，妹妹的眼睛，妈妈的眼睛，祖国的眼睛……后来读先生 1955 年在小兴安岭写的组诗《森林勘察队散歌》，特别是《在密林深处》《林间小路》《树》《森林夜路》等诗作，对我们的影响很大，因为那时我们几个正在大量地写森林题材的诗。

胡昭先生对晚辈的关爱，还体现在他对家人对亲友特别是对儿孙辈的孩子们的认真。1958 年 8 月，胡昭已经被戴上了右派帽子，他当时的心情是可想而知的，但在女儿婷婷周岁的时候，他还是满怀希望地为女儿写了一首《生日》。他的儿子胡冬林（敦敦）是我特别要好的朋友，一位极有潜力的散文作家。冬林说，他写大自然，写满族风俗，尤其是写昆虫，都和小时候父亲循序渐进的教育有关，他对昆虫的热爱，完全是从父亲那一大堆有关昆虫的书开始的，那种阅读也是父亲教会的。如今，冬林的创作正在势头上，继《青羊消息》在《人民文学》上发表以来，他的《拍溅》等一些分量很重的散文陆续在各报刊面世，长篇散文《鹰屯：乌拉田野札记》也由河北教育出版社出版了，并赢得了好评，一些散文还不断地获奖。作为诗人胡昭的儿子，冬林无愧。

1999 年 5 月，我刚刚调到延边教育出版社工作。一天，偶然在《吉林日报》上看到了王爱善老师的一篇文章《孙女的日记画》，是写冬林的女儿从小就喜爱漫画，并用漫画的形式记日记的故事。有这样一段，孙女把爷爷的拐杖弄断了，吓跑了，留下两页日记画：一幅是一个小女孩攥着半截拐杖痛哭，泪水几乎是喷涌。画面上写着：“爷爷，对不起，我是个惹祸精，我把您的拐杖弄断了，请原谅我，好吗?”另一幅是小女孩跪在地上，给坐在沙发上的爷爷、奶奶磕头。画面上写着：“祝爷爷奶奶身体健康，长命百岁!”胡昭先生看了这两幅画之后哈哈大笑，说：“这小丫头，真鬼道!”看了这篇文章后，我突然感觉到这是一本好书，于是就拨通了胡昭先生家的电话，电话是胡昭的女儿婷婷接的，她告诉我先生已经住进医院，出版的事情她将转达过去。后来，我的一本诗集出版，借给胡昭先生寄书的机会，我又写了一封信，再次谈到了出版日记画的事情。没想到，住在医院里的胡昭先生接到信的当天就给我写了回信：

洪波：

今日收到你的新书《生命状态》和信。谢谢！我住在医院里，先简复此信。晨晨画事接你电话就张罗过，可是孩子大了（已十二岁），家长给安排的事过多，一时画不出新画来。晨晨现在深圳，只春节才回来个把月，我将让冬林去电话催促此事。

首先我认为“成长丛书”这个主意很好，一定可以出几本好书。冬林近几年醉心于两件事：一是关东民俗，尤其满族民俗，写了些散文，讲放排、海东青等；一是以儿童视角写昆虫故事，写长短篇小说，并为电视台写脚本——这件事关卡太多，不易出成果。将来有机会让他跟你联系联系，你帮他出点主意。

我是去年5月心肌梗塞住院急救，出院后恢复不好，心衰持续发展，时有绞痛，今年1月又住进来，春节、五一和六十七岁生日皆在医院过的。老伴一直陪着我。好在离家近，女儿常过来看看，送点吃的。没有特明显的把握一时还不敢出院。

我的情况待有机会时请代告德昌，我已好长时间没写信了。

先写这些。女儿夏林在家留守，电话可通；冬林电话是×××××××，他在省文联《小说月刊》。

祝夏安！

胡　昭

5月13日

晨晨日记画的书稿组好之后，我和冬林都希望胡昭先生能为这本书作个序，他一定会有许多话对自己的孙女说。可是先生一直病着，什么时候能写就很难说了。终于，2000 年的夏天，先生在长春南胡医院里为这本书写出了序言《游戏 · 学习 · 成长——写给孙女和她的小朋友们》。胡昭先生在这篇序言中充满了对孩子的理解，他写道：“孩子成长离不开游戏，画画可以说是儿童游戏方式之一，别给他们压力，让他们在自娱自乐中成长……”晨晨的日记画由于出版上的种种原因，在我的手里放了好长时间也未能在延边教育出版社出版。后来这本书稿随我到了长春，直到 2004 年 1 月才以《班长日记》的书名在北方妇女儿童出版社出版，可惜的是，胡昭先生的序言没能随这本书同时出版。冬林和婷婷对我说，胡昭先生生前特别喜欢这本书，总是把它放在病床前，不停地翻来翻去，直到去世。我知道，这是先生对孩子、对亲人、对未来、对这个世界的真挚的眷恋。

胡昭先生一生性情随和、与人为善。他在晚年曾著文称自己是“面糊老头”，面糊（也作面乎）是东北方言，用来形容性情柔软的人。但是胡昭先生不是那种无原则的面糊，先生半生因文招祸，哪次运动都逃脱不得，身心被痛苦地折磨着，可他对人生对文学事业的毕生追求，永远不言放弃，那股子韧劲儿，用他自己的话说，叫锲而不舍，或叫黏糊劲儿。

前不久，婷婷整理出胡昭先生 20 世纪 70 年代中期的部分日记，发表在《作家》杂志上，我看了。从这些日记中，我看到了一个在逆境中抗争着的诗人，看到了一个坚韧的战士。即便是在那样艰难的环境里，诗人也没有停止思考，没有停止对自己的要求，他在一首小诗中写道：“人的生命若是蜡烛/就应该两头一起点燃/每一根神经、每一个细胞/都放射光亮、迸发火焰！/啊，即使只活过短短的一瞬/我已经做出我最大的贡献……”胡昭先生已经远去，可他的诗仍在我们的近前。

附录：

胡昭先生为孙女的书写的序言，因故未能出版，后人很难再见，所以全文附录于此——

游戏·学习·成长

——写给孙女和她的小朋友们

胡　昭

在孩子们的眼睛里，世界是斑斓多彩、光怪陆离的，各种美好的与甜蜜的、丑陋的与辛辣的事物让他们体察了、认识了世界。孩子们的世界是形象的，而不是理念的，因而开始出现思维时，就必然是形象思维。比如小孩子高兴时的自编自唱、信手胡涂乱画都属于这一类。

我小时候爱画，画的是武侠小说中的人物和故事，到我参加工作后下乡，还在乡亲的墙上见过；我儿子敦敦小时候也爱画，他画的已是现代化战争：飞机、大炮、机枪，一边画一边嘴里嗒嗒嗒轰轰轰地喊，非常痛快——坏人一片片倒下，好人把红旗插上山头。

看来我孙女也是这号孩子。尽管家人给她安排了各种各样的活动（如钢琴、外语、舞蹈等），她都能一样样完成，但最钟情的还是画画与作文。她跟着妈妈在深圳上小学，作文主要是由大学中文系毕业的妈妈和老师辅导，还经常被当作范文在班内墙报张贴或在班上宣读。

画画是假期归来的活动，我们一家都比较支持她这一活动：有利于她观察和热爱客观事物，并运用安排、构图，以线条把观察对象（包括自己）的形象表现出来。有些画很富童心童趣，大人看了也觉得挺好玩。但她的画风显然与她爸爸和我都不相同，她更注意描画眼前的日常生活。画现实中的人和动物，比画幻想中的神怪、战争要难些，她得先仔细观察才能下笔，而要把自己也画进去，还得有一点想象力。

延边教育出版社的朋友凭着敏感与爱心，抓住少儿的绘画与作文，结集出版，对启发广大少年儿童的形象思维能力大有好处。这总归是孩子成长的一个阶段，这个阶段寓教于乐是个好办法，小学与初中都是成长阶段，孩子成长离不开游戏，画画可以说是儿童游戏方式之一。别给他们压力，让他们在自娱自乐中成长，是我们当家长的应尽责任。将来再长大些，兴趣变化了，逻辑思维能力增强，也许从事的是科技或其他工作，但这一阶段的形象教育将对孩子一生有益。

2000 年夏写于长春南湖医院

想起梁左

梁左去世有两年多了，我虽然和他接触得并不多，但是相互一直视为朋友，他的音容笑貌我怎么也是不能忘记的。

我是在1991年3月的全国青年业余文艺创作者会议上认识梁左的，那次会议在北京的京丰宾馆召开，我和梁左被大会安排住在一个房间，他是中直代表，我是产业文联代表。那是我非常快活的几天，梁左每天给我讲笑话，讲他的人生经历和创作经历，讲他的北大生活，讲他在《青春》杂志上发表的小说，讲他即将全力投入情景喜剧创作的想法，讲他仿佛永远也讲不完的故事。有一天晚上他对我说："我在大学里教过五十多个国家的学生，接触了许多国家的文化，你说这可够雅的了吧？但是我业余时间还是写相声，也许有人认为相声很俗，可我就是这么一个雅俗共赏的人……"后来大会发言的名单里有我们俩的名字，于是我们又一起商讨如何写发言稿（不知为什么，后来出版的《文艺界通讯》会议专辑，没有收入梁左的发言稿）。发言稿写不下去，我就强迫他给我讲笑话。他的生活素材非常多，张嘴就能讲出一大堆精彩的段子。他的聪慧机敏仿佛是天然的，让人十分羡慕和钦佩。给我留下深刻印象的还有他的笑，他的笑真诚、实在。我见过许多人的笑，各种各样的笑，很少有人像梁左那样让人从心里感到可靠的自然的笑。我说："听君一席笑，多活好几年啊。"他说："过奖了。不过等我的情景喜剧搞出来，会让你笑个够的。"这绝不是夸口，后来看了他和英达合作推出的一百二十集情景喜剧《我爱我家》，果然让我笑得不行。而这个笑，不是平面的，是让人不断思索的笑，是那种有意境的笑。

1991 年至 1992 年，我在帮助河北省中学语文教学研究会编辑《听说读写》杂志。全国青创会结束后，我给梁左写信，请他帮我请几位文化名人给刊物题词，而且我还点名要他母亲谌容以及他的好友姜昆、鞠萍等人的题词，他没有推却，很快就把几位名家的题词和个人照片寄来了。不久，他还寄来了他自己为孩子们写的三篇短文，都是谈如何写作的。他的热情和认真让我非常感动。1992 年 7 月，姜昆梁左相声集《虎口遐想》由文化艺术出版社出版，10 月，梁左寄来了这本书。读过这本书后，我曾写过一篇短文《读相声》发表在《河北日报》上。我感到，相声到了听上去和读起来都优秀的境地，可真是不容易了，感到了一个相声作家的珍贵。

梁左从 1992 年转入电视情景喜剧的创作，《我爱我家》的成功，是一种首创，也是一个高峰。之后梁左又编写了《新 72 家房客》《闲人马大姐》《一手托两家》等大量的电视喜剧，他还自编自导了情景喜剧《临时家庭》，这位精力旺盛的多产作家，他给中国人民的生活带来了那么多的作品，带来了那么多的欢乐，可他自己生命的透支又有多少人知道？他一直在拼命地工作，直至在自己的工作间里停止了呼吸，这样的作家又怎么能不让人爱戴呢？

梁左去世后，他的母亲谌容委托王朔整理并主编了《笑忘书——梁左作品选》，梁左的这部遗作出版后，在京城引起了很大的反响。大家怀念这位生前给人们带来那么多惊喜和快乐的作家，怀念这位永远微笑着、幽默着的一代奇才。《笑忘书——梁左作品选》的封面上，放了一张梁左微笑着的黑白照片，书中还有一幅梁左微笑着的漫画肖像。这张漫画肖像，就是我们一同参加全国青年业余文艺创作会议期间，另一位与会者、画家杨昆原（时任四川绵阳日报社总编室主任）为梁左画的。我特意到书店买了几本《笑忘书——梁左作品选》送给身边的朋友，我对朋友们说：“我相信谌容在这本书的前面题写的话，梁左在天堂里微笑。”在他的观众、读者、亲友等一切人们那里，梁左他那憨厚的笑是永恒的，虽然他的肉体仅仅在这个世界上走过了四十四年。

前几天整理影集，翻出了三张照片，一张是由《中国文化报》摄影记者柴文良拍的黑白照片，照片上的四个人分别是梁左、鞠萍、蒋力和我。另一张是梁左和我在看我的诗集《独旅》，还有一张是梁左坐在椅子上的个人照片，我记得后两张彩色照片是文良用傻瓜相机拍的，这些照片都是那次北京会议上在梁左我们两人住的房间里拍的。一晃十多年过去了，照片里的梁左，还是那样持久地微笑着。

想念未曾谋面的诗人江堤

2012年7月8日，长沙。酷热。上午彭国梁和我在宾馆聊天，下午到岳麓书院看看，国梁和饶晗陪我去。

岳麓书院早在宋朝就被尊为四大书院之一，名声赫赫。它现在是长沙旅游的一个重要去处，也是中国旅游的名胜之地。有多少文人写过关于它的诗词文章，这座“千年学府”不但成就了一代又一代的学子，也成就了一拨又一拨的文化名人。

我来岳麓书院则另有原因，为一位从未谋面的诗人朋友而来。

诗人江堤，也是诗人彭国梁的挚友，20世纪80年代他们曾共同发起新乡土诗歌运动，创立新乡土诗派，很有影响。江堤曾寄赠过他的诗集《男人河》给我，大概在20世纪80年代末，记忆中是一本很朴素的诗集，前面有彭燕郊先生的序文。江堤的诗写得充满灵性，甚至有些飘逸。那时他似乎还未发表更多的诗，大概有二三百首吧。1998年，江堤还曾寄来过一部《新乡土诗派作品选》，这时候他的诗名已经很大了，他好像已经是文物研究室主任了。他1990年起一直在湖南大学岳麓书院工作，职业是一位从事古代书院遗址及相关文物的研究与教学的学者，是一个集诗人、散文作家、学者于一身的人。他在岳麓书院还搞过许多有影响的活动。我与江堤一直保持通信联系，有书出版互相寄赠，有时组稿也不会把他忘记。神交着，并期待着某一天在某一个会议上或某一次诗人的聚会上见面。可惜的是他英年早逝，于2003年离开了这个世界，离开了他所挚爱的乡土以及他生活工作了十三年的天下第一书院。

国梁在找当年与江堤一起研讨诗歌的地方，默默地，一处一处地找并告诉我，还要介绍当年的一些事情，他沉湎于往事中。找到江堤当年的办公室时，国梁趴在窗上向里面看了一遍又一遍，我看见了他的大胡子在颤抖，看到了他的心情，他们是那么好的难舍难分的诗兄弟啊。听朋友讲，在江堤的追悼会上，国梁的发言泣不成声，悲伤无法控制。

在岳麓书院要买一本留作纪念的书，就选一本江堤生前写的散文集《山间庭院》吧。这是一本印制精美的写岳麓书院的彩版图书，书的扉页后面印着一行小字：湖南省社会科学成果评审委员会立项课题。江堤在书的后记中写道："我明白这座庭院的每一种风声，熟知每一棵草的处境，了解每一块砖瓦不同凡响的价值。"还写道："我有一千个理由爱这座庭院。"而书的后勒口上印着：江堤（1961. 11—2003. 7），中国作家协会会员……

晚上吃饭的时候，江堤的诗友胡述斌说，当时得到江堤去世的消息根本就无法相信，跑到太平间去不管不顾地一张布一张布地掀开看，最后找到了江堤，这才相信他的确已经躺在了那里。一行坚硬的诗，一个守卫中国文化的学者。

回到长春，我又翻检出一本江堤当年寄来的书《寻找文化的尊严》，里面还夹着一封信：

洪波兄：

你好。收到兄的《生命状态》，为兄高兴。初读之后感觉很好，长诗很有力度又很好读，过些天再细读一遍。

我仍在岳麓书院工作，策划了一个"岳麓书院世纪论坛"讲学活动，已有余秋雨、余光中、杜维明、黄永玉、张朝阳五位开讲，其中对余秋雨的非议较多。顺赠一册，以资茶后。

上次兄寄来的约小儿作文的函，他自己有兴趣，但玩心极重，至今也未能整理好，不知兄那书编得怎样了？

欢迎来岳麓书院游览。

致安

江　堤

2000 年 5 月 12 日

我到过岳麓书院了，到过江堤工作过的地方了。但我们最终也没有见上一面，真是太遗憾了。在这个夜晚，多想给江堤写一封信，可是信寄到哪里去呢？

朋友胡冬林

胡冬林走得很突然，就像平常和你正聊得火热他说有个急事儿必须得去办就忙三火四地走了一样。

我和冬林认识得比较晚。我是先认识他的父亲、诗人胡昭先生的，那还是20世纪70年代末。

20世纪90年代末，我从华北油田调到延边教育出版社工作，有一次在《吉林日报》上看到王老师的一篇文章，写的是孙女的漫画日记，感觉是一个可以出书的选题，于是就给胡昭先生写了一封信，谈了自己的想法。当时胡昭先生正在住院，就让我和敦敦（胡冬林）直接联系。我和冬林的来往就这样开始。冬林女儿的这本书一直到我调入北方妇女儿童出版社才得以出版，彩色图书《班长日记》，可惜的是，胡昭先生为这本书撰写的序文因故未能用上。据说胡昭先生很喜爱这本书，经常放在枕边。冬林也很喜爱这本书，非要自己买一些送朋友。看得出他对女儿的爱。

说起来，我后来从延边调入长春到北方妇女儿童出版社，还是冬林牵线搭桥的呢。刚调来长春，在南湖新村租了房子，热情的冬林把电脑桌送来，说，反正我也不使电脑，你的用处更大，就不用再去买了，省点儿是点儿。他经常来南湖新村，顺路也会到我这里聊一聊。

进入新千年，我们来往密切。每次去绿园区他的家，都要谈到很晚。他是个讲故事高手，他在给儿童写昆虫，充满了幻想的儿童故事，好玩的昆虫故事。屋子里斜立着一块大木板子，上面贴满了纸条，都是有关昆虫知识的，推开通往阳台的门，风吹进来，吹得那些纸条翻动着、哗哗地响着，真的像蝴蝶刚刚落下翅膀还没有收起，真的像有昆虫在叫在歌唱。他便给你大讲昆虫知识，大讲昆虫世界，还不时地摘下纸条来做证。天真、认真，他完全陶醉在昆虫世界和他给孩子们编织的故事里，他正幻想着一个美妙奇特的昆虫帝国。他还神秘地告诉我，他的昆虫知识是父亲给的，从小时候开始，是童子功！

讲起父亲胡昭，讲起母亲陶怡，讲起童年，讲起母亲去世后父亲带他们兄妹在火炉子上烤土豆片度日子，讲起曾经的委屈，他流下眼泪，忽而又愤怒地想要砸东西。2001 年冬天的一个下午，他来到我的办公室，很庄重地送给我一本书《长白山上的云》，这是他母亲陶怡的遗著，以诗为主，兼有写长白山等几篇散文，还有冬林和胡昭先生的怀念文章。他的《想你，妈妈》写得非常动情。我觉得，只有看过这篇文章的人，才能更好地理解冬林对长白山的爱："我靠着长白山的山岩，像依偎着妈妈，妈妈和长白山，她们是多么相像啊。"

冬林去长白山深入生活，现在很少有人像他那样住下去，住几年，自己给自己找很多苦。我在林区生活过，那一早一晚的蚊虫叮咬就够受的！他真实地扎下去了，并且写出了很多东西。最珍贵的就是那些笔记。有一次他从山里回来，聊起感受，他说他要用日记的形式做些笔记，并大意地谈了已经写了的几篇，我说这个东西弄不好要比你的文学作品招人喜爱，我们还一起探讨这些文字是叫长白山笔记还是叫山林笔记。他又大谈了一通《瓦尔登湖》《沙乡年鉴》什么的。记得那一次还谈到了赵正阶先生的《中国鸟类志》，他形象地描绘着长白山区的各种鸟，描绘着各种鸟的生活习性，谈鸟的生与死，甚至谈到了鸟的爱情。也是受冬林的影响，后来我到处去找赵正阶的《中国鸟类志》，直至搞到，的确是一部好书。

冬林赞同尤金·拉波因特（曾任濒危野生动植物种国际贸易公约秘

书长）的观点，他甚至想当一个纯粹的生态保护者。从鲸鱼谈到东北虎谈到棕熊，从扎龙丹顶鹤谈到长白山秋沙鸭谈到沙半鸡，从开荒养育园谈到退耕还林……他对猎杀野生动物和毁林者有着极大的愤恨。我说绝对保护可能也有危险性，一些资源还是要被人类利用。他固执、坚持，不容忍。大声喊，看看人类都干了些什么？我知道再争执他可能会急眼、会削我一顿。他就是这样的一个人，认准了，不回头。他每次给我讲活熊取胆、讲被猎人套住的动物，都会像一只被困的熊，像在挣扎，像要找人拼命。长白山这些年，他仿佛和那些野生动植物有了某种约定，生命互相照看着，绝不违约。他下了很大的功夫写出的动物小说《野猪王》（人民文学出版社）很值得一读，这种作品，没有非常深入的山野生活是很难写出来的，那些悲壮的动物故事，让人震撼。冬林在赠送这本书给我的时候，在扉页写下了这样一些字："张洪波先生雅正，一本值得细细品味的书，不要太牛，好好看看。冬林 2010 年 2 月 4 日。"这就是胡冬林，的确，面对这样一部心血之作，谁都不能牛，只有细细品味。冬林是一位有理由自信的作家。我们是朋友，我知道，冬林有时的固执甚至是偏执，太需要被理解。作为朋友，他是说真话、不掖不藏、没有娘们气的汉子。作为作家，从《鹰屯》《青羊消息》到《野猪王》《狐狸的微笑》《巨虫公园》，他一步一步地在完成着自己，一个有着坚定思想不改初衷的作家。从《山林笔记》中我们也许能看到他这些年真实的生活和思考。冬林，真不简单！

冬林的《青羊消息》最初的题目是《长白山，最后的青羊消息》，《青羊消息》是后来改定的题目。我当时在吉林日报社的《关东周报》做了几个月的常务副总编，我建议冬林的稿子先在我们报纸上发一下，冬林说《人民文学》要发，我说那不影响，先让地方报纸的读者知道一下没什么不好。我们不发全文，选裁一部分即可。文章发在了报纸一版转四版上，记得当时为了弄准确一些鸟类的知识，还特意把已故鸟类专家赵正阶的儿子请来编辑部，帮助做了一些校正。后来，《南方日报》发过我一篇文章，文章中还提到过《青羊消息》：“我的朋友胡冬林在《人民文学》（2001 年 6 月号）上发表了一篇一万二千字的散文《青羊消息》，我非常喜欢这篇文章。今年初我在《关东周报》工作时，曾读到过《青羊消息》的原稿，因为版面所限，选发了很少的一部分文字，标题是《长白山，最后的青羊消息》。而这种标题也是最让人心痛的标题。这几年，类似的标题屡见报端，如《最后的藏羚羊》《最后的东北虎》《最后的野马》等等。真的不敢想象，就这样‘最后’下去，我们的地球还会有什么好果子吃？”

2001 年 9 月，冬林在写一个儿童电影，是一个懂狼语的孩子和一只狼的故事。他热泪盈眶地给我讲了这个故事，还告诉我，在修改剧本的会议上，有人质问：“怎么能把狼写得这么善良呢？为什么不更好地表现狼残忍的一面呢？”冬林说，竟然还有人献计：“让狼把小孩的奶奶吃了吧。”他又一次愤怒了：“这他妈都是些什么鸟人啊！”

这些年，冬林多数时间都住在长白山，每次回来都会有个短暂的见面，他完全变成了一个山里人，浑身上下都散发着山里的气息，我是林区长大的，我能感觉到那种不是林区人感觉不到的可靠的气息，无法用语言表达的那种坦荡的气息。他开始给你讲山里的故事，讲那个不再猎杀动物的“炮手”，讲一个鸟窝，讲一头母熊，讲一只松鼠……而他不知道，自己就是一个很有色彩的人物，就值得一写。有一年在长白山开他的作品讨论会，我有机会去了他的森林，看到了与他朝夕为伴的一草一木，看到了他山里的朋友，看到了他的部分生活。他让我们佩服。

有一次他说要写个《熊的纪年》，我不止一次听他讲熊的故事和自己对熊的理解，讲一头熊把猎人的脸给抓了，但没有再伤害猎人，好像就是教育教育为止。那个猎人从此再不打猎了，他明白了熊的意思。

好像就是那次，他说过一嘴，大意是：我是满族，我们家的始祖神就是熊！

婷婷说，后来题目叫《熊纪年》，后来又改叫《熊冬眠树》了。婷婷说搜集了很多资料，可惜没来得及完成。我相信这一篇他会写得很精彩。而他自己不也像一头蹲仓的熊，冬天一过，就会激动地一跃而出，势不可当。

唉，说什么都无法阻拦他 5 月 4 日清早那突然的离去了。他说过他要活到一百二十岁的，怎么才半生就不干了？

他又回到他挚爱的长白山深处去了，回到了妈妈的怀抱。

天堂里一定也有他那些各种可爱的动物，他们在那里聚会。鸟儿们在给冬林唱歌跳舞，不让他寂寞，让他享受安乐。

怀念瘦谷

2008年3月初的一天下午（我记不清是具体的哪一天了），中原油田的韩明和丛小桦分别从濮阳打来电话，他们通告了一个令人沉痛而又吃惊的噩耗——我们的好朋友赖大安（瘦谷）于2月28日在北京去世了。这是一个叫人无法接受的信息。大安刚刚四十五岁，他去世的那天也正是他的生日。一个好兄弟，一个好作家，一个真诚的诗人，一个智慧的房地产品牌推广策划人，怎么就干不过胃癌？

一个下午我都在办公室里来回来去地乱走，不知道自己要干什么。

3月4日下午，我乘南航6149航班从长春飞到北京。华北油田的诗友安顺国把我从机场接到六铺炕的时候，众多石油系统的朋友都已经集结在了那里，大家回忆起大安生前的文学创作，回忆一件又一件当年的事情，太多的悲痛，太多的惋惜。大家眼含泪水，悲痛难言。借酒浇愁，好多年都不怎么饮酒的小桦兄弟又喝醉了……

次日上午，告别仪式在八宝山竹厅举行。韩明兄引见瘦谷夫人陈素英（陈鱼）时，我已经不知道该怎样对她说安慰的话了。中原油田、华北油田、胜利油田、四川油田几个早逝的朋友的面容，总是在我面前晃动，心绪十分混乱。王忆惠、刘国体、李宝君、丁宝健、宋克力、黄宏……都是年纪轻轻走的，都是写一手好诗文、干一番好事业的实力人物。这一次，命运又这样无情地夺走了我们手足情深的年轻兄弟的生命，我们找谁讲理去呀。灵堂的横幅上写着“虚怀若谷，西行大安”，每一个字都充满了悲伤的泪水，我们就这样失去了自己的好兄弟，我们实在是太无力、太无奈了。那天，韩明兄一直站在大安遗像前，抚摸着大安清瘦的脸庞，不断地哭出了声音，他们更是耳鬓厮磨的兄弟，心实在是太痛了。

大安20世纪60年代出生于四川新都，1981年中专毕业后做了六年技术员，后来调入中原石油报社当编辑、记者，去世前是北京一家房地产开发公司品牌推广部的主管，他曾送我他们主办的《新空间》杂志，一个企业刊物被他办得充满文化色彩，高雅又不失商业境界，好看而朝气蓬勃。大安1985年开始大量发表文学作品，1998年加入中国作家协会，其诗歌、散文、小说都佳制不断，是个有相当影响的实力作家。

我最初认识大安，还是20世纪80年代中期，先是在中原油田由韩明兄引见，后是1986年春天，大安到华北油田来开会，一起聊了一日，从此过往甚密，成为挚友。可惜的是，那次本可以再多聊几日的，突然大安接到远在四川的父亲病危的消息，他火忙着与我告别取道北京赶回四川了。他那次给我的深刻印象是，孝子，遇事不慌，应急能力强。中原油田和华北油田的文学创作一直遥相呼应，两家油田的文友至今交往亲近，有两个部落唇齿相依的感觉。大安是这两个部落中的佼佼者，也是整个石油系统文学创作的佼佼者。大安很早以前寄我一本骑订本的小诗集，由于我的生活总是动荡不定，特别是调离石油系统以后，几次移居搬家，所有的资料都还乱着，这本书一下子找不到了。但我手里还能找到他的几本书，如诗集《永恒的家园》（安徽文艺出版社1990年10月版）、《闪电中的鸟》（北方文艺出版社1990年12月版），散文集《像流水一样回望》（东方出版社1997年10月版）。他在前两本书的扉页上写的是“洪波兄指正”，而后一本书的扉页上则写的是“洪波兄，怎一个‘想’字了得。拙书寄请老兄指正”。这本书我非常喜欢。陈鱼为这本书写了序言，序言写得诚恳真挚，耐人寻味。陈鱼说：“在我的想象中，写作者可以分为这样两类：一类有灵异的素质，他们的头脑具有超长的速度，这种头脑在身体之前就先行遭遇悲哀、瞥见虚无、先见或先知；另一类则不轻易让头脑和身体分离而使其相携并步，他们的行路就依着如常的速度循序渐进。在我的分类中，瘦谷属于后者。”是的，大安的写作是扎实牢靠的，因为他的大脑和身体没有分头行动，所以，他才会写出流水一样质朴而美丽动人的语言。

到了1997年，我主持《石油作家》刊物的时候，读到了大安的《杏花消息雨声中》，并编发在春季号上。我征求大安的意见，想配发他的照片和作者简介，他拒绝了，说那也太浪费版面了。其实，他是不希望在作品以外搞什么其他花样，他更珍重的是自己的作品，而不是对作者的介绍。1990年5月，中国石油诗赛获奖作品选《野风景之魂》出版，大安的诗作《红月亮》被收入其中。这首诗写了一个年轻石油工人在一场井喷中牺牲的过程，很悲壮的一首诗。一次见面我对他说："这么写太伤感了吧？"他瞪大了眼睛："这是真实的故事，是真实，无法不伤感的。"他的声音听似细弱，仔细品味，很有力量。

那些年，每次去中原油田，都会见到大安，每次去，韩明、小桦、大安、宝君、宝健等人都放下一切全程陪我。我们喝酒，喝得忘乎所以；我们谈天，谈得群情振奋。这些挚爱文学的人，在能源工业的场景里，在钻机的轰鸣中，渴望着实现自己的创作梦想。每一个不同性格的人，合成了一个石油文学的团队，合成了一个整体的性格。如今，大安、宝君、宝健都成为挂在远天的红月亮了，成为我们泪水中的思念，成为我们最为伤痛的情感。

今天的读者不知会不会有机会静静地坐下来，读一读大安的散文集《像流水一样回望》。那是一本献给故乡川西平原的书，是一本献给所有感念故乡的人的书，也是瘦谷献给赖大安的书。那本书里，初雪之夜，母亲的背逐渐弯驼了，母亲陪嫁的朱砂花瓶斑驳着，大安正隔窗远望，分辨着雪和母亲的白发。那本书里，从都江堰流来的河为什么叫人恐惧？老师的眼里为什么总是有盐晶般的泪花？那些感伤和回望为什么会是那样的节奏？当年我读完这本书，从心里为大安文学创作的成绩高兴，我觉得，这本书，是大安文学创作的里程碑。

大安一生虽短，却写了大量的文学作品。将来，还会不断地有人读到他，会不断地有人与一位已故的作家对话，他不是明星的那种一闪一闪的星，他是渐渐深红的红月亮，红月亮游动的深处，就是大安曾经描写过的永恒的家园。

想我的好兄弟姜英文

2014 年 9 月 15 日下午，姜英文在珲春至长春的高速公路上因车祸遇难，解守阵兄来电话告知这个噩耗时，我刚刚从南京回到长春，一下子被这个讯息打蒙了，太突然！太让人伤心！那是我的好兄弟呀！我和守阵商议，一定要去珲春给兄弟送行。守阵只订上了一张火车票，再就订不上了，别扭！不顺！最后是我先飞延吉，守阵乘火车次日一大早到延吉，然后由宋延文贤弟开车一起赶到珲春。到珲春殡仪馆，见到英文的夫人祖儿，望着英文的遗像，我就像一个呆子，连一句安慰的话都不会说了。祖儿说，你是英文诗歌写作的老师，你最后对他说几句话吧。我的泪水怎么也控制不住了，我说什么？我说什么能把我的好兄弟还给我？

我们送英文远行，送这个为珲春发展建设疲于奔命的人去休息，送这个才华横溢的兄弟去天国寻觅诗章……

英文的政绩自然会有人记得，他的勤勉，他的兢兢业业，他的一颗责任心，他的智慧，他的善良和他对自己热爱的土地、人民所倾注的满腔热血，谁能忘记？当然，我更看重并深深怀念的是诗人英文，是朋友、兄弟英文。

20 世纪 70 年代末，敦化小城。比我小八岁的姜英文，喜欢诗，常到我家来谈诗，那时他才十几岁，还是个中学生。后来他上了延边财校，在读期间还与他的同学创办了诗社和油印的诗刊《萤》，我曾专程去延吉市与《萤》诗社交流，因为姜英文，因为《萤》诗社，我结识了许多比我更年轻的校园诗人，直至多年后见了他们，仍很亲切。

英文毕业后回家乡敦化工作，其间我已经调入华北油田工作，但我们始终保持着联系，不间断地交流诗歌创作的体会。他在成长，在一步一步成熟。他的诗也在变化着、成熟着，完全脱离了校园状态，开始对人生对时代更深入地思考和探索，有了自己的真实见地。他曾寄我一组诗《我在图们江畔歌唱》，那时他已经调到边境城市珲春工作了，从诗中看得出来，他对图们江的感情很深。这组诗写得浩浩荡荡，洋洋洒洒，角度大，不是一般意义的抒情诗，而且写得有力量。我喜欢有力量的诗作，把这组诗和林莽、王家新等知名诗人的作品一起编发在我主持的文学刊物《石油作家》上，读者反映很好。

他还写俳句，写了很多，2006 年 2 月曾寄我《姜英文俳句诗集》征求意见，我认真地看了，还给他写了信，我在信中说——

我对俳句一知半解，没有发言权。

20 世纪 70 年代末 80 年代初曾接触过翻译过来的日本俳句，感到这种短句很新颖。无论是日本古俳句还是现代俳句，对于中国诗人的创作都会有所启迪。松尾芭蕉的、夏目漱石的、高滨虚子的，是我阅读过的，虽然读得很少，但印象比较深。汉俳看得就更少了，甚至都不知哪些是汉俳写作的高手大家，实在是孤陋寡闻。

你的这些俳句，有大雅脱俗的，也有平明轻淡的，但都不艰涩，都是自然形成的。起码，让人看到了作者的一部分生活真相，一部分历程，一部分艺术追求和探索以及深度的人生思考。把他们融在短短的俳句之中，再由这短短的三行的形态累积成一本厚厚的书，人世相态尽在其中，已经不简单了。记得当年你们办《萤》诗刊时，你的一些诗还是写大起伏的，甚至有些铺排，如《崛起吧，青年林》那样的诗。而今天你却写这样精致的俳句，这中间的修炼打磨过程，一定会有许多甘苦，下了很多气力。

也感谢你还给我写了几句，“酒醉入诗肠，化作剑气与月光，秀口吐华章”。后一句有点过奖了。这里边的“剑气”我很喜欢，当下许多诗人已无剑气，那点酒自然喝得也就绵软了。我的剑气也不够，但我是一个渴望自己有剑气的人。随着年龄的增长，越来越觉得自己胸腔内有股剑气的必要。一个好的诗人，一生都得益于自己胸腔中的剑气。谢谢你提醒了我。

这封信写于2006年2月16日，我已经从河北调回吉林有几年了。后来我发现，英文把我信中的话放在他的博客上了，看来他是同意我的看法的。

我回到吉林工作这些年，与英文来往比较多，特别是我到长春工作后，他每次到省城公出，都会来见我，都会在一起交流诗歌创作，回忆往事，畅想明天，友情也越来越深。我们讨论诗歌创作，毫不客气，我们在共同前行。有一次，他带来一组写大豆摇铃的诗让我提意见，看了这组诗我非常喜欢，提了许多具体的意见。他很谦虚地进行了修改，并又生发出很多新的想法，让人叫好。还有一次，他写了一组和水稻有关的诗，那组诗写得也好。我说，你的诗题要是改为《亲爱的水稻》是不是好些，以后可以用这个题目多写一些。他接受了我的意见，用这个诗题写了不少“水稻诗”。

记得1996年8月，英文陪我在珲春林区采风，我用宾馆的稿纸写了一首长诗《边地森林》，因为没有修改好，不想给英文看，只是说了一下题目和大致的构想，他有点急，从来都是笑眯眯、文质彬彬的英文竟动手抢稿纸要看这首诗，最后我还是服从了他。他对边地这个词很感兴趣，逐字逐句看过了，他说了一句“还是敦化林区的老底儿管用啊”，就望着窗外不说话了，我不知道他在想什么。第二年 11 月号《诗刊》发表了这首诗，英文看到后给我打来电话祝贺发表。我问他，你去年争着抢着看我这首诗，之后就不说话了，你当时想什么呢？他很简单地说了一句“想了一会儿敦化呗”。我这才似乎知道了一点儿他的心思。

英文最爱的作品是他的儿子姜阔，每次见到我都会阔阔长阔阔短地夸赞儿子一番，溢于言表的情感，让人感受到了诗人温暖的内心最柔软的那部分。记得我在延边教育出版社工作的时候，曾经策划编辑了一套《百名作家子女作文精选》，其中收入了姜阔的一部分文章，那时姜阔还刚上初中。这套书的每一位小作者文章之前都要有一篇当作家的父亲写孩子的一篇短文，英文写道：“爸爸希望儿子聪明、健康，道路越走越宽，于是为儿子取名姜阔，小名叫阔阔。”他还写道：“阔阔，爸爸不希望你长大以后非当作家、诗人不可，但你一定要有一手好文章；爸爸不希望你长大以后非当企业家、政治家不可，但你必须有一身好素质。总之，只要一切开心就好，一切如意就好。”这就是一个身为诗人的父亲对儿子的希求，他在给孩子一片自由的天地，他首先是开阔的、通达的。多年以后孩子再看到自己成长过程中父亲的这些话，该是怎样的感动。

每次与英文见面，都要喝点酒，他喝酒慢，说话慢，拖得时间长。有一次我说，英文你喝酒越来越磨叽，他笑了，说：“我不是磨叽，我是为了和我哥多说会儿话呀。”听了这话我开心，我承认这个弟弟，我再不反对他的磨叽了，我回回都会喝高。现在他突然地走了，和我谈诗歌谈事业谈家人谈朋友谈人生的人走了，和我磨叽着喝酒的人走了，我该戒酒了。

往事回忆起来很零碎，还有许多许多，但诗人姜英文在我的心里是完美的。人生真是无常，英文的遇难，给我的伤痛很大。这两三年不断被这样的事情伤痛着，先是我的老师牛汉先生离世，后是多年好友郝炜被吉林市的出租车突然撞走了性命，接着是诗友朱雷在通化病故，还有年轻的同事、诗人李晓旭的突然逝世，《人民文学》原主编、大诗兄韩作荣的突然病逝，河北老友、评论家陈超的突然离去……突然，突然，我不要这样的突然！

图书在版编目(CIP)数据

夜雨 / 张洪波著. -- 北京:中国文史出版社,
2021.3

(跨度新美文书系)

ISBN 978-7-5205-2295-3

Ⅰ.①夜… Ⅱ.①张… Ⅲ.①散文集-中国-当代
Ⅳ.①I267

中国版本图书馆CIP数据核字(2020)第182785号

责任编辑:薛未未

出版发行:中国文史出版社
社　　址:北京市海淀区西八里庄路69号院　邮编:100142
电　　话:010-81136606　81136602　81136603(发行部)
传　　真:010-81136655
印　　装:北京新华印刷有限公司
经　　销:全国新华书店
开　　本:720×1020　1/16
印　　张:19.25　　　字数:258千字
版　　次:2021年3月第1版
印　　次:2021年3月第1次印刷
定　　价:68.00元